Anna Schieber

Gesammelte Immergrün-Geschichten

Anna Schieber: Gesammelte Immergrün-Geschichten

Erstdruck: Stuttgart, Quell Verlag, 1910

Neuausgabe
Herausgegeben von Karl-Maria Guth
Berlin 2017

Umschlaggestaltung von Thomas Schultz-Overhage unter Verwendung des Bildes: Pierre-Auguste Renoir, Lesendes Mädchen, 1886

Gesetzt aus der Minion Pro, 11 pt

Verlag: Henricus - Edition Deutsche Klassik GmbH
Mörchinger Str. 33, 14169 Berlin, info@henricus-verlag.de
Druck: Libri Plureos GmbH, Friedensallee 273, 22763 Hamburg

ISBN 978-3-7437-0525-8

Bibliografische Information der Deutschen Nationalbibliothek

Die Deutsche Nationalbibliothek verzeichnet diese Publikation in der Deutschen Nationalbibliografie; detaillierte bibliografische Daten sind im Internet über www.dnb.de abrufbar.

Inhalt

In Schloß Hausbaden 4
Sonnenstrahlen 16
Zurückgesetzt? 30
Viel Wenig macht auch ein Viel 41
Ninetta 45
Einen Sommer lang 60
Was Annegret zu helfen fand 75
Eine Geschichte vom Heimkommen 91
Der Bändelmann 106
Bethesda 121
Das braune Krüglein 136
Dort unten am blauen Meer 151
In der Sägmühle 168

In Schloß Hausbaden

Der alte Hochblauen bewacht Schloß Hausbaden. Er sieht drauf herunter, wie es so still und umfriedet daliegt in seiner grünen Wäldertiefe; und er schickt herunter, was er Gutes hat, zum Gruß. Klare, rieselnde Bächlein und eine Luft, die so frisch und mild dahergeht wie eine junge, schöne Frau mit einer großen Trinkschale: »Da, trink«, sagt sie, »trink in langen Zügen, es ist noch viel da, trink, bis du gesund bist und froh.« Und manchmal schickt er einen Wind herunter, der saust durch den Tann: hoiho, hoiho; und bläst einen durch und durch, es ist nicht zu sagen, wie frisch und stark und frei man sich fühlt dabei.

Unten im Tal liegt *Badenweiler*. Das hat sich quer vor den Berg gelegt. Es geht da froh zu; es ist sonnig und warm, und das Leben pulsiert in seinen Straßen. Es hat laue Quellen, die aus dem Boden springen; es hat etwas Lachendes, Blühendes, Sonniges an sich; das wirkt ansteckend. Man meint, man *müsse* da gesund werden. Und wie mancher ist es schon geworden!

Unten im Tal, noch viel weiter unten, saust die Eisenbahn vorbei. Hier herauf schickt sie nur ein kleines Schlänglein, das »Zügli«, wie es die Leute heißen. Aber nach Schloß Hausbaden hinauf kriecht auch das nicht mehr. Wozu auch? Dort will man ja gerade gar nicht mit der lauten Welt zusammenhängen; nur auch eine Weile nicht. Sie hat gewiß ihr Gutes, die laute Welt da draußen; es ist viel Liebes darin und viel Arbeit. »Aber«, denkt man in Schloß Hausbaden, »nun treibt einmal die Sache eine Weile ohne mich um; ich komme dann schon wieder; ich muß mir hier einiges holen, das ich dann mitnehme zu euch: Kraft und Frische und einen neuen Blick dafür, daß das Leben so schön sei. Und noch vieles; ihr werdet's dann schon sehen, wenn ich komme.«

Ja, so denkt man da; schon mancher hat so gedacht, und mit Recht. Denn Hausbaden hat schon viele Gäste beherbergt und nicht nur solche, die sonst in Schlössern wohnen.

Es ist schon ein paar Jahre her, da hat der Wirt zu seinen Gästen gesagt: »Um Vergebung, aber ich kann euch jetzt nicht brauchen. Später dann, so im Juli etwa. Aber jetzt, im Mai, nicht.« Da haben sie alle Platz gemacht, und als das Haus innen und außen frisch angestrichen und wieder getrocknet war, da zogen *zwei Königinnen* ein. Eine alte und eine junge. Sie kamen aus den Niederlanden, und die junge war »das *Willemintje*«, das Herzblatt der Holländer, das damals noch ein jungfrisches Mägdelein war, wenn man von einer Königin so sagen darf.

Sie haben sich wohl befunden im Schwarzwald, und es war ihnen alles wohl gegönnt von dem Breisgauervolk, das unten um den Berg her wohnt, Luft und Stille und der wunderschöne Blick ins Rheintal und auf die Vogesen hinüber, alles. Aber so nicht wie den Gästen, die im Frühling 1902 dort einzogen, so nicht. Kein Vergleich. Da baute man Ehrenpforten, und wand Kränze und Girlanden und hängte die Fahnen hinaus an jedem Haus in Badenweiler. Und sie standen Spalier, alle, die Kinderschule mit den allerkleinsten Putzewackern und die große Schule und der Kriegerverein und dann außerdem noch die ganze Bevölkerung.

Ja, so empfingen sie ihre Gäste. Aber es waren auch Gäste danach. Nun läuteten die Glocken, alle zusammen, das ganze Tal herauf, von Müllheim an, und dann zog die *Kaiserin* ein. »Und ihr'n kleine Bua het se by sich im Wage g'ha, und 's Prinzeßli«, verkündigten die Schulkinder, als sie heimkamen, denn das war ihnen das allerwichtigste.

Aber das wußten die Großen schon lang. Das hatte schon in der Zeitung gestanden, und sie hatten es sehr verstanden, daß die Kaiserin aus dem lauten Berlin, das noch viel, viel größer und lauter ist als Freiburg und Basel, ein wenig hinaus will; und daß sie die Kinder mitnimmt: »Ja, das isch allweg natürlich«, sagten die Frauen.

Und nun sollte es der Kaiserin gehen wie vordem den andern Kurgästen in Hausbaden, daß das Weltrad eine Weile ohne sie herumgehe. Sie habe es nötig, hatte auch noch in der Zeitung gestanden, daß sie recht in Ruhe leben könne, und die Bevölkerung war ermahnt worden, sich so zu verhalten, daß sie das auch könne, sich nicht vorzudrängen, »und«, hieß es, »Ihrer Majestät in keiner Weise beschwerlich zu fallen!«

Aber das hatten sie scheint's im Norden für nötig gehalten, das zu sagen. Die wußten viel davon, wie die Breisgauer Bevölkerung sei! Der nichts lieber ist, als wenn sie keine Umstände machen muß und ihres Weges gehen kann. Wie man sich benehmen muß, wenn man höfisch sein will, das wüßte sie ohnehin nicht recht. Denn »'s Herr

Großherzogs« und gar »'s Herr Erbgroßherzogs«, die fast gar in Badenweiler daheim sind, die sind so einfach, das ist nicht zu sagen. Da kommt kein Mensch mehr in Verlegenheit. Man liebt sie, und man ehrt sie, und am Sonntag in der Kirche, wenn es heißt: »Und segne den Großherzog und sein ganzes Haus«, da sieht man wohlwollend nach dem Regentenstuhl hinüber und nickt einverstanden mit dem Kopf. Aber mehr tut man nicht, man wüßte nicht recht, was? Und nun vollends die Kaiserin, so eine Majestät, die läßt man freilich in Ruhe. Besonders, wenn sie's so nötig hat, die arme Frau, mit Respekt zu sagen. Einen Knix, wenn sie vorbeifährt, das wird man schon noch fertigbringen, heißt das, wenn man nicht noch vorher hinter einen Busch oder hinter die Haustür schlüpfen kann. Nicht aus Gleichgültigkeit, nur weil sie in Ruh' gelassen sein will, und weil man ihr das auch gönnt. Und dann ging's wieder wie sonst da und dort auf der Welt und zu allerlei Zeiten. Nämlich, »wer wenig sucht, der findet viel«. Das gilt nicht für *alle* Güter. Aber fürs Gutfreundwerden der Menschen untereinander ist's doch noch immer besser gewesen, wenn sie nicht mit Zwang und Drang aneinander hinstrebten, sondern warten konnten, ob es sich begebe. Denn was dann kommt, ist echt und erfreulich. Und so ging es hier.

Die Kaiserin und die Leute von Badenweiler, Oberweiler und Unterweiler und was sonst noch um den Berg her liegt, sind bessere Freunde geworden, als sie am Anfang dachten. Das heißt, was die Kaiserin dachte, das weiß ich nicht, sie hat mir's nicht gesagt. Ich kann mir's aber denken. Da stand sie denn nach ihrer Ankunft auf dem breiten Balkon und sah in die grüne Wäldertiefe. Es rauschte leise in den Tannen, es war, wie wenn das Meer an stillen Tagen singt. Sonst war kein Laut zu hören. Doch, in der Krone der Platane, neben dem Gartenhaus, sang eine Amsel. Es ging dem Abend zu. Drunten im Tal blinkte der Rhein, leichte Dunstwolken hingen über den Städten und Dörfern. Aus wallenden Nebeln stiegen die Vogesen in reinen, klaren Umrissen in die blaue Luft. Hinter der Ruine des einstigen Markgrafenschlosses in Badenweiler sank die Sonne hinab und wob den Höhen einen Purpursaum. Ganz weit, weit hinten irgendwo lag Berlin und rasselten Wagen und tönte Musik und noch lauter tönte der Straßenlärm und viel Unruhe tausendfacher Art. Und hier war es so still. Ein Jauchzen tönte in die Stille hinein. Das waren die Kinder *Joachim* und *Viktoria Luise*. Es ging ein Freuden- und Friedenshauch um die stille Welt hier. Hier konnte man sich bewußt werden, daß man Mensch sei, frohes, dankbares, segnungsbedürftiges Geschöpf des Schöpfers.

Das war der Anfang.

Und dann richteten sie sich zum Leben ein.

Es macht überall Ansprüche. Der Badearzt kam und machte Vorschriften. Majestät hinten und vornen, natürlich. Aber er machte doch Vorschriften. Und Majestät gehorchten.

Die Badegäste, die noch behaglich in den Federn lagen, horchten hoch auf, wenn sie früh am Morgen das leichte Pferdegetrappel hörten. Brr – – –, dann war es vorüber. »Da fährt die Kaiserin ins Schwimmbad«, sagten sie zu sich selbst. »Allen Respekt, so früh.« Und dann dachten sie, daß es nun allmählich Zeit werde zum Aufstehen.

Vielleicht waren sie das Frühaufstehen nicht so gewöhnt, wie man's im Kaiserschloß in Berlin gewöhnt ist. Das will auch gelernt und geübt sein.

Es war wenige Tage nach dem festlichen Einzug, da fuhr ein *Bretterwagen* von der Sägmühle in Schweighof nach Müllheim hinunter. Die aufgeladenen Bretter waren viel länger als der Wagen und wippten beim Fahren lustig auf und nieder. Der weiße Spitzer saß obendrauf und bellte die Welt an, und der Fuhrmann blies auf einem Tulpenblatt fröhliche Melodien. Es war ein heiteres Dabeisein. Eine Kutsche fuhr vorüber, mit zwei glänzenden Rappen bespannt, ein galonnierter Diener hintendrauf, ein galonnierter Kutscher vornen. Aber innen saß niemand. »Die fahren sonderbar spazieren«, dachte der Fuhrmann und »blättelte« weiter.

Da kamen aus einem Feldweg heraus ein paar Leute gegangen, zwei Frauen und zwei Kinder. Ein Junge und ein Mädchen. Die Kinder voraus, natürlich, und eigentlich nicht gegangen, sondern gehüpft. Der Spitzer bellte sie vorschriftsmäßig an. »O Mama, das sieht lustig aus. Sieh mal, wie die Bretter schaukeln! Dürfen wir nicht aufsitzen, Mama?«

»Fragt mal den Fuhrmann«, sagte die Mama, »ob ihr ein Stückweit mitfahren dürfet. Wenn er's erlaubt.«

Da fragten sie ihn. »Sag's du, Joachim«, sagte die Kleine. Dem Fuhrmann ward es ein bißchen sonderbar zumut. Das waren ja wohl – – das konnte ja doch nicht sein, daß das –? Doch, das Gesicht von der einen Frau, das war so bekannt. Aber so ein schwarzes glattes Kleid und ein Hütchen, gar nichts dran – und es war doch die Kaiserin. Er nahm das Blättchen aus dem Mund und riß die Kappe herunter. Ja, er erlaubte das Mitfahren. Will's meinen, daß er es erlaubte. Auch der Spitzer erlaubte es; er ließ sich sogar tätscheln von dem feinen, weißen Händchen der Prinzessin. Das war ein vergnügtes Fahren. Tausendmal schöner als in der Kutsche. Die fuhr indessen leer nach Haus. Auf den Feldern sahen die Leute groß auf; da ging die Kaiserin neben dem Fuhrmann her und unterhielt sich mit ihm, und nun »blättelte« er wieder. Ja, nun blies er ein Volkslied, das man da zu Lande viel singt:

»Nicht weit von Württemberg und Baden,
Von Bayern und der schönen Schweiz,
Da liegt ein Berg, so hoch erhaben,
Den man den Hohenzollern heißt«,

und wie es weitergeht. »Ich hab' nicht gewollt«, sagte er nachher, als ihn die Leute mit Fragen bestürmten. »Aber die Kaiserin hat gesagt, ich soll doch weitermachen. Und den Text hat sie auch wissen wollen, und sonst noch viel«, setzte er so beiläufig hinzu. Er hatte jetzt genug geredet.

»Die Kinder haben dir aber ein Trinkgeld gegeben, das hat man ja gesehen; zeig's einmal«, sagten die Frager. »Das hebst du doch extra auf.« »Ich hab's unters andere Geld hineingetan;« er tat gleichgültig; »es ist eins so rund wie's andere. Aber«, und nun konnte er doch nicht verhindern, daß er mit leuchtenden Augen seine braune, rissige Hand besah, »aber die Hand haben sie mir gegeben, alle zwei, der Bub und das Mädel, ganz kecklich und fest, und ›danke schön‹ gesagt, und das ist«, er mußte einmal schlucken, so übernahm es ihn, »das ist einfach nobel. Das freut mich mehr als das Geld.« – Und damit fuhr er weiter.

Es radelte einer hinter den Herrschaften drein, ein Mann in ganz unauffälligem, grauem Anzug. Man dachte sich zuerst nichts Besonderes hinter ihm. Aber er wurde bekannt in der Gegend. »Da kommt der *geheime Radler*«, sagten die Leute im ganzen Tal hin und her, wenn sie ihn fahren sahen, und dann wußten sie, daß die Kaiserin nicht weit sei, zu Fuß oder zu Wagen. Sie fingen an, sich drauf zu freuen. Sie empfingen so ein freundliches Grüßen, es wurde einem so warm dabei. »Kein Vergleich mit manchen Kurgästen«, sagte der blaubebrillte Steinklopfer an der Fahrstraße nach Bürgeln zu; »die tun, als ob da ein Loch in der Natur wäre, wo unsereiner sitzt.« Und die Badefrau wußte davon zu sagen, und der Kurhausdiener und noch eine ganze Menge anderer Leute.

In Oberweiler war eine Hochzeit. Es war ein schöner, sonniger Tag nach einigen stürmischen, naßkalten Tagen. Ein rechtes Hochzeitswetter. Die Hochzeitsgäste kamen eine Weile vors Haus; die Maisonne paßt gut zur Feststimmung, sie wollten sich ein wenig anscheinen lassen. »Da kommen 's Kaisers«, hieß es auf einmal. So sagten sie, das muß zugestanden sein. Sie wußten das Familienbild, das sie da zu sehen bekamen, nicht recht anders zu benennen. Die Kaiserin in der Mitte, und links und rechts eins der Kinder am Arm, plaudernd und lachend und mit großen Blumensträußen in den Händen. Daneben ging »Tante Feodora«, die Schwester der Kaiserin. So machten sie ihren Spaziergang wie andere Menschenkinder auch, die sich des schönen Maien zu freuen wissen, und hatten auch etwas von dem aufgeweichten Erdreich an den Schuhen und von den nassen Feldwegen her. Die Leute schoben sich so ein bißchen hintereinander, sehen wollten sie, aber doch nicht grad vornen stehen.

»Ach, da ist wohl Hochzeit?« sagte die Kaiserin und blieb stehen; und sie knicksten alle, so gut sie's eben konnten, und griffen in der Verlegenheit nach den Schürzen und Kappenbändern.

»Ja«, sagte irgendein kühner Mensch. Da war das erste Wort gesprochen. »Und dann wurde es gemütlicher«, sagten die Leute nachher. »Wir hätten nicht angefangen, *sie* hat. Vielleicht hat sie jetzt ein bißchen ausgeruht und redet jetzt gern ein wenig mit jemand anderem.« Ja, das mochte ja wohl so sein. Die Brautleute mußten aus dem Haus geholt werden und bekamen die Blumen von den Kaiserskindern, Anemonen und Schlüsselblumen und junges Birkenlaub dabei.

Und wer sie heut besucht in ihrem Ehestand, dem zeigen sie ein schön gerahmtes Bild des Kaisers; das hat ihnen die Kaiserin ins Haus geschenkt. Sie kommen sich wie verwandt vor seitdem. Wenn man weit genug zurückrechnet, sind sie's ja auch. Aber wir andern auch, und das ist das Allerschönste. Da freut einen das Leben, wenn man das bedenkt.

Es war schon ein gutes Stück vom Mai herum. Die bleichen Bäckchen der zwei Berliner Kinder fingen an, sich ein wenig zu runden und zu röten. Das wurde in dem Haus an der Blauenstraße unten, an dem sie täglich vorbeikamen, gegangen oder gefahren, mit Befriedigung bemerkt. Pfingsten kam. Und da sollte es nun noch viel schöner werden. Denn da kamen noch andere Glieder der Familie in die Ferien und »zu Mama«. Prinz August Wilhelm und Prinz Oskar und auf zwei kurze Tage auch der Kronprinz. »Ich mag's ihr gönnen«, sagte eine kinderreiche Mutter, die ihr Häuflein beisammen hatte, »der Kaiserin mag ich's gönnen, daß die Kinder kommen. Man ist doch ganz geteilt, wenn man sie so überall herum hat.«

Sie waren eingezogen, und nun ging es lebhaft zu in dem stillen Hausbaden. Manch einer hat ein lautes, helles Jauchzen gehört durch den Wald hin und lustige Rufe aus einem Kinderspiel heraus und hat sich gefreut an der zwanglosen, jungen Freude der Fürstenkinder.

Wir haben uns alle – ich will nur wir sagen, denn ich war auch dabei – wir haben uns alle allmählich so ein bißchen als Gastgeber gefühlt. »Da sind sie nun«, sagten *wir*, »und es soll ihnen gut gehen bei uns, und wenn's ihnen gefällt, so freut's uns. Und«, setzten einige mit bescheidenem Stolz hinzu, »ein Wunder ist's nicht, wenn's ihnen gefällt.«

Und dann nickten wir alle, wohlwollend und mütterlich, wenn die Prinzen vorbeigingen, stramm und aufrecht und so jung. »Laßt's euch nur schmecken«, hieß das. »Die Freiheit und das junge Leben und die Luft – und außerdem noch alles, was wir euch Gutes ins Haus schicken.«

Ja, da konnte der Konditor mitreden und der Metzger und der Bäcker. Die schafften im Schweiß ihres Angesichts. Denn da oben waren noch allerlei Leute versammelt, Lehrer und Hofmeister und Hofdamen und Kammerfrauen und Kammerdiener, und ich weiß nicht, wer noch sonst.

Den Kronprinzen hätten wir gern noch eine Weile dabehalten. Wir mit unserem beschränkten Untertanenverstand. Er sah so ein bißchen blaß und schmächtig aus, wir meinten, er sei noch so jung und im Wachsen, da täte es ihm länger gut da oben. Aber das half nichts, was wir meinten.

Ich weiß einen, der ist am Pfingstfest auf einem ganz stillen, einsamen Waldweglein oben an der Sophienruhe (wenn jemand weiß, wo das ist) der Kaiserin begegnet, am Arm ihres ältesten Sohnes. »Ja, nun erzähl' mir das alles ganz genau«, sagte sie eben, als der Spaziergänger vorüberging. Was er erzählen sollte, wüßt' ich nicht zu sagen, und das ist gerade gut. Denn da war er ganz allein mit seiner Mutter, und wenn er nun wieder in die Welt hinaus mußte, so war er doch bei ihr gewesen, und sie konnte nun wieder von weitem an seinem Leben teilnehmen. Und das ist viel wert.

Er ging; die andern blieben, und nun konnte sich die Freundschaft erweitern. Und das tat sie auch.

An der Blauenstraße stand ein schwer geladener *Sandwagen*, bergaufwärts gerichtet. Die Gäule standen und rührten sich nicht. Da half weder Zuruf noch Peitsche, sie zogen nicht einmal an, als wüßten sie im voraus, unprobiert, daß die Last zu schwer sei. Der Fuhrmann kratzte sich hinterm Ohr. Es standen noch zwei Männer bei ihm. »Ja, was ist da zu tun?« sagten sie ratlos. »Wenn die Racker nicht wollen.«

Da kamen von oben, die Steige herunter, drei junge Leute, leichtfüßige Jungen eigentlich, so von zehn bis vierzehn Jahren. Hintendrein schritten ein paar Herren in gemessenerem Tempo. »Sollen wir helfen?« rief eine helle Bubenstimme zu dem Fuhrmann hinüber, und da kamen schon alle drei auf den Wagen los. »Oskar, Joachim, laßt das!« rief der Erzieher hinter ihnen her. Aber ich glaube, sie haben's nicht gehört. Da stemmten sie sich schon unter das Rad und griffen nachschiebend in die Speichen mit all ihrer werdenden Kraft. Da konnten denn die Herren nicht gut anders, sie faßten das andere Rad an, und das tat einen Ruck nach vorne, und die Gäule zogen an und kamen in einen guten Schritt, sie wußten nicht, wie ihnen geschah. Der Fuhrmann machte – kein besonders gescheites Gesicht. Er schob seine Kappe hin und her und sagte, weil er sich doch bedanken mußte: »Jetzt, Sie hätte könne bälder komme, Hoheit.«

Jung-Deutschland aber stand und klopfte sich den Sand von den Kleidern und besah die Hände. Just sauber waren sie nicht. Aber was schadete das? Fünf Minuten später hallte Jodeln und Jauchzen aus dem Schwimmbad; und ein gutes Stück im Umkreis wußte man's nun, daß »die kaiserlichen Hoheiten« jetzt im Bad seien. Und manch einer könnte stolz sein auf so einen Schmutz an den Händen.

Das war an einem andern Tag, als das Stückchen mit dem *Kapellmeister* passierte. Es war viel Volks im Kurpark und lauschte den Klängen der Badenweilerer Kurkapelle. Da fing es an zu regnen, und nun drängte sich, was nur Platz fand, unter ein vorspringendes Schutzdach am Kurhaus. Es ging eng her da unten, und der Kapellmeister, der ein beleibter Herr ist, suchte nach einem besseren Platz und fand ihn auf dem Trittbrett der automatischen Personenwage. Aus dem Regen war er nun, aber nun kam er in die Traufe.

Was wußte er davon, daß neben ihm die Prinzen standen, nur auch so eben hereingeschoben, in engem Gedräng, mit all den andern Leuten? Und wie konnte er denken, daß nun der Übermut den Prinzen August Wilhelm packen würde, so daß er seinen Brüdern zuflüsterte: »Wollen mal sehen, was der Mann wiegt« und einen Zehner in den bekannten Schlitz steckte? Er hörte nur den Zeiger an der Gewicht-Anzeigetafel schnappen, und dann kicherte es neben ihm und fing männiglich an zu lachen. Ich sag's nicht, wieviel er gewogen hat. Wenig war's nicht.

Hoffentlich hat er schließlich mitgelacht.

Wie schnell die freien Tage herumgingen. Wie geflogen. Es soll nur niemand meinen, jener faule Schulbub habe etwas Rechtes gewußt, der hinter seinem Aufsatz stöhnend sagte: »O was, wenn ich nur dem Kaiser gehören täte, da könnt' ich Vakanz haben, soviel ich wollte, und der Lehrer dürfte mir nichts befehlen.« Weit gefehlt. Wenn die Erzieher sogar in die Vakanz mitgehen und dabei sind, ob man Schule hat oder nicht, dann ist's nicht so weit her mit der Freiheit. Und jener alte Bauersmann hat nicht so unrecht gehabt, der gesagt hat, als er hörte, daß die Prinzen wieder abreisen, weil sie in die Schule müssen: »Ja, ja, sie werden, denk' wohl, ihr Sach' auch selber lernen müssen. Essen und lernen, das kann einem kein Bedienter tun.«

Also die Vakanztage waren bemessen, und nicht zu lang. Da galt's, sie auszunützen. Und das haben sie auch getan.

Auf einer stattlichen, freien Höhe, umgeben von dem grünen Wälderkranz, liegt *Bürgeln*. Das war einmal früher ein Schloß, und dann eine Abtei, und von beiden sind noch Spuren da, trotzdem das stattliche Haus jetzt in ein behäbiges Wirtshaus umgewandelt ist. Eine schöne alte Klosterkirche ist noch da und ein Saal mit einer stattlichen Reihe von Ahnenbildern. Aber das Schönste, weitaus das Schönste, ist das, was man ringsum sieht, zu den Fenstern hinaus, beim Blick in das weite, schöne Land, das hat Hebel auch gewußt, als er sang:

»*Z' Bürgeln* auf der Höh',
Nei, was cha mer seh',
Nei, wie wechsle Berg und Tal,
Land und Wasser überall,
Z' Bürgeln auf der Höh'!«

Nach Bürgeln auf der Höh' sind die jungen Hohenzollern auch gekommen, haben die alten Ahnherren des Rittergeschlechts, das einst hier hauste, betrachtet, wie sie in ihren Perücken und Halskrausen, Helmen und Harnischen aus den Goldrahmen der Bilder schauen und noch nichts vom neuen Deutschen Reich wissen. Und dann haben sie sich dem lebendigen Leben wieder zugewandt, das da überallher grüßt, aus den Wäldern und Bergen, Dörfern und Städten, die man liegen sieht. Ja, und auch einem tüchtigen Vesper in der Wirtsstube. »Von der Luft leben sie auch nicht«, sagte die Wirtin nachher vergnügt. Aber *sie* sieht *auch* nicht aus, als ob sie von der Luft lebte; nichts für ungut, wenn sie diese Blätter zu Gesicht bekommt.

Nach *Kandern* führte die Kaiserin ihre Söhne auch. Dort sind von langher schon die kunstfertigen Töpfermeister bekannt, die allerlei schöne, eigenartige Gefäße zum Gebrauch und zum Schmuck des Hauses machen. Sie bauen neuerdings dort Fabriken und führen ihre Waren weit ins Land hinaus. Und das bringt ja wohl Geld in die Gegend. Aber es gibt Leute, die sich trotzdem nicht so recht dran freuen, weil sie fürchten, daß mit dem kleinen Handwerk auch viel feine Eigenart des Schaffens, wie sie so die alten Töpfermeister hatten, verloren gehe. Aber das hatten die Prinzen nicht zu untersuchen, und es fiel ihnen auch gar nicht ein. Sie staunten an, was ihnen gefiel, und das andere brauchte sie noch nicht anzufechten.

Auch waren nun die Ferien herum, und es mußte geschieden sein. »Die zwei Kleinen« durften noch dableiben. Prinz Joachim und die Schwester. Die hatten's lang gut, die gehörten noch zu Mama. Ich weiß nicht, ob sie die Großen beneidet haben; man könnt's fast denken. Aber das bleibt auch nicht so. Sie wachsen auch heran und müssen hinaus. Und dann mögen sie sich nur freuen, daß sie in ihren Kindertagen so ganz »zu Mama« gehört haben. Das wird auch nicht allen Kindern zuteil; und es sind nicht immer nur die Kinder der Armen, die es entbehren müssen.

Nun hatten sie sich alle dran gewöhnt, die Leute in der Gegend ringsumher, daß die hohe Frau da oben wohne. Sie sahen sie so gern am Sonntag im Kirchenstuhl sitzen, mit ihrem freundlichen Gesicht, wie sie so aufmerksam zuhörte und so andächtig mitsang. Und sie sahen sie gern auf ihrer Feldmark und in ihren Wäldern, da und dort. Es war ihnen, als ob sie zu ihnen gehöre. Wenn es regnete, sagten die Leute: »Am End' friert sie's da oben«, und wenn die Sonne herauskam, dann sagten sie: »Das ist nur gut, sonst hilft die Kur nichts.« Und sie wußten, wen sie meinten.

Aber nun wollte sie fort, und das schon nächster Tage. »Sie will grad nicht, sie muß«, sagten die Leute. »Sie muß ganz da oben hinauf, nach Marienberg an der Oder, und etwas helfen einweihen. Der Kaiser will's haben.« Da kam sie ihnen so menschlich nah vor, wie schon hier und da sonst. Das war natürlich, daß sie abreiste, wenn ihr Mann es haben wollte und sie brauchte. Das tun andere rechte Frauen auch. Aber schad' war's, daß es sein mußte. Sie machte es noch wie die scheidende Sonne. Sie grüßte noch alles, was ihr in den Weg kam.

Sie lud sich noch die Mädchen aus der Gegend ein, hundert an der Zahl, in ihrer schmucken Markgräflertracht, und bewirtete sie und tat ihr möglichstes, sich mit ihnen zu unterhalten. Wenn es mit der Unterhaltung nicht so recht glückte, konnte sie wohl nichts dafür. Das liegt dort so im Menschenschlag. »Sie sagen nicht viel um einen Kreuzer«, sagt man von ihnen, und es ist nicht umsonst gesagt.

Aber das schadete nichts. Als die Mädchen nach Haus kamen, wußten sie schon eher etwas zu sagen. Wie sie so freundlich und gütig gewesen sei, und das Prinzeßchen so nett und *auch* in der gleichen Tracht, und wie es ihnen geschmeckt habe. Ja, da konnten sie schon reden. Und wer weiß, in Jahren, da erzählen sie's noch ihren Kindern und später den Enkeln, und dann fällt ihnen noch allerlei ein, was sie hätten sagen können, wenn sie nur dran gedacht hätten.

Es gab Leute in Badenweiler, begeisterte, flammende Backfischchen, die glaubten wunder wieviel besser sie beschlagen gewesen wären. Und suchten »das Schönste auf den Fluren«, und lauerten wie die Buschräuber auf den Wagen der Kaiserin. Und als sie ihm einmal begegneten, da machten sie, blutrot vor Aufregung, ein Knickschen und warfen ihren Waldstrauß hinein, und sahen kaum noch, wie freundlich die hohe Frau wiedergrüßte, und fanden gleichfalls erst zu Haus die Sprache wieder. Aber dort gründlich.

Eine Lateinschülerklasse von R..... kam mit Singen und Pfeifen vom Blauen herunter. Sie hatte einen schönen Ausflug gemacht. Vom Blauenturm aus sieht man Basel liegen und sieht in der Ferne die Alpen, und wenn man sie einmal nicht sieht, so kann man sich's doch sehr gut einbilden, daß man sie sehe, und das ist auch nicht nichts. Und in der Nähe sieht man erst recht viel Schönes, wer nur Augen dafür hat. Selten, daß man nicht erhoben und frohgestimmt vom Blauen herunterkommt.

Da, mitten im Wald, halbwegs herunter, kam den Lateinern eine Gesellschaft entgegen. Und der Lehrer zog so tief den Hut und verbeugte sich so feierlich, den Lateinern wurde es ahnungsvoll zumut. Als wenn sie noch einmal auf einer Höhe ständen. »'s ist die Kaiserin«, wisperte es durch den Bubenhaufen. Jawohl, das war sie. Und fragte nach Heimat und Reiseziel und lächelte so bedeutsam, als ob sie wüßte, was wegmüde Buben freut, und lud die ganze Gesellschaft zum Vesper nach Hausbaden. Das war denn Glück und Schmerz zugleich. Denn der Lehrer zog die Uhr und bedankte sich untertänigst, aber es reichte nur eben noch auf den letzten Zug, und die Väter und Mütter kämen in tausend Ängste, wenn ihre Buben nicht kämen. So und so, man müsse verzichten. Die Lateiner dachten an Empörung und Bürgerkrieg. So etwas hinauszulassen. Aber da half alles nichts. Weitermarschiert wurde und abgefahren. Und als man in R. ankam, da hatte der Stationsvorstand ein Telegramm bekommen, des Inhalts, daß die ganze Klasse auf Kosten Ihrer Majestät am andern Tag bewirtet werden solle und nicht schlecht. Jetzt muß ich sagen: »Merkt man's nicht, daß sie auch Söhne hat und ein Mutterherz? Hat sie's nicht erbarmt in die Bubenherzen hinein, daß sie so trocken abziehen sollten?«

»Hochleben soll sie«, sagten die Lateinschüler von R., und das sagten sie nicht allein. Das sagten noch viele Leute.

Sie riefen es ihr auch nach, als sie abreiste. Sie war ihnen so eigen geworden, sie und die Kinder.

Und dann stand Hausbaden wieder leer und still wie vordem. Nun konnten die andern Gäste wiederkommen, von nah und fern, vom Elsaß und vom Badener Land und von Nord und Süd des deutschen Landes, und sich häuslich einrichten und sich all das Gute aneignen, das da zu Türen und Fenstern hereinkommt. Der gelblackierte Extra-Postwagen fuhr nicht mehr zweimal am Tag hinauf, und der Wagen mit den Rappen ward nicht mehr gesehen, da und dort, auf Wald- und Landstraßen. Man zog die Fahnen ein und brach den Triumphbogen ab, dessen Tannenverkleidung allmählich am Abbröckeln war, und ging in Badenweiler seines Weges, wie vordem.

Als ob sie gar nicht dagewesen wäre. So hätte es sein können, wenn nicht eins gewesen wäre, das immer da ist, wo liebreiche, freundliche Menschen gewandelt sind, ob sie nun Kronen tragen oder nicht.

Nämlich, daß sie sich Denkmale setzen in frohen Menschenherzen, ungewollt, ungesucht, nur durch ihr freundliches Tun und Sein. Das hat die Kaiserin getan und nicht nur in *einem* Herzen.

Vielleicht hat sie's gelesen, vielleicht auch nicht, was mir immer durch den Sinn geht, solang ich das erzähle. Es wird ihr wohl eigen sein:

»Man wandert nur einmal durchs Leben. Was mir auf diesem Wege möglich ist, ein freundliches Wort hier, ein liebreiches Tun da, ich will es nicht unterlassen. Denn ich werde nie wieder dieses Weges kommen.«

Sonnenstrahlen

Noch lag die Welt in tiefem Schlaf. Kaum daß hier und da die Hähne krähten oder ein Vögelein im Neste schlaftrunken anfing zu zwitschern. Der Morgenstern stand, nachdem der Mond und die andern Sterne alle, das ungezählte Heer, längst schlafen gegangen waren, noch als einsamer Wächter am Himmel und lugte hier und da sehnsüchtig hinter den weißen Wolkenvorhang, ob Frau Sonne noch nicht bald komme. Denn es war kühl – frostig auf der blauen Höhe, und er wäre gern seinen Geschwistern nachgefolgt. Aber nun endlich regte sich's. Die Nebelmassen wurden ein wenig hin und her geschoben, und ein kleiner, fürwitziger Sonnenstrahl schaute heraus, halb rosig, halb golden angehaucht. Der rief dem Morgenstern zu: »Geh nur nach Haus, Herr Nachtwächter! Wir sind schon auf dem Plan!« Dann folgte ein zweiter und dritter, blitzende, leuchtende Gesellen. Die hingen geschäftig ein rosenrotes Licht heraus, daß die Fenster des Bergkirchleins davon erglänzten und die Tannen am Waldessaum ganz in Glut getaucht waren. Und andere kamen, die zerteilten die Nachtschatten drunten im Tal, weckten die Tierlein im Walde auf, lugten auch neugierig zu den Fensterläden hinein, um den Menschen »Guten Morgen« zu sagen und sie zum fröhlichen Tagewerk zu begrüßen. Das waren aber alles nur Vorposten. Es dauerte nicht lange, so erschien Frau Sonne selbst, leuchtend in ihrem Strahlengewand, alles erhellend mit ihrem wunderbaren Licht. Die rief die Sonnenstrahlen alle zu sich. »Das wißt ihr, meine Kinder«, sprach sie zu ihnen, »daß ich genug zu tun habe, die ganze Welt zu erleuchten und zu erwärmen, die Früchte in Berg und Tal zu reifen. Aber in alle Häuser zu dringen und in alle Herzen, wie es eigentlich sein sollte, alle Winkel und Ritzen zu durchstöbern und alles ans Licht zu bringen, was ans Licht gehört, das bringe ich bei den kurzen Tagen nicht fertig. Und deshalb geht flink daran, und helft mir bei meinem Tagewerk.« Da ging es aber an ein Hinundherhuschen! Pfeilgeschwind flog der eine dahin, der andere dorthin, und bald war Berg und Tal, Wiese und Wald, Dorf und Stadt von flimmernden, schimmernden Sonnenstrahlen erfüllt. Die drangen überall hinein, in Kellerlöcher und Bühnekammern, in reiche und arme Häuser, in fröhliche und traurige Herzen und haben gar manches erlebt und gesehen, wovon sich mancher nichts träumen ließe.

Soll ich euch erzählen, was ich von den Sonnenstrahlen erlauschte, als sie einander ihre Erlebnisse erzählten?

»Ich war«, fing der eine an, »zuerst an einem schönen, steinernen Hause, das mitten in einem prächtigen Garten steht, und wäre gar zu gern ins Haus geschlüpft, um zu erfahren, wer denn die Bewohner wären. Aber da war alles dicht verhangen und zugeschlossen, und nichts rührte sich. Ein ganz klein wenig konnte ich durch einen Spalt ins Schlafzimmer blinzeln. Da lag in schneeweißem Bett ein kleines Mädchen, das streckte und dehnte sich und wollte eben erwachen. Flugs küßte ich sie auf die Augen und flüsterte ihr zu, wie schön es draußen sei, und sagte, sie möge nun aufstehen und ans Tageslicht kommen. Aber da kam ich schön an! Statt aufzuwachen und sich fröhlich zu erheben, schlüpfte sie ganz und gar unters Deckbett und ächzte und jammerte: ›Dore, du hast wieder den Vorhang nicht ganz zugemacht! Immer scheint mir die Sonne in die Augen! So kann ich nicht schlafen!‹

Da ließ ich das brummige Ding liegen und flog weiter. Diesmal kam ich an ein einfaches Häuschen mit hellen Fenstern, die schon weit aufstanden. Darin waren die Leute längst munter. Die Kinder saßen gewaschen und gekämmt mit den Eltern am Tisch und löffelten ihre Milchsuppe aus einer gemeinsamen Schüssel. Das waren vergnügte Gesichter, ich hatte meine helle Freude an ihnen. Aber ein paarmal gab doch der eine der krausköpfigen Buben dem andern einen gelinden Puff mit dem Ellbogen, weil der seiner Meinung nach den Löffel ein wenig zu rasch hin und her wandern ließ und der Inhalt der Schüssel nicht so ganz den Bedarf der vielen hungrigen Magen decken wollte. Da legte ich mich quer über den Tisch. Und der Vater sagte: ›Das gibt wieder schönes Wetter heute! Wenn's so fort geht, so bringen wir heuer eine gute Ernte in die Scheuer; was meint ihr, Buben, dann muß die Mutter den Brotlaib nicht mehr nach allen Seiten drehen, ob er auch für alle reiche?‹ Die Buben lachten im Chorus mit sehr einverstandenen Gesichtern. Ich hatte aber noch etwas zu tun. Auf dem Schrank lag, etwas verstäubt, ein dickes Buch, das mußte ich noch ein wenig untersuchen. Aber wie ich es so recht hell beleuchtete, stieß der Vater die Mutter halblaut an und sagte: ›Was meinst du, Mutter? Dazu sollte es doch auch am Morgen reichen, daß wir miteinander ein Kapitel lesen und ein Vaterunser beten! Man schafft dann nachher um so leichter.‹ Die Mutter stäubte etwas verlegen das Buch ab, und der Vater las. Ich habe nur noch davon behalten: ›Denn er läßt seine Sonne aufgehen über die Bösen und über die Guten und läßt regnen über Gerechte und Ungerechte.‹

Da fiel mir ein, daß ich heute noch weiter müsse, und ich huschte eilends fort über Gärten und Felder hin. Und ich sah auf einem steinigen Weglein zwei Kinder gehen, die führten einander behutsam an der Hand, hatten steinerne Töpfe an sich hängen und wollten in den Wald, Erdbeeren suchen. ›Du, Andres‹, sagte das kleine Mädchen, ›ist's noch weit bis in den Wald?‹ ›Nicht so sehr‹, sagte der Bub, ›wenn wir vollends den Berg droben sind, dann geht's auf der andern Seite wieder hinunter, und dann kommt der Wald, und nicht weit drin ist der Erdbeerplatz.‹ ›Aber mir tun die Füße so weh, und mich friert's, und ich habe Hunger!‹ ›Sei nur still, Liesle‹, tröstete das nicht viel größere Brüderlein, ›weißt ja, daß die Mutter selber nichts mehr hat, da kann sie uns auch nichts geben! Aber wart nur, wieviel wir Erdbeer' finden! Die tragen wir ins Schlößle zu den reichen Leuten, und dann kriegen wir Geld und kaufen Brot. Und vielleicht finden wir viel und können oft verkaufen, dann kauft dir die Mutter auf den Winter ein Paar Schuh'!‹

Mitleidig sah ich den beiden zu; dann legte ich mich auf den Weg und hüpfte ihnen voran, ich hätte sie so gern ein wenig aufgemuntert. ›Guck, Liesle, jetzt kommt auch noch die Sonne, jetzt wird's gut warm, da friert's dich nimmer‹, sagte Andres, und sie zogen getröstet weiter bis an das schöne Erdbeerplätzchen, das ich ihnen zeigte, wo sie ihre Töpfe füllen konnten und selber noch von den schönen Beeren schmausten.

Nachher begleitete ich sie auf dem Weg ins Freiherrnschlößchen, wo sie ihre Beeren verkaufen wollten. Dem grimmigen Kettenhund Tyras schien ich geschwind blendend in die Augen, da schlüpften die armen Kinder unbemerkt hinein.

Im Garten aber lag, weich in Kissen und Decken gebettet, ein blasses, blondlockiges Mägdlein in einem Tragbett. Das hatte die mageren Händlein gefaltet und die Augen geschlossen, ich glaubte fast, es atme nicht mehr. Schüchtern überflog ich das bleiche Gesichtchen. Da schlug es die Augen auf, groß und blau, die leuchteten hell auf, als es die Kinder gewahrte, die schüchtern in einiger Entfernung stehengeblieben waren. ›Kommt nur hierher‹, rief sie mit ihrem dünnen Stimmchen. ›Schwester Martha, da sieh nur, hier gibt's Erdbeeren, und ich habe so ein Verlangen danach, kaufe sie doch den Kindern ab.‹ Eine freundliche Frauengestalt in schwarzem Kleid und schneeweißem Häubchen erhob sich und sprach liebreich und zutraulich mit den armen Kindern. ›Was meinst du, Angelika‹, sagte sie zu dem kranken Töchterlein, ›wenn wir ein Schüsselchen Milch und ein Stück Brot aus der Küche holten und den Kleinen gäben? Denk' dir, sie haben noch nicht einmal gefrühstückt!‹

Da lachte Angelika fröhlich und zustimmend, und die Geschwister lachten erst recht, als sie sich behaglich sattessen konnten und noch zu ihrem Geld ein mächtiges Stück Weißbrot mit auf den Weg bekamen.

Ich hörte noch, wie das Liesle im Heimweg zu ihrem Bruder sagte: ›Du, Andres, möchtest du das reiche Mädchen sein und immer daliegen müssen und gar nicht herumspringen können?‹ Das wollte der Andres nicht, behüte! Und die beiden waren viel zufriedener als zuvor.

Ich konnte nicht mehr weiter mit ihnen. Ich hatte unterwegs an einem Kellerfenster einen Nelkenstock entdeckt, der voll Knospen stand. Den wollte ich einmal aufsuchen, was tat nur ein Blumenstock an einem Kellerfenster? Es war aber kein eigentlicher Keller, wie ich entdeckte, sondern ein trübseliges, kleines Stübchen. Eine Frau stand im Hintergrund an einem dampfenden Waschzuber und rieb eifrig drauflos, von Zeit zu Zeit das Feuer unter dem Kessel schürend und mit einem breiten Holzlöffel in der kochenden Wäsche rührend.

Der Nelkenstock gab sich alle Mühe, seine Knospen zu entfalten, aber er kam nicht zustande damit. ›Soll ich dir helfen?‹ sagte ich und fing an, die Knospen zu küssen und zu streicheln und die Hüllen aufzuwickeln. Ein rotes Blättchen ums andere guckte heraus, aber ich muß sagen, ich hielt mich lang damit auf. Die Zeit verging nur so, und als die Frau am Waschzuber mit ihrer ganzen Wäsche fertig war und sich zum Verschnaufen ein wenig ans Fenster setzte, erschrak ich, weil mir einfiel, wieviel noch zu tun sei. Aber das Gäßchen war so eng und die Stube so düster, ich hoffe nicht, daß es mir übel genommen wird, daß ich diese erst noch ein bißchen ausleuchte. Wenn ihr auch gesehen hättet, wie die Wäscherin sich über die hellroten Blüten freute! ›Und grad morgen ist des Wilhelms Geburtstag‹, sagte sie, ›und Sonntag dazu! Da trag ich ihm den Stock aufs Grab und lese eine Predigt auf dem Bänklein! Ich hoffe nicht, daß es eine Sünde ist, wenn ich diesmal nicht in die Kirche gehe; ich muß doch an seinem Geburtstag bei meinem Wilhelm sein. Und es tut einem auch gut, wenn einen die Sonne wieder ein Weilchen anscheint.‹

Ich wußte nicht recht, was ich dazu sagen sollte, und wollte gerade Abschied nehmen, da wackelte sie noch ein wenig mit dem Kopf und sagte: ›Wiewohl, die Sonne scheint auch noch nach der Kirche, und mein Wilhelm ist beim lieben Gott! Den ficht nichts mehr an, aber mich! Kann sein, ich geh' doch vorher hinein.‹ – Da flog ich weiter, und da bin ich, und morgen ist auch noch ein Tag.«

»Ja«, sagte ein anderer Strahl, ein recht breiter, voller, leuchtender, »das ist nur gut, daß morgen auch noch ein Tag ist. Man weiß ohnehin nicht, wo anfangen, soviel ist zu tun auf der Welt. Ich war in einem Hinterhaus, das hätt' ich fast nicht gefunden, so versteckt liegt es zwischen hohen Mauern. Eins gehört zu einer Brauerei und eins zu einem Magazin, und nur ein trübseliges, schmales Höfchen trennt es von dem stattlichen, steinernen Vorderhaus. Es ist eigentlich eine unangenehme Gegend für heitere Leute, wie wir sind. Aber am Fenster stand ein kleines Mädchen und machte so ein trübseliges Gesicht, als ob auf der ganzen Welt nichts Erfreuliches wäre, und manchmal drehte es das Köpfchen ganz ängstlich nach hinten, als ob dort etwas wäre, das zu fürchten sei. Nun ich kann trübselige Gesichter vor allem nicht ausstehen, und darum kam ich näher, um nach dem Rechten zu sehen. Da saß innen in der Stube ein Mann auf einem Schneidertisch, der nähte drauflos, als ob die Welt auseinandergegangen sei und er müsse sie wieder zusammenflicken. Das wäre ja ganz recht gewesen. Fleißig schaffen, das müssen wir ja auch. Aber daß er in einem fort dazu schalt und brummte, das war nicht schön. Der kleine Lehrling, der neben ihm saß und gleichfalls nähte, schien das auch zu finden. Er hatte einen ganz roten Kopf und sah fast noch ängstlicher aus als das Kind am Fenster, und nun flog ihm auf einmal klatschend die Weste, an der der Meister nähte, um die Ohren. ›Die ganze Naht ist schief‹, schalt der Meister. ›Du bist doch auch zu gar nichts zu gebrauchen, Tolpatsch, ungeschickter.‹ Der Lehrling duckte sich noch viel scheuer zusammen, und aus der offenen Kammertür kam ein leiser Seufzer. ›Ach, Mann‹, sagte eine Frauenstimme, ›mach's nur nicht so arg.‹ Ich war schon in der Stube, und nun stahl ich mich auch noch unter die Kammertür, denn ich wollte gern sehen, was da drin vorging. Da lag eine Frau im Bett und in einem Waschkorb neben ihr ein rosenrotes, kleines Kindlein im Tragkissen, das saugte an seinen Fäustchen und war am zufriedensten von allen. Es sah nirgends besonders sauber aus, muß ich sagen. Aber schließlich, wer sollte da viel säubern? Die Männer verstehen das ja nicht, und die Frau lag ja zu Bett. ›Und da soll man sich nicht ärgern‹, schalt der Mann. ›Es ist ein Elend. Nun soll ich wohl wieder kochen und den Taglohn versäumen, und das Hauswesen sieht aus, daß man davonlaufen möchte, und du bist immer noch so elend. Und der Bub ist auch nichts nutz.‹ Er meinte es nicht so böse, das merkte ich; ich wollte ihn gern ein wenig besänftigen und machte mich breit und hell, daß er mich ansehen sollte. Denn ich dachte, dann müsse er doch merken, daß es lang nicht so schlimm sei auf der Welt, als man hier in dieser engen Stube meinen konnte. Da ging die Tür auf, und ein kleines, mageres Jüngferlein kam herein. Das hinkte gewaltig und hatte ein ganz runzeliges Gesicht. ›Guten Morgen miteinander‹, sagte sie. ›Was macht die Frau? Will nur einmal wieder nach dem Rechten sehen, 's hat's nötig, mein' ich.‹ ›Ach gottlob, das ist doch ein Sonnenstrahl‹, sagte die Frau in ihrem Bett dankbar. Sie meinte nicht mich, sie meinte die Bärbel. Die ging gleich an die Arbeit. Sie sah gar nicht aus wie ein Sonnenstrahl, sie war ärmlich und alt und welk. Aber sie hellte die Gesichter auf und machte die Stube sauber. ›Da guck her‹, sagte sie zu dem kleinen Mädchen am Fenster, ›was das Brüderlein für herzige Fäustchen macht. Komm, du darfst ihm die Milch geben. Du kannst schon ein Mägdlein sein, da ist die Mutter froh.‹ Das Kind machte kein so verzagtes Gesicht mehr, es wollte gern helfen, nur hatte es ihm noch niemand so recht gezeigt. ›Ganz freundlich sieht die Stube aus, wenn die Sonne hereinscheint‹, lobte die Bärbel. Da mochte ich nicht gleich wieder fortgehen, ich dachte, das sei auch eine Arbeit, nur so ruhig dazubleiben und die Stube zu erhellen. Der Mann sah ganz wohlgefällig zu, wie die Bärbel eine Suppe kochte, und nach und nach fing er sogar an, ihr von all dem Ärger zu erzählen, den er heut schon gehabt habe. Das tat ihm scheint's gut. ›Mit dem Lehrling ist's auch hinten und vornen nichts‹, sagte er. ›Statt einer Hilfe ist er nur eine Plage für mich. Er ist nichts und wird nichts.‹

›Das wär' noch schöner‹, sagte die Bärbel. ›Das glaub' ich nicht. Ich meine, Sie haben das Kräutlein Geduld nicht im Haus, Meister. Es ist noch kein Gelehrter vom Himmel gefallen. Das kommt noch; gelt, Konrad, du gibst dir Müh', daß es kommt?‹

Da atmete der kleine, verängstigte Lehrbub ganz tief von unten herauf und nickte mit dem Kopf. Die Bärbel war ihm auch ein Sonnenstrahl, das sah man wohl.

Der Meister lachte, halb verlegen und halb besänftigt. ›Sie kann predigen, Bärbel‹, sagte er, ›wie der schönst' Pfarrer kann sie's. Ich weiß nicht, was das ist, von ihr nimmt man's erst noch an.‹ Er war für jetzt in einem besseren Fahrwasser, das sah man wohl, und das spürte auch die Frau in ihrem Bett, sonst hätte sie nicht zu der Bärbel gesagt, eh' diese wieder in ihr Dachstüblein hinaufstieg zu ihrer Flickerei für die Kunden: ›Ach, das ist schier noch besser als die Suppe und die saubere Stube! Daß mir der Mann nicht so verbittert wird! Daß er wieder ein bißchen aufgehellt ist!‹ Da hinkte die Bärbel wieder hinaus, und das weiß ich, wenn ich's machen kann, so grüß' ich sie jetzt jeden Tag in ihrer Dachkammer. Denn die ist's wert, daß sie die Sonne anscheint. Bei den Schneidersleuten blieb ich noch, solang ich konnte. Dann besuchte ich im Nachbarhaus eine gefangene Lerche, die im Käfig sitzt und sich hinaussieht. Ich schlüpfte ganz in den engen Käfig hinein, aber das arme Tier sah mich nicht; die Menschen haben ihm die Augen ausgestochen. Es fühlte nur, daß ich da sei, an der Wärme, die ich mitbrachte, und da fielen ihm wohl wieder die grünen Wiesen ein und das Weizenfeld, in dem sein Nest verborgen war, und der weite blaue Himmel, in den es sich immer hoch, hoch hinein erhoben hatte. Die arme Lerche. Sie fing an zu singen. So sehnsüchtig, so klagend und in immer volleren Tönen; sie sang, als ob es ihr die Brust zersprengen wollte. Und dann flog sie mit zitternden Flügeln gegen die Stäbe ihres Gefängnisses. Aber die gaben nicht nach. Sie mußte da eingeschlossen bleiben.

›Wie die Lerche singt‹, sagte ein kleiner Bub, der dastand, die Hände auf dem Rücken, und horchte. ›So schön hat sie noch nie gesungen.‹ ›Das macht, daß die Sonne zu ihr hineinscheint‹, sagte der dicke, alte Mann, der in einem Lehnstuhl saß und die Daumen drehte. ›Großvater, aber sie möchte hinaus‹, fuhr der kleine Bub fort, ›siehst du, wie sie flattert? Großvater, sie möchte so gern hinaus.‹ ›Das glaub' ich‹, sagte der Alte, ›das glaub' ich. Aber daraus wird nichts. Sie hat mich zehn Mark gekostet, und ich könnte jeden Tag zwanzig dafür bekommen. Und zudem, sie ist ja blind. Das hülfe sie nichts, wenn ich sie fliegen ließe, sie müßte ja umkommen. Die Katze würde sie holen.‹ Und er fuhr fort, seine Daumen zu drehen und wohlgefällig zu nicken, wenn die Lerche sich das Herz aus der Brust singen wollte. Da gab es plötzlich mitten in einem hohen Triller einen schrillen Ton, und dann fiel das kleine Vögelchen tot von der Stange. Es hatte vor übergroßer Sehnsucht nach der Freiheit und nach dem Licht so stark gesungen, daß ihm die Kehle zersprungen war. Da ging ich weiter und freute mich. Der Tod ist nichts Erfreuliches, aber ich freute mich doch, ich kann nichts dafür. Aber nun ist der Tag dahin, und weil ich noch soviel Arbeit weiß in dem engen Gäßchen, darum bin ich so froh, daß morgen auch noch ein Tag ist.«

Zehn, nein! zwanzig, dreißig – ein ganzes Heer von Sonnenstrahlen schwirrten darauf durcheinander, und der dickste von ihnen bat sich das Wort aus und sagte: »Einigkeit macht stark! Wir sind den ganzen Tag zusammen gegangen. Natürlich konnten wir da nicht in so ganz enge Straßen dringen. Wir machten ein großes Haus ausfindig, mit vielen hohen Fenstern. Viele davon waren verhüllt, aber oben war ein Saal, der ganz hell und luftig war, da standen viele Bettchen in Reihen, und darin saßen und lagen, spielend, schwatzend, auch zum Teil seufzend und manche sogar brummend und übellaunig, viele Kinder, größere und kleinere, fast alle mit bleichen Backen. Und dazwischen gingen Frauen hin und her mit großen, blau-weißen Schürzen,

›Schwestern‹ nannten sie die Kinder. Die teilten Frühstück aus, wuschen, kämmten, verbanden die kleinen Patienten. Und hernach gab eine ein hübsches Spiel an mit einem Ball aus Zeugstücken, den man an einer Schnur von Bett zu Bett schleudern konnte. Das gab einen Hauptspaß. Wir stahlen uns zu allen Fenstern hinein und mochten gar nicht mehr weiter. Es gab da auch gerade genug zu tun für uns. Ein kleiner Bub mit der Streckmaschine an seinem Bein jammerte unaufhörlich. Er tat mir so leid, ich besann mich hin und her, was ich ihm sagen könnte, daß er wieder fröhlich würde, und ich machte mich ganz nahe zu ihm her. Da lachte er plötzlich vergnügt auf. Ich hatte mich, ohne es zu sehen, gerade auf ein winziges Stückchen Spiegelglas gesetzt, das auf seinem Tischchen lag. Und da warf ich einen hellen Lichtstreifen auf seine Decke. Das gab ein hübsches Spiel. Er drehte und wendete das Glasstückchen bald so, bald so, und ich mußte, weil ich gefangen war, in der Hand des kleinen Burschen tanzen, hierhin und dorthin. Und bald rief's im ganzen Saal: ›O ein Sonnenvögelein! Wer fängt's?‹ Und die Händchen haschten danach, und der kleine Schelm im Bett vergaß Schmerzen und Kummer über dem Spiel mit mir. Und als der Doktor kam und fragte: ›Nun, Fränzchen, wie geht's heute?‹ kam die fröhliche Antwort: ›Ganz gut, ich habe ein Sonnenvögelein gefangen.‹«

»Und ich«, fiel ihm ein anderer Sonnenstrahl ins Wort, »ich habe einem der kleinen Mädchen sein verlorenes Zehnpfennigstück aufgefunden. Es hatte die blanke Münze geschenkt bekommen und sich den ganzen Morgen besonnen, wozu sie angewandt werden solle. Zu einem Badepüppchen oder einer Orange oder, wenn's reichte, zu einem Resedastöckchen für der Pflegschwester Geburtstag? Und da war sie plötzlich unter das Bett gerollt und noch weiter fort und konnte trotz Besen und Stangen nicht aufgefunden werden. Aber ich schlüpfte geschwind hinter den Schrank, wo in einer Fußbodenritze aufrecht das kleine Ding steckte, und spiegelte mich solang darin und machte die Münze blitzen und glitzern, bis das die Schwester entdeckte und den Ausreißer in ein Beutelchen steckte. Da war das kleine Mädchen wieder getröstet.«

»Oh, wir könnten den ganzen Tag lang forterzählen«, riefen viele Stimmen durcheinander. »Wißt ihr noch die vielen Ameiseneier, die wir in dem großen Garten hinter der Stachelbeerhecke ausbrüteten?

Und wie das allmählich anfing zu krabbeln und zu zappeln, als die gelben Häutchen sprangen?«

»Und wie wir bei der großen Hausreinigung im Doktorhaus mithalfen? Puh, der Staub, der in der Bodenkammer in allen Fugen und Ritzen lag! Wir hüpften dahin und dorthin und riefen den Mägden immer wieder zu: ›Hier sind noch Spinnweben und da noch Staubflocken! Und unter dem Kasten liegt ein wollenes Tuch, darin hausen die Motten!‹ Die Mägde konnten uns kaum nachkommen. Aber als sie fertig waren, sperrten sie sämtliche Fensterflügel weit auf und ließen recht geflissentlich die Sonne hereinsehen, die dann auch übers ganze Gesicht lachte, weil alles glänzend sauber aussah. Da nahmen wir aber Reißaus, sie sollte nicht denken, wir strolchen da nur so zur langen Weile herum!«

»Ja, das war lustig«, sagten sie und lachten. »Aber nachher wurde es noch viel lustiger. Ihr andern habt alle so ernsthafte Sachen erlebt, aber es gibt doch auch noch eine ganze Menge fröhlicher Leute auf der Welt. Da läuft doch so ein munterer kleiner Fluß zwischen Erlen und Weidengebüsch das Tal hinunter. Und da, wo er einen breiten, flachen See bildet, ein Stück hinter der Sägemühle, da war die ganze Bubenschar aus dem Städtchen – und wenn auch nicht die ganze, so doch die halbe zum baden versammelt. Heidi, da ging es heiter zu. Wie sie plätscherten und spritzten und Schwimmversuche machten! Es war nicht loszukommen. Wir badeten mit und schwammen auf den Wellen, und die Buben wollten uns haschen, aber wir waren schneller als sie. Jetzt hier und jetzt dort und dann wieder im Gebüsch. Wir verstanden nicht all den Spaß, den die Buben anstellten, aber wir lachten tapfer mit, und das ist das Allerklügste, was man tun kann.«

»So, woher wißt ihr denn das so genau?« fragte einer dazwischen.

»Ach«, sagten sie, »das sagte der Lehrer, der zur Aufsicht da war. Die Buben hatten einen, der sich vor dem Untertauchen fürchtete, ganz gewaltig gespritzt, daß er vor lauter Schrecken unters Wasser fuhr. Und nun stand er da und pustete und schnappte und machte ein Gesicht, als ob er weinen oder mit den Fäusten dreinfahren wollte.

›Nun sei gescheit‹, sagte der Lehrer, ›und trockne dir die Augen aus, und dann lachst du mit. Das ist das Allerklügste, was man tun kann.‹ Seht ihr's, daher wissen wir das.«

»Ein böses Gewissen haben wir ganz und gar nicht bei der Sache. Das darf die Sonne wissen, daß wir so lustig waren. Darum kann man

doch seine Pflicht tun, wenn man auch Freude und Vergnügen dabei empfindet. Wir wärmten die Kleider, die am Ufer lagen, und trockneten die Buben ab, als sie aus dem Wasser stiegen. Ja, so sehr waren wir bei der Sache, daß der Lehrer zu einem, der am Ufer stand und das Baden nötig hatte und doch nicht hinein wollte, ganz ernst sagte: ›Schäm' dich vor der Sonne, du Schmutzfinke.‹ Da waren wir so eine Art von Gesundheitspolizei, und das ist durchaus nichts Kleines.«
Und dann lachten sie aufs neue und freuten sich schon auf den andern Tag. Da wollten sie noch viel fröhlicher und freundlicher und fleißiger sein, und wer sich das vornimmt, der kann sich auch wohl auf den andern Tag freuen, auch wenn er nicht mit so einer hellen, heiteren, flinken Schar herumschwärmen kann, wie diese Sonnenstrahlengesellschaft war.

Er muß vielleicht sein Stückchen Helle und Wärme allein herumtragen. Das mußten viele von den Sonnenstrahlen auch. Das haben wir schon gesehen, und nun kamen noch mehr solche und erzählten ihre Geschichte, und keiner von ihnen war ganz umsonst.

»Ich weiß nicht, wie das geht, ich scheine völlig zum Polizeidiener bestimmt zu sein«, sagte einer, ein sehr dünner, leuchtender, scharfer Strahl. »Da habe ich zuerst in aller Frühe einen Knecht im Pferdestall entdeckt, der saß und rauchte, und die Pferde standen noch ungeputzt. Ich mußte mich ordentlich durchwinden, um durch das schmutzige Fensterlein zu dringen, und weil ich absolut keinen Schmutz vertragen kann, beleuchtete ich die zottigen, staubigen Pferdemähnen, die erdigen Hufe, den schmierigen Wasserkübel so lang und so scharf, bis sich der Träge endlich erhob und brummte: ›Muß schon spät sein, daß die Sonne schon da hereinkommt! Potztausend, und mein Herr will fahren! Da heißt's sich sputen!‹

Das war auch meine Meinung, und ich konnte denn nun weitergehen. Aber gleich ein Stückchen weiter wäre ich um ein Haar über einen Buben gestolpert, der kniete im Geißenstall an der einzigen Geiß, die der ganzen Familie zur Nahrung diente, und molk sich ein Schüsselchen Milch vorweg. ›Du Schlingel, sollen die kleinen Geschwister zu kurz kommen?‹ rief ich ihm zu und sah ihm ernsthaft in die Augen. Da wurde der Missetäter über und über rot, setzte das Schüsselchen, das er schon am Mund gehabt hatte, weg und goß den Inhalt in den großen, noch leeren Topf, der daneben am Boden stand. ›Wenn nur die Mutter käme‹, murmelte er, ›daß man bald etwas zu essen kriegte. So einen Hunger und Durst, wie ich habe. Aber ich trinke ja schon nichts von der Milch, gewiß nicht.‹ Da ertönte ein heller Ruf: ›Hansjörg, gleich komm und hilf mir den Sack überleeren‹, und der Bub sprang davon, froh, vom Ort der Versuchung loszukommen. Ich war so froh, daß er's nicht getan hatte, und er war auch froh und hatte nichts mehr dagegen, daß ich ihm nachher auf dem Schulweg voraustanzte und sein krauses Haar streichelte. Aber wie ich sage, es muß mir anhangen, daß ich überall den Büttel machen soll! Unterwegs, als ich aufmerksam in ein kleines Seitenweglein, zwischen Obstgärten, hineinlugte, sah ich einen großen, starken Burschen, er mochte vierzehn Jahre zählen, der schlug unbarmherzig auf einen kleinen, zarten Kameraden los. ›Willst du wohl das Dings freilassen?‹ schrie er in hohen Tönen. Der Kleine deckte seine Hand krampfhaft über eine Stelle in einem Haselbusch. Es war, wie ich näher hinsah, ein Vogelnest mit fünf nackten, piepsenden Vöglein drin, das der Große ausnehmen und der Kleine beschützen wollte. Ich tat mein möglichstes, den großen Bengel zu überzeugen, daß er unrecht tue, aber er hörte gar nicht danach hin, auch nicht, als ich ihm drohte, die Sache anzuzeigen. Der Kampf war zu ungleich, der kleine Junge mußte die armen Vöglein preisgeben, und der große band sie sich ins Taschentuch, weiß nicht, was er damit wollte. ›Wenn du nur gegen einen einzigen Menschen den Mund auftust, dann sieh mal zu‹, drohte er seinem Kameraden und schüttelte beide Fäuste, und er hatte tüchtige. Dann steckte er das Taschentuch mit den Vöglein in eine Mauerlücke und trollte davon. Aber ich schwieg nicht still, ich fürchtete mich nicht vor dem Bengel; ich schritt so lang vor der Mauer auf und ab, bis der Lehrer auf dem Schulweg daherkam, dem zeigte ich das Taschentuch, und ich merkte, daß er nun das übrige besorgen werde.

In der Schule, wohin ich ihm gefolgt war, hielt der Lehrer dann zuerst eine Ansprache an die Kinder. So genau weiß ich die nicht mehr, aber es kam viel davon drin vor, daß die Unbarmherzigen auch einmal unbarmherzig behandelt werden würden, und daß, wer gegen Tiere unbarmherzig sei, es auch gegen Menschen werden würde. Und dann zeigte er den Kindern seinen Fund und fragte sehr nachdrücklich, wem das Taschentuch gehöre. Es war mit F. G. gezeichnet, und aller Augen richteten sich auf den kleinen Frieder, der blaß und zitternd dasaß. Der große Fritz, der weiter hinten saß und die gleichen

Anfangsbuchstaben hatte, sah frech und breitspurig um sich und schielte halb drohend, halb verächtlich nach dem Kleinen hin. ›Frieder, ist das möglich, hast du die kleinen Vöglein aus dem Nest genommen? Gehört das Taschentuch dir?‹ Der kleine Frieder sah so verängstigt und scheu aus, daß man wohl denken konnte, er fühle sich schuldig. Es war aber nur die Angst vor dem Fritz, der ihm eine drohende Grimasse nach der andern schnitt. So schüttelte er nur zaghaft den Kopf. ›Antworte‹, fuhr der Lehrer scharf fort, ›was hast du mit der Sache zu tun? Keine Ausflüchte! Leugnen macht die Sache noch schlimmer.‹ – ›Ich, ich hab's nicht getan, gewiß nicht‹, brachte der Kleine zitternd heraus. Er wußte, entweder hatte er des Herrn Lehrers Haselstock und noch obendrein seine große Unzufriedenheit zu spüren – oder aber, wenn er den wahren Sachverhalt gestand, war keine Ruhe vor dem mächtigen Fritz zu finden. ›So sag, ob du etwas sonst davon weißt; das kommt mir doch so vor! Antwort!‹ Der Kleine erbarmte mich ganz, ich wollte ihm helfen und wußte nur nicht recht, wie? Da entdeckte ich in dem Taschentuch einen großen Blutfleck und dann noch einen, und da mich die Sache stark interessierte, machte ich den Lehrer darauf aufmerksam. Der wandte sich einen Augenblick von dem Frieder ab, ließ seine Augen prüfend über die ganze Klasse gleiten und sagte: ›Hat sich gestern oder heute jemand geschnitten oder sonst verletzt? Wer etwas solches weiß, der sage es.‹ Nun hatte der große Fritz am Tag vorher mit einem neuen Messer geprahlt und sich dabei in den Daumen geschnitten, und es war ja natürlich, daß sich sofort unwillkürlich aller Augen nach ihm wandten, der immer noch versuchte, ein freches Gesicht zu machen. Jetzt fiel dem Lehrer erst ein, daß das ja wohl der Missetäter sein müsse, er hatte nur nicht gleich an den Namen ›Gleichner‹ gedacht, man sagte sonst nur ›des Bachbauern Fritz‹. Ich beleuchtete recht angelegentlich die Schnittwunde am Daumen seiner linken Hand, die der böse Bube ängstlich zu verdecken strebte. Und dann beleuchtete ich auch sein Gesicht, und der Lehrer sagte: ›Komm nur heraus, Fritz! Man sieht's dir an, daß du es bist, und ich hätte mir das denken können.‹ Da half alles Leugnen und Toben des großen Buben nichts mehr, er verriet sich je länger, je mehr, und ich hörte noch von weitem, als ich mich aus dem Staube machte, das Klatschen des Haselnußstocks auf dem breiten Rücken und Sitzfleisch des Burschen. ›Die Sonne bringt alles an den Tag‹, hatte der Lehrer auch noch gesagt, und damit hatte er diesmal mich gemeint.«

»Ich weiß eigentlich nicht, ob ich's sagen soll«, beteiligte sich jetzt ein kleiner blasser Sonnenstrahl am Gespräch. »Ich besuche nun schon manchen Tag, immer zu einer bestimmten Stunde, einen Mann, der sitzt in einem düsteren Gewölbe mit einer eisernen Tür und vergitterten Fenstern. Und er empfängt mich immer mit ähnlichen Worten, wie du vorhin sagtest, warte, wie heißen sie doch?« – »Es ist nichts so fein gesponnen, es kommt doch an die Sonnen!« »Aber ich erzähle euch seine Geschichte nur, wenn ihr mir helfen wollt, ausfindig zu machen, was an die Sonne gehört.« »Ja, ja, natürlich wollen wir«, schwirrte es durcheinander. »Der arme Mann hat zu Haus eine Frau und viele Kinder und lebte froh und glücklich mit ihnen. Aber da ist ein Mensch, der ihn immer beneidete und ihn haßte, der sann und sann so lange, bis er etwas ausfindig gemacht hatte, was den braven Mann zeitlebens unglücklich machen mußte. Er steckte ihm seine Scheuer und sein Haus in Brand und sagte dann vor Gericht aus, er habe gesehen, daß es der Familienvater selbst getan habe, um viel Geld von der Feuerversicherung zu bekommen. Da wurde er auf lange Zeit eingesperrt, und der Böse lebt in Freuden und denkt, daß es niemals an den Tag komme. Aber mein einsamer Mann im Gefängnis hofft von Tag zu Tag, und oft höre ich ihn sagen: ›O Gott, nimm mir den Hoffnungsstrahl nicht, daß noch alles an den Tag kommt.‹ Sehet, deswegen gehe ich immer ganz allein in die dunkle Straße und durch die düstere Mauer, und wenn ich eines Tages nicht käme, würde der Arme denken, nun sei die Sonne verlöscht und könne es nicht mehr an den Tag bringen.«

Da entstand, als er geendigt hatte, eine große Beratung unter den Sonnenstrahlen. Der eine wollte geradeswegs vor Gericht gehen und anzeigen, was er wußte. Der andere schlug vor, mit vereinten Kräften das Haus des Bösewichts anzuzünden, der dritte ihn, sobald er sich im Sonnenlicht blicken lasse, auf den Kopf zu stechen. Aber damit war dem Gefangenen nicht geholfen. Da kam Frau Sonne, die eben all ihre zerstreuten Kinder zur Nachtruhe in ihr goldenes Haus rufen wollte, leise heran. Sie hatte die Beratung gehört und sprach lächelnd: »Und doch bringt es die Sonne an den Tag. Der Brandstifter muß sich selbst verraten. Ich bin Tag um Tag daran, ihn dazu zu treiben. Das macht, er weiß, daß ich zusah, als er das böse Werk vollbrachte.

Er glaubte, keiner sehe es, und plötzlich merkte er, daß ich, die er schon untergegangen glaubte, noch beide Augen auf sein schlimmes Tun gerichtet hatte. Nun kann er seither mein Licht nicht mehr ertragen. Und ich verfolge ihn und lasse ihm keine Ruhe, bis er selber hingeht und seine Schuld eingesteht. Er ist nicht mehr weit davon, denn er hält's beinahe nicht mehr aus.« So sprach Frau Sonne, und dann rief sie die müden Strahlenkinder herein und schloß den Vorhang zwischen sich und den Menschen: »Auf morgen denn, auf morgen!«

Es wanderte durch die Abendkühle beim letzten Scheidegruß der sinkenden Sonne ein Häuflein Menschen, Eltern und Kinder, auch eine betagte Großmutter war dabei. Die hatten, solange der Tag dauerte, rüstig geschafft, ihr Feld bestellt, und jedes hatte nach seiner Kraft sein Tagewerk beschickt. Nun sahen sie fröhlichen Herzens den Feierabend winken, unbetrübt, daß die Sonne schied, sie kam ja mit jedem neuen Morgen wieder.

Nein, noch einen besseren Trost hatte die alte Großmutter. Sie sah mit hellen Augen die letzten Strahlen verglühen, dann sagte sie und lächelte dazu:

»Fahr hin, ein' andre Sonne,
Mein Jesus, meine Wonne,
Gar hell in meinem Herzen scheint!«

Zurückgesetzt?

Die Morgensonne kam hinter dem Wald herauf und sah über die grüne Wand der Tannen ins Tal hinein, so heiter, liebreich und warm, als sie gestern abend beim Untergehen dreingesehen hatte. Ja, nun hoffte sie wohl, alles in schönster Ordnung vorzufinden, friedlich, fröhlich, tätig. So hatte sie es gestern abend verlassen. Aber es geht nicht immer alles so zu, wie es die Sonne hoffen kann. Im untern Tal, am Nesselbach, klapperte die Sägmühle, lustig und stets im Takt. Auf den Feldern pflügten die Bauern, und die Ochsen und Pferde gingen gelassen im Schritt vor den Pflügen her. In der Schule sangen die Kinder, und der Lehrer geigte dazu, und aus dem Bärenwirtshaus stieg der Rauch kerzengerade in die blaue Luft hinein. Soweit war alles recht. Aber vor der Hundehütte neben dem Bären lag der Nero an der Kette und heulte so jämmerlich, daß es einen Stein erbarmen mußte, und das gab einen Mißton in den schönen Frühlingsmorgen hinein. Dem Nero war's aber gerade recht so, er fragte nichts danach, ob er andere Leute störe oder nicht, im Gegenteil. Er wollte heulen, so laut er nur konnte. Und das tat er auch. Die alte Magd *Ursel* ging in klappernden Pantoffeln über den Hof und fütterte die Schweine. Und als sie wieder zurückkam, blieb sie einen Augenblick stehen und sagte: »Du dummer Kerle! Bist gleich still, du Schreier?« Aber der Nero legte den Kopf nur noch mehr hintenüber und brachte die allerhöchsten, klagendsten Töne hervor. Da ging die Ursel ins Haus, trocknete sich die Hände an der Schürze ab und sagte: »Da heißt's redlich: ›Recht hast, aber schweigen mußt.‹« Aber der Nero verstand sich nicht auf Sprichwörter. Ihm war die Welt entleidet. Und ich will euch sagen, warum?

Das war nun vier Jahre her, seit ihn der *Bärenwirt* einmal mit hierhergebracht hatte, als einen jungen, starken, eifrigen Hund. Es waren schöne Jahre gewesen, arbeitsreiche und freudenreiche. Nero und sein Herr hatten sich vorzüglich miteinander verstanden. Der Bärenwirt war ein rühriger, eifriger Mann, immer drauf aus, seine Habe zu bessern. Er war viel unterwegs mit dem Fuhrwerk, bald mit Brettern und Stämmen für den Sägmüller, bald mit Steinen für den Straßenmeister. Auch oft mit dem leichten Wägelein auf dem Markt in der Freudenstadt. Und da war der Nero seither sein steter Begleiter gewesen, immer lustig nebenher, an kalten Winter- und heißen Sommertagen. Er hatte seine Sache nicht schlecht gemacht, das konnte er sich selber sagen. Er hatte auf den Wagen aufgepaßt, solang sein Herr anderen Geschäften nachging, hatte mit Knurren und Bellen andere Hunde, Handwerksburschen, Schulkinder und was ihm sonst noch verdächtig schien, in Respekt gehalten und war immer ein rechter Vertreter des Bärenwirts gewesen. Seinen Herrn hatte er verstanden, und sein Herr ihn, sie hatten nie vermißt, daß sie nicht die gleiche Sprache reden konnten. Ja, das war alles gut gegangen, es war gar nicht einzusehen, warum das nicht immer so fortgehen sollte. Im Bärenwirtshaus wuchsen die Kinder heran, wie die Orgelpfeifen folgten sie aufeinander. Sechs Buben waren es nun, und im Korbwagen lag ein kleines Mädchen. Nero kannte sie alle, und er rechnete sich so sehr zur Familie, daß er nur behaglich brummte, wenn die drei kleinsten Buben in seine Hütte krochen und taten, als ob sie da zu Hause wären. »Dasselbe tu' ich ja auch in eurem Haus«, dachte er, und so war es auch.

Ja, er liebte sie alle, auch die heitere, behende, mütterliche Bärenwirtin und die Ahne, die stets ein kleines Kind zu hüten hatte, und die Magd Ursel. Daß er seinen Herrn am meisten liebte, war nicht mehr als billig. Und daß er ihm, wo es nur anging, auf Schritt und Tritt folgte, das gehörte, seiner Meinung nach, zu seinem Beruf. Und das ging ihm vor allem.

Aber nun war alles aus. Nun war das Leben so traurig, wie Nero niemals gedacht hätte, daß es werden könne. Nun lag er an der Kette und heulte sein Elend in den blauen, heiteren Tag hinein, und sein Herr war fortgefahren, mit dem Fuchsen vor dem Marktwägelchen, und mit dem *neuen Hund.* Ja, und mit dem neuen Hund! Er war vorgestern angekommen, der Herr hatte ihn von Dornstetten mitgebracht. Es war ein junger Lapp, ein ganz und gar ungebildeter Hund, mit zottigem Fell und täppischen, würdelosen Bewegungen. Und um diesen war er zurückgesetzt, und lag wegen ihm an der Kette. Man hörte von weitem her ein leises Räderrollen, es mochte am Ende noch das Wägelchen sein, das nun die Steige nach Igelsberg erklomm. Nero stieg kettenrasselnd auf das Dach seiner Hütte. Da lag die weiße, schimmernde Landstraße im Sonnenschein vor ihm, und dahinter der grüne Wald – und er heulte seine Jammertöne über all die Herrlichkeit hin. Er war gekränkt und verwundet, sein Hundeherz tat ihm weh. Der Herr hatte ihn beim Gehen getätschelt und hinter den Ohren gekraut und gesagt: »Nero, alter Kerl, nun sei gescheit und schick dich drein. Es geht nicht anders, du mußt am Haus bleiben. Siehst du, die Frau hat einen schlimmen Fuß und kann nicht überall sein. Ich kann ruhiger fort sein, wenn du da bist.« Aber Nero hatte von dem allen nur verstanden, daß er nicht mit in den fröhlichen Morgen hinausziehen solle. Und er hatte gesehen, wie der Neue mit lustigem Gebell an seinem Herrn emporgesprungen war. Er kam sich abgedankt vor. Was wollte er von der Suppe, die die Ursel vor ihn hinstellte? Er verachtete die Suppe. Die Tauben girrten auf dem Hausdach, die Schweine grunzten in ihrem Stall. Man hörte, daß sie sich wohl fühlten, und das war ja auch für Schweine ein leichtes.

Die kleinen Buben kamen aus dem Haus und spielten auf der Staffel, und die Ahne schob das Wägelchen mit der kleinen Anne in den Schatten des alten Nußbaums. Es war ein friedliches, heiteres Leben um das Haus her, es war kein übles Dabeisein für den, der es zu schätzen wußte. Aber Nero kroch nur in die Hütte hinein, schloß die Augen und beschloß, die Welt zu verachten.

Da öffnete sich ein Fenster der Wirtsstube. »Adam«, rief die Bärenwirtin mit ihrer hellen Stimme, »Adam, mach den Hund los und bring ihn einmal zu mir herein. Aber paß gut auf, daß er nicht davonläuft.«

Adam war der älteste Bub, ein strammer, hellhaariger, sonnenverbrannter Junge von neun Jahren. Er kam eben aus der Schule, und nun legte er den Bücherranzen auf die Hausstaffel und kam mit wichtigen Schritten auf die Hundehütte los. Er war ernstlich gesonnen, den Hund nicht ausreißen zu lassen, und machte schon im voraus die Muskeln steif, um alle Kraft einzusetzen. Aber Nero dachte nicht ans Ausreißen! Es fiel ihm gar nicht ein. Wohin auch? Zu seinem Herrn? Zu dem neuen Hund? Es konnte ihm nicht in den Sinn kommen. Es half ja doch nichts. Ja, heute morgen, da hatte er getobt und mit der Kette gerasselt. Aber das war nun vorbei. »So, jetzt komm«, sagte Adam und gab dem Hund einen leichten Schlag. »Steh auf, Fauler.« Aber dann überkam ihn ein Rühren. Er drückte den Hundekopf an sich und zupfte ihn freundschaftlich am Ohr. »Komm«, sagte er noch einmal, »sollst zur Mutter kommen.« Und dann gingen sie selbander ins Haus. In der hellen, großen Wirtsstube saß die Bärenwirtin am Fenster. Sie hatte einen Haufen zerrissener Kindersachen neben sich liegen und sah über ihre Flickarbeit weg mit munteren Augen auf die zwei. Vor ihr stand ein niedriges Stühlchen, und darauf lag, dick verbunden, ihr einer Fuß. Den hatte sie sich vor kurzem arg verbrannt; es würde schon eine Weile dauern, bis sie wieder wie sonst im Haus herumwirtschaften könne, hatte der Doktor gesagt. Eigentlich sollte sie im Bett liegen. »Aber, du liebe Zeit, das ist nichts für unsereins«, sagte sie und humpelte heraus. Und da saß sie nun und flickte und lag sozusagen auch an der Kette.

»Da komm her zu mir, Nero, du Heuler«, sagte sie. »Meinst, es geh' immer alles, wie man's will, im Leben? Da wärest du dann allein wohl dran auf der Welt. Man muß sich schicken können. Und dann, weißt du, wir brauchen dich daheim. Soll etwa der Philax das Haus hüten, jetzt, wo soviel Zigeuner in der Gegend sind, und ich nicht vom Fleck kann? Der junge Lapp, der noch von jedem Gast am

Wirtstisch Brot frißt? Das wär' noch schöner.« Und dabei nahm sie mit der einen freien Hand den gesenkten Kopf und sah ihm in die grimmigen Augen.

Die Rede verstand der Nero nicht so ganz. Aber, daß sie's gut meinte, das fühlte er wohl. Er stieß ein leises, klagendes Gewinsel aus, er wollte ihr gern sagen, wie es ihm zumute sei. »Es ist mir nicht am meisten um die Freiheit und um das Wandern«, winselte er. »Daß mich der Herr nicht bei sich haben will und einen andern mitnimmt und meine Freundschaft nicht achtet und mein treues Hundeherz, das ist's, was mir das Leben entleidet.«

Dann legte er sich der Bärenwirtin zu Füßen und war still. Sie verstand ihn wohl, besser als er wußte. Wenn man ein Mutterherz hat, ein rechtes, warmes, dann versteht man auch so ein Hundegeheul. Aber das mußte er nun selber lernen nach und nach, daß es nicht so schlimm sei mit der neuen Ordnung der Dinge, als es ihm jetzt vorkam. Das mußte das Leben beweisen, und so geschah es auch.

Zwar, es gab noch viel böse Stunden. Wenn der Herr am Abend heimkam und Nero, alle Kränkung vergessend, an ihm in die Höhe sprang und ihm die Tatzen auf die Schultern legte, und ihm auf allen Schritten und Tritten nachging, dann war dieser Philax immer auch dabei und tat gleichfalls so dazugehörig. Man konnte nie mehr so recht für sich sein. Überhaupt, dieser *Philax*, Nero konnte ihn nicht ausstehen. Tat er nicht, als ob er von jeher dagewesen sei? Und bellte er nicht am Morgen, sobald die Gäule im Stall wieherten, mit heller Stimme, so, als wollte er sagen: »Ja, ja, schon recht, machet nur, daß wir dann hinaus können. Ich bin längst wach, natürlich!« Das hatte sonst immer der Nero getan. Er war allmählich froh, wenn sie abfuhren, die Braunen, der Herr und der Hund. Er heulte ihnen nicht mehr nach. Und wenn es ihn doch hier und da ankam, daß er die Vorderfüße auf den Fenstersims der Wirtsstube stellte und ein paar Sehnsuchtstöne ausstieß, wenn der Wagen gar so lustig durch das Tal rollte, dann durfte nur der kleine Görgel kommen und ihn hinauslocken, so fiel es ihm dann wieder ein, daß er ein Haushund geworden sei.

Ja, und nun kam seine allerbeste Zeit. Denn die beste Zeit hat man da, wo man am meisten nützt, und diese war für ihn angebrochen. Daß er es erst nach und nach merkte, tat dabei nichts zur Sache, das geht andern Leuten auch oft genug so.

Aber das muß der Reihe nach erzählt sein.

Die Bärenwirtin hatte ihren Fuß nicht so geschont, wie er es nötig gehabt hätte. Sie hatte es erzwingen wollen, aber das war mißglückt, und nun lag sie für eine Zeitlang ganz zu Bett. »Und das ist ein Zustand, wie er fast nicht auszuhalten ist«, sagte sie zum Doktor. Sie meinte nicht der Schmerzen wegen, die sie ausstehen mußte. Die waren ja freilich nicht klein. »Aber daran will ich noch gar nicht denken«, sagte sie. »Wenn ich die Kinder ansehe und denken muß, wie es jetzt in der Wirtsstube zugeht und in der Küche. Vom Stall und vom Garten gar nicht zu reden.« Ja, nun wußte sie auch, wie das war, angebunden zu sein, wenn man sich fröhlich tummeln möchte. Aber nun stellte der Nero seinen Mann. Kochen und flicken und das Haus rein halten, das konnte er freilich nicht. Das taten auch zur Not die Ursel und die Ahne miteinander, und hier und da kam noch die bucklige Dorfnäherin zur Hilfe. Aber repräsentieren konnte er, den Herrn und die Frau vertreten. Er ging mit wedelndem Schwanz hin und her, wenn sich am Abend die Wirtsstube mit Gästen füllte, kannte alle Einheimischen, und beroch mit leisem, wachsamem Knurren die Fremden, bis er sich überzeugt hatte, daß sie ungefährlich und harmlos seien. Ja, als ein wenig später zwei Sommergäste aus der Residenz in das obere, blautapezierte Zimmer einzogen, half er beim Vermieten, indem er sich breit und preislich unter die Haustüre stellte und ein paarmal kurz kläffte, so, als wollte er sagen: »Daß das Haus so allein am Waldrand steht, das hat durchaus nichts zu sagen. Denn ich bin stets zur Hand und sorge für die nötige Sicherheit.« Die Fremden verstanden es auch so und begaben sich sorglos in seine Obhut.

So ging ein Stück des Sommers hin.

Auf den Wiesen war die Heuernte im Gang. Zu allen Fenstern wehte der Duft herein, und von fern und nah her kam der helle, fröhliche Klang des Sensenwetzens. Der Bärenwirt hatte jetzt auf seinen eigenen Wiesen zu tun, seine Buben, soviel ihrer schon etwas mehr als krabbeln konnten, halfen beim Heuen, und natürlich war Philax mitten drunter mit läppischen Sprüngen und lustigem, leichtsinnigem Gebell. Nero haßte ihn nicht mehr. Er war ihm einerlei, er konnte ihm ja eigentlich nicht gefährlich werden. Er hatte selber soviel Ernsthaftes zu bedenken; nicht jeder Haushund hatte so viel wie er.

Da war unten am Nesselbach, grad vor dem spitzen Ausläufer des Igelslocher Waldes, eine kahle, geschwärzte Platte. Es hatte im vorigen Jahr ein Kohlenmeiler dort gestanden. Jetzt wirbelte wieder ein heller Rauch dort unten auf. Dunkle Gestalten huschten hin und her, an Stangen hing ein Kessel über dem Feuer. Zwischen den letzten Tannen schimmerte es gelb hervor. Dort stand ein klappriger Wagen, die Heimat der fahrenden Leute, die hier rasteten. Ein mageres Rößlein fraß von dem Waldgras, das um die versengte Platte her wuchs, und von dem Wiesengras, das ihm die Weiber in der Schürze holten.

Nero lag quer vor der Hausstaffel und schnoberte mit der Nase in der Luft herum. Er roch etwas Verdächtiges, etwas, das sich mit dem süßen Duft des frischen Heues und mit dem Geruch des stattlichen, wohlansehnlichen Düngerhaufens mischte. Und er beschloß, auf seiner Hut zu sein. Sein Schwanz klopfte leise den Boden, und zwischen blinzelnden Lidern hervor guckte er nach dem kleinen Annele, das im Korbwagen lag, und nach dem dreijährigen Fritz, der seinen Nachmittagsschlaf im Sitzen auf der Steinstaffel abhielt, den Kopf ans Geländer gedrückt. Nero würde ihnen beiden nichts geschehen lassen, dessen war er sicher; ihnen nichts und niemand im ganzen Hause. Und dann senkte sich auch auf ihn die einschläfernde Wärme des Sommertags. Nur von fern her hörte er noch die lebendigen Töne von den Heuwiesen, ums Haus herum war alles still.

Aber dann fuhr er in die Höhe. Ja, wenn alle Schläfer so feine, hellhörige Ohren hätten! Dann brauchte man gewisse Schulbuben nicht nach dem dritten Wecken mit kaltem Wasser zu spritzen, damit sie wach werden. Aber sie fühlen's auch nicht als ihren Beruf, das Haus zu bewachen. Einen kurzen, bellenden Ton stieß er aus, und dann ging er auf die Ankömmlinge zu wie ein Polizeiwachtmeister. Wichtig und gemessen und sehr würdevoll ging er auf sie zu. Es waren merkwürdige Leute, die da von der Waldecke herkamen. Braune Gesichter, von wirrem, glänzendem Haar umgeben, fremdartige Gestalten, in Gewändern, die aus aller Herren Länder zusammengetragen schienen. Da war ein barfüßiges Weib, das in einem bunten, zerfetzten Tuch ein kleines Kind auf dem Rücken trug, ein brauner Junge, dem die dunkle Haut zu unzähligen Löchern herausguckte, ein junger, starker Mensch mit blitzenden Augen und Zähnen, dem irgendein schweres Bündel aufgeladen war, und ein alter Mann, der unter buschigen, weißen Augenbrauen hervorsah und dem Nero etwas in einer fremden Sprache zurief. Es war dem Hund nicht übel zumute. Wie einem Polizeidiener, der seit Stunden an seiner Ecke steht, getreu, aber ohne Wirkungskreis, und dem ein fechtender Handwerksbursche in den Weg läuft. Er fühlte sich der Sache gewachsen. Er wußte, wozu er hier stand als Wächter. »Was wollt ihr hier?« knurrte er leise. »Wo kommt ihr her? Ihr seid ganz ungewöhnlich, und ihr riechet nicht ganz unverdächtig. Indessen, wir wollen abwarten. Frau, Leute«, hier schwoll das leise Knurren bedeutend an, »hier sind Fremde. Ahne, heraus, ich vermag die Sache nicht allein abzuwickeln.« Die Ahne erschien unter der Haustür. In dem Fenster der Wirtsstube erschien der Kopf der Bärenwirtin. Sie war wieder außer Bett, und wenn's sein mußte, humpelte sie so ein wenig herum. Dann redeten die Fremden. Es klang merkwürdig, und nicht nur dem Hund. Sie konnten etwas Deutsch, aber es war auch danach. Doch die Bärenwirtin wußte aus Erfahrung, was solche Gäste wollten. Es war immer eine Mischung von Mitleid und Furcht, aus der heraus man den *Zigeunern* gab, was sie begehrten. Es gingen immer Sagen von angezündeten Scheunen und gestohlenen Hühnern um, wenn in der Gegend von Zigeunern die Rede war, die man nicht genug beschenkt hatte. Wenn die Bärenwirtin das schlummernde Kindlein auf dem Rücken der wandernden Mutter sah, dann gab sie Milch und alte Leinwand und Brot aus wallendem Mitleid heraus, und wenn sie die blitzenden Augen der Männer sah, dann gab sie Tabak und Wagenschmiere und etwas Speck aus einer heimlichen Angst. »Aber 's war grad, als ob der Mann da sei«, sagte sie später, »der Nero stand dabei mit steil aufgerichtetem Kopf und straffen Muskeln und brauchte nichts zu sagen, man verstand ihn doch.« Als die braunen Leute für heute in ihr Waldlager hinuntergezogen waren, gab die Bärenwirtin dem Hund einen leichten Schlag auf den Rücken. »Bist ein braver Kerl«, sagte sie, sonst nichts. Aber Nero knurrte vor innerem Glück.

Es kamen noch mehr wandernde Gäste durch das Tal. Die einen gingen, die andern kamen. Da zeigte es sich öffentlich, was Nero schon lang wußte, daß der junge Philax noch ganz und gar keinen festen Charakter hatte. Denn er bellte die Fremden, wenn er zu Haus war, wild und wütend an und ließ sich hernach von ihnen schmeicheln und streicheln. »Das kann gut werden. Der Kalfakter.« Nero war im stillen empört, aber mehr konnte er nicht tun, und ewig knurren und streiten half doch nichts. Philax schwänzelte und tänzelte herum, schnappte auf, was ihm an guten Brocken zufiel, und dann zog er wieder mit dem Herrn aus, lustig und ohne schlechtes Gewissen. Er war eine leichtsinnige Haut, es ging ihm viel hinaus, und er machte sich keinerlei Kummer. »Aber man warte, bis es genug ist«, sagte die alte Ursel in solchen Fällen, und diesmal hätte Nero mit ihr übereingestimmt, wenn er es gewußt hätte.

Es war an einem Samstagabend, schon gegen den Herbst hin. Dort unten an der Waldecke lagerte wieder eine bunte Gesellschaft, und ihre Abgesandten zogen von Haus zu Haus und kamen auch an den »Bären«. Ein altes, runzeliges Weib mit gelbem Kopftuch und struppigem Haar kam heran und wollte wahrsagen, und Männer mit Dudelsack und Geige kamen und fragten, ob sie morgen Musik machen sollten. Der Wirt war zu Hause, und Nero hatte nicht viel dabei zu tun. Er ließ sich von den Kindern zausen und sah der Ursel zu, wie sie mit dem Melkeimer aus dem Stall kam, und hörte zu, wie einer der Musikanten, der abseits von den andern stand, mit weicher, schmeichelnder Stimme mit Philax redete und ihm das Fell klopfte. »Ich würde mich schön bedanken«, knurrte er. Aber er hatte keine Gelegenheit dazu, es kam niemand, um ihm das Fell zu klopfen.

Und dann kam jener Sonntag, auf den eine so denkwürdige Nacht folgte, die den Nero stolz darauf machte, ein rechter Haushund zu sein. Sie hätte ihm einen Orden eingetragen, »für Treue und Wachsamkeit«, wenn er für dergleichen Sinn gehabt hätte. Aber sie band ihn ein für allemal ans Haus, und als Philax einen Nachfolger bekam, da ließ er ihn leichten Herzens hinausziehen mit dem Fuhrwerk. »Denn«, sagte er, so in seiner Sprache, »für derlei habe ich keine Zeit, ich muß hier am Platz sein.« Es wäre hier eine schöne Gelegenheit, ein bißchen Lebensweisheit anzubringen, aber es kann sie jeder selbst herausfinden, wenn es ihm nämlich nicht zu gering ist, die Moral einer Hundegeschichte zu suchen.

Den Tag über geschah nichts so Besonderes. Wenn man nicht das zählen will, was mit Philax geschah.

Der machte sich nämlich ein Vergnügen draus, eine Katze über die Wiese hinzujagen. Dabei kam er ein gutes Stück vom Haus weg, und da geschah es, daß sich eine Gestalt aus einer Bodensenkung aufrichtete und pfiff, genau so, wie der Bärenwirt zu pfeifen pflegte. Es war der junge Musikant von gestern abend. Er war dem Philax schon nicht mehr ganz fremd, er sah nicht ein, warum er sich nicht hier ein wenig vergnügen solle, und noch weniger, warum er den fetten Wurstzipfel verschmähen solle, den ihm sein neuer Freund hinhielt.

Ja, und da hatte denn nun die Ursel recht gehabt, als sie sagte, daß der Leichtsinn am Ende in die Grube falle, um die er immer herumtanzte. Der Philax kam nie wieder in den »Bären« zurück, und man kann gar nicht wissen, was aus ihm geworden ist. Denn es war eine bloße Vermutung, und nicht einmal eine schöne, die die Magd Ursel aussprach, als man ihn nirgends fand: daß ihn die Zigeuner wohl gebraten und gegessen hätten.

Am Nachmittag kamen die Musikanten und taten, als ob nichts geschehen sei, und bliesen und fiedelten drauflos, bis in die tiefe Nacht hinein. Die Wirtsstube saß voll bis in die Ecken, und oben im Saal trampelte es von tanzender Dorfjugend, und was Hände hatte im Haus, mußte mithelfen. Nero trieb sich als aufmerksamer Beobachter in dem Gewimmel herum und legte einmal eine Weile alle Wächterwürde ab. Der Herr war ja da, und es ging alles sehr fröhlich zu. Er zeigte zwar einmal drohend das Gebiß, als ihn der alte Zigeuner, der in den Pausen mit dem Sammelteller herumging, sachte hinter den Ohren kraute. Aber er meinte es nicht so böse; der alte Mann hatte so eine beruhigende Stimme. »Kusch, kusch, mein Hund«, sagte er. Da war er still und muckte nicht weiter auf.

Und dann kam der Abend. Nero lag vor seiner Hütte. Drinnen schmeichelten noch die Geigen und der Dudelsack, hier draußen war es still, und Nero wunderte sich, daß Philax nicht kam. Dann hörte auch die Musik auf, und die letzten Gäste gingen; es war nach Mitternacht, als der Bärenwirt die letzten Lichter löschte. »So eine Hopphei kommt mir nicht leicht wieder vor«, sagte er zu seinem Weib, »es paßt mir nicht recht ins Haus«, und dann wurde es bald auch in der Schlafstube still.

Da war denn Nero allein noch wach. Er lag und spitzte die Ohren. Es raschelte allerlei, er konnte nicht recht ruhig werden. Im Tal fuhr ein Wagen, er glaubte von ferne den Philax bellen zu hören. Es knackte etwas in der Scheuer, der Nachtwind sauste leise in den Bäumen, und dann kamen sachte, sachte Tritte heran. Der Mond leuchtete über die Gegend hin und in seinem Schein schlich der alte Mann heran, der mit dem weißen Haar, der den Nero am Nachmittag gestreichelt hatte. Nero fuhr auf und knurrte; drohend und verwundert zu gleicher Zeit, seine Haare sträubten sich; er war nun wieder verantwortlicher Wächter des Ganzen, da ließ er nicht mit sich spaßen. »Su, su, Nero«, sagte der Zigeuner leise, »sei still; mein Hund. So, so, wir kennen uns doch. Sei still, ich tu' dir nichts.« Dem Nero war es wunderlich. Er ließ sich sonst von keinem Fremden anrühren. Früher, ja, als er soviel unterwegs war, eher, aber nun schon lang nicht mehr. Und dieser hier hatte so eine Art, eine weiche, einschmeichelnde. Das hatte er am Mittag schon bewiesen. Nero war einen Augenblick schwach; er ließ den Alten herankommen und ließ sich von dessen Hand über den Rücken fahren, sachte und leicht. »So, mein Hund, und da hast du einen guten Brocken«, sagte der Alte. »Nun friß, so, nun friß.«

Da knackte es wieder irgendwo, da war so ein ungewohntes Geräusch im Haus unten, da in der Gegend der Speisekammer. Da war wohl etwas nicht in Ordnung. »Still, still«, sagte der Alte, »da, so nimm doch die Wurst.«

Aber Nero schnappte ihm nach der Hand. Und dann richtete er sich zu seiner vollen Höhe auf und war mit einem Schlag wieder Haushüter, Amtsperson sozusagen. Was wollte der Fremde da von ihm? Er wollte ihn wohl bestechen? Er glaubte wohl, er sei ein elender Kalfakter? »Wau, wau«, schrie er ihn an, und dann noch lauter, daß es durch die Nacht hallte. »So still doch den Hund«, wisperte es aus dem Fenster der Speisekammer. Ja, stillen! Das ging nicht nur so. Einen anderen vielleicht, den Nero nicht. Die glaubten wohl, er hätte nichts gelernt all die Zeit daher? Das war sein Bärenwirtshaus mit allem, was drum und drin war. »Still, still«, sagte der alte Mann noch einmal, da hatte er schon die Tatzen des Tieres auf den Schultern. Es war alles so schön vorbereitet gewesen. Der Philax war auf die Seite geschafft, die zwei Zigeuner waren so gut im Haus versteckt, und der Nero würde leicht zu gewinnen sein. Er war ein friedlicher Hund, der Alte hatte mit Lachen gesagt: »Den nehm' ich auf mich, das ist mir ein leichtes.«

Sie hatten nur so ein wenig die Speisekammer ausräumen wollen. Und etwa das Geld, wenn sie das gefunden hätten, so in aller Stille, das wäre auch nicht übel gewesen.

Aber das war nun alles nichts.

»Wau, wau«, schrie der Hund, daß die Fenster zitterten; und dann wurden die Leute wach und kamen herunter und taten nun auch ihren Teil an der Sache, wie sich's gehörte.

Wie es im übrigen vollends ging, das stand am andern Tag in der Zeitung, und Adam setzte sich hin, um dem Nero alles gebührlich vorzulesen. Aber der drehte ihm den Rücken und ging hinaus. Was wollte er von all dem! Daß er sich wacker gehalten hatte, das wußte er selbst, und sein Herr hatte es ihm noch extra gesagt. Und daß dem Bärenwirtshaus mit allem Drum und Dran nichts geschehen war, daß mußte er auch nicht aus der Zeitung erfahren. »Ja«, sagte die alte Ursel, wenn sie diese Geschichte weitererzählte: »Bergab ist auch gefahren, und an der andern Seite geht's wieder hinauf.« Aber wie gesagt, Nero verstand sich nicht auf Sprichwörter, damit mochten sich die Menschen befassen, er hatte Wichtigeres zu tun.

Viel Wenig macht auch ein Viel

Von der Straße herein drang durch das geöffnete Fenster fröhliches Lachen und Lärmen der spielenden Kinder, lautes, lustiges Schwatzen der Spatzen, die sich am Kirschbaum gütlich taten, und die goldenen Strahlen der Abendsonne fielen auf geöffnete Bücher und Hefte.

Ein blondhaariger Schüler saß davor und war beschäftigt, aus einem ausgerissenen Blatt Papier kleine Kügelchen zu drehen und diese nach dem gegenüberliegenden Scheunentor zu werfen. Er sah ein wenig mürrisch und unzufrieden aus, und er glaubte, großes Recht dazu zu haben.

Denn war es nicht hart vom Vater, daß er ihm nicht gestattete, den herrlichen Nachmittag ganz im Freien zuzubringen? Bernhard hatte so viele Pläne; an deren Ausführung ihm gelegen war, und nun sollte er hier sitzen und ein so langweiliges lateinisches Exerzitium ausarbeiten, als es nur geben konnte. Die Dorfbuben ließen Papierdrachen steigen, die kleinen Schwestern spielten mit Hacke und Schaufel am Sandhaufen, die Spatzen taten sich gütlich, wie sie wollten, warum sollte er allein am Lernen sitzen? Bernhard hätte seiner Gefangenschaft ein schnelles Ende bereiten können, er hätte nur einmal mit rechtem Eifer an seine Arbeit gehen sollen, dann hätte er bald gesehen, daß sie gar nicht so unüberwindlich sei. Aber dazu hatte er nun gerade am wenigsten Lust.

»Lateinisch lernen ist das Allerärgste, was es gibt«, stöhnte er, als die Mutter einmal ins Zimmer kam, »ich kann's ja doch nicht lernen, du wirst's schon sehen, es ist viel zu schwer! Und Lernen ist überhaupt schon so gräßlich, ich möchte lieber der Handbub sein bei den Maurern da drüben. Der pfeift den ganzen Tag.«

Die Mutter wußte wohl, wie es dem Bernhard zumute gewesen wäre, wenn er hätte Tag für Tag die Backsteine zu dem hohen Kaminbau hertragen müssen, und sie wußte auch, daß es ihrem Sohn nur an der Geduld fehlte, mit der man einen Tag um den andern seine Aufgabe anfangen und vollenden und seine Pflicht erfüllen muß, sie heiße nun, wie sie wolle.

So sagte sie jetzt nur: »Der Handbub kann gut pfeifen. Und du könntest auch, wenn du wüßtest, was der weiß!«

»Was weiß er denn?« fragte Bernhard begierig, denn das wunderte ihn doch sehr, was der kleine Bursche, der kaum aussah, als ob er das Brett mit den Ziegelsteinen schleppen könne, mehr wisse als er, der Bernhard, der in die Stadtschule ging und eine grüne Mütze trug mit schwarzweißrotem Bändchen.

Die Mutter lächelte ein wenig. »Frag ihn«, sagte sie. »Wenn du endlich dann fertig bist mit Lernen, dann kannst du hinüberlaufen und ihn fragen. Du könntest längst fertig sein.«

Es war schon Feierabend auf dem Bauplatz der großen Bierbrauerei, wo das hohe, neue Kamin erstellt werden sollte, als Bernhard drüben ankam. Er hatte noch eine Stunde vor sich bis zum Abendessen, nun wollte er schnell den Handbuben um sein Geheimnis aushorchen. Der hatte soeben den schmutzigen Arbeitskittel ausgezogen und sein reines Blusenhemd übergestreift, und er pfiff richtig eine fröhliche Melodie vor sich hin. »Warum pfeifst denn immer?« begann Bernhard das Verhör. Der kleine Maurer machte ein Gesicht, als ob man ihn gefragt hätte, warum er atme oder warum die Sonne scheine. »Ha, das kommt mir so von selber«, sagte er endlich, nachdem er sich besonnen hatte. »Mir ist's nicht nach Pfeifen«, sagte Bernhard etwas kläglich. »Ich muß soviel lernen, so eine dicke Grammatik voll Wörter und Sätze«, und Bernhard gab das Maß der Grammatik ungefähr einen halben Meter stark. »Auf einmal?« fragte der Handbub erschrocken, denn das kam ihm so ungeheuerlich vor, als ob man ihm gesagt hätte, er solle das ganze Kamin allein bauen, und zwar sofort.

»Nein, nicht auf einmal; bist du aber dumm«, sagte Bernhard von oben herunter. »Das kann kein Mensch auf einmal, aber wenn ich das dicke Buch ansehe, dann wird mir's immer langweiliger und schwerer, dann muß ich immer denken, daß ich gewiß mein Leben lang nicht damit fertig werde, da will ich dann lieber gar nicht anfangen.«

Der Handbub hatte bedächtig zugehört, und es stieg ein rechtes Mitleiden in ihm auf, daß der Bernhard so Schweres vor sich habe. Er konnte auch mit ihm fühlen, denn vor ihm war auch einmal eine große Last gestanden, die ihn ganz bedrückt hatte. Das war im Frühling gewesen, vierzehn Tage nach Ostern, als er zum erstenmal sein heimatliches Dorf verlassen hatte, um als Handbub bei dem Bau etwas zu verdienen. Da hatte ihm einer der Mitgesellen den hohen Kirchturm gezeigt, der von der Stadt herüberragte, und gesagt: »Da, guck, so hoch soll unser Bau auch werden, was meinst, das dauert schon eine Weile, so bis gegen den Herbst hin?« Da war dem Buben, der ohnehin Heimweh hatte, eine große Last aufs Herz gefallen, so, als ob mit diesem Werk nie fertig zu werden sei, und als ob es sich nun für immer vor seine Heimat und die Eltern und alle Lebensfreude stelle. Es war aber noch ein anderer Ratgeber unter den Maurern, ein älterer Mann, der auch Kinder daheim hatte. Der sah das verzagte Gesicht des Handbuben, klopfte ihm mit der rauhen Hand auf die Achsel und sagte: »Mußt nicht so dran hinsehen, wie du jetzt tust, Bub! Mußt nur an jedem Morgen denken: ›Heut kommt wieder ein Stückchen in die Höhe!‹ Und wenn du Backsteine trägst, so denkst du allemal: ›Ein jeder Stein ist ein bißchen von dem Kamin. Und viele Wenig geben ein Viel!‹ Und unterdessen steigt der Bau, du merkst's kaum, und wenn du fertig bist, für deiner Lebtag hast du dann etwas gelernt!«

Diese Belehrung fiel nun dem Handbuben wieder ein, als der Bernhard so kläglich vor ihm stand. Sie hatte damals wirklich gut getan, er hatte neuen Mut und Eifer gefaßt, die Sache anzufassen, und eh' er sich's versah, war ihm die Arbeit selbst so wichtig, als nur einem. Und als nun der Bau so fest und wohlgefügt in die Höhe stieg, ein Stein auf dem andern saß wie aus einem Guß, da konnte der Bub wohl wieder fröhlich pfeifen, denn daß das Werk zu Ende komme, das war nun gar nicht mehr zu bezweifeln. Darum konnte er nun auch verständnisvoll nicken wie einer, der bereits seine Erfahrungen gesammelt hat, als Bernhard sagte: »Da möchte ich lieber gar nicht anfangen.«

Und er sagte, auf den Bau zeigend, als ob er ihn ganz allein aufgeführt hätte: »Das hab' ich auch gemeint, und jetzt wird er doch etwas! Und er ist, denk' ich, noch größer als deine Grammatik! Man muß halt eins ums andre nehmen, dann merkt man nicht, daß noch soviel daran zu tun ist.«

Dem Bernhard war diese Auffassung sehr interessant, und es kam ihm fast vor, als ob sie sich auch auf seine eigenen Verhältnisse übertragen lasse.

Als er später zum Abendessen nach Hause ging, ertappte er sich auch am Pfeifen, da fiel's ihm erst ein, daß er nun doch vergessen habe, den Buben zu fragen, was er denn so Besonderes wisse. Es war aber nun nicht mehr so nötig, es zu wissen, denn es war dem Bernhard so schon leichter geworden.

Das war vor zehn Jahren. Im letzten Herbst kam ein kräftiger, junger Mann den staubigen Weg von der Stadt her geschritten, der ging so leicht einher, als ob ihn etwas besonders Freudiges treibe. Und das war auch so.

Denn er hatte gestern sein Examen auf der Universität bestanden und nun ging's leichten Herzens der Heimat zu. Als er an der großen Brauerei vorbeikam, wo der hohe Schlot gewaltig dampfte und rauchte, zog er übermütig seine bunte Mütze ab und machte eine Verbeugung vor dem Backsteinriesen.

»Wie der qualmt«, sagte Bernhard – so hieß der junge Wanderer – vor sich hin, »als ob er schon immer dagestanden hätte! Und ich weiß es doch noch wie heute, daß ein Stein auf den andern gesetzt wurde und daß viele Wenig ein Viel gegeben haben!« – Und da winkte auch schon das Elternhaus, und nun ging erst recht ein Freuen an.

Denn das ist so im Leben, bei kleinen und großen Mühen, zuerst muß man sie auf sich nehmen, ein Teil ums andere, eine Lektion, eine Regel um die andere lernen, einen Stein auf den andern setzen und nicht immer voraus seufzen: »Wenn ich doch schon fertig wäre!« Aber damit kommt dann die Zeit immer näher, wo der Turm fertig, die Schule geschlossen, das Ziel erreicht ist, und viele Wenig haben ein Viel gegeben. Und dann kann mit Recht das Freuen angehen.

Ninetta

Ein niedriger, halbdunkler Laden, einer der vielen, die sich in der einzigen, langen Hauptstraße von *Nervi* aneinanderdrängen. Früchte und Gemüse vor der Tür, Früchte und Gemüse auf den Tischen, an den Wänden aufgehängt, auf dem Fußboden aufgestapelt. Ein starker, süßer Duft durchzog den Raum. Nach Orangen, Mandarinen, Feigen, Datteln, nach den süßen Weintrauben, die an Schnüren aufgehängt oben an der Decke schwebten, Traube an Traube. Und unter all diesen Herrlichkeiten stand Ninetta, mit einem ernsthaften, wichtigen Gesichtchen. Sie war hier verantwortlich, das konnte man ihr von weitem ansehen. Es tat nichts, daß sie auf einem Schemel stehen mußte, um auf dem Tisch hantieren zu können, darum war sie der Sache doch gewachsen. Draußen fiel der Sonnenschein zwischen den hohen Häusern auf das schmale Steinpflaster. Eine gefangene Wachtel, die in einem Holzkäfig saß, fing an zu schlagen, drüben, vor dem Fenster des Nachbarhauses. Und die Straße herab kam ein Dudelsackpfeifer, der eine sehnsüchtige Weise blies, und einen Kinderschwarm um sich her hatte. Aber das war nichts für Ninetta. Sie war hier auf dem Posten, versteht ihr? Drinnen in der Stube hinter dem Laden lag die Mutter in dem rosigen Himmelbett und hatte das allerkleinste Bübchen im Arm, das erst gestern zur Welt gekommen war. Und die zwei nachfolgenden Buben purzelten ebenfalls dort drin am Boden herum und kamen einander alle Augenblicke in die krausen Haare. Der Vater aber, der stand in seiner Bude am Strand, wie alle Tage jetzt, im Winter, wo die Fremden zuhauf kamen an die schöne Riviera. Der konnte nicht daheim bleiben, jetzt, wo das Geschäft blühte, der Handel mit Orangen und gerösteten Maronen, mit Muscheln und Seesternen und Ansichtspostkarten. Da war denn Ninetta allein noch übrig, die braune, kleine, flinke Eidechse, wie sie der Vater genannt hatte, eh er am Morgen ausgegangen war. Das war sie auch alles, braun und klein und flink. Sie huschte hin und her, daß ihr das schwarze Gezaus ums Gesicht flog, von der Stube zum Laden, hin und her. Stolz war sie auf ihr Amt. Und was sie nicht wußte, konnte sie die Mutter fragen. Was schleppte sie ihr alles vors Bett! Einen Korb mit Tomaten, und die Gewichtsteine von der Wage, und die Geldstücke, die sie nicht kannte. »Sag, Mama, sieh, Mama!« Allzuviel Ruhe hatte das

Weib dort drin nicht. Aber das tat auch nichts. Sie waren fröhlich, alle miteinander. Es ging alles, wie es mußte.

Wieder ging die Ladentür. Ein Fremder war eingetreten. Ein Tedesco, ein Deutscher, das konnte man sofort sehen. Er war groß und breitschultrig und hatte einen mächtigen Vollbart, der fiel rötlich glänzend auf seine Brust herab. Den Hut trug er in der Hand, da sah man sein welliges, blondes Haar. »Hier ist ein Zimmer zu vermieten?« Er fragte es auf deutsch. Das verstand Ninetta nicht. Da sagte er's noch einmal, italienisch. Das ging etwas holperig, aber das ist man dort an den Fremden gewöhnt. Ja, das war so. Oben, über zwei Treppen, da war das kleine Zimmer, das hatte der Vater blau angestrichen, und eine neue Matte auf den Steinfußboden gekauft, und einen gepolsterten Lehnstuhl hineingestellt; das war nun ein Fremdenzimmer und zu vermieten. Es hatte einen weiten Blick, auf den Strand und über das Meer hin und links an der Riviera entlang bis zum Monte Fino. Ninetta lachte. Erst heut früh noch hatte die Mama gesagt mit einem Seufzer: »Es kommt niemand und will die *camera*.« Und nun war der Fremde da. Ob er sich nicht bücken mußte darin? Denn er war groß, und das Zimmer nicht hoch. Da lachte sie noch einmal. Wie sich das ernste Gesichtchen veränderte, wann sie lachte: wie die weißen Zähne zwischen den roten Lippen blitzten!

Da mußten die beiden kleinen Buben, der Giovanni und der Luigi, einen Augenblick in den Laden heraus, als Hüter, und Ninetta stieg mit dem Fremden hinauf. Es fand sich, daß sie einander prächtig verstanden. Was sie nicht mit Worten fertigbrachten, das sagten sie mit Gebärden, und dazwischen hinein lachten sie alle beide über ihre eigene Unterhaltung. Das brachte sie rasch zu guter Freundschaft. Dann mußte Ninetta einmal hinunter und die Mama fragen wegen des Preises, und als sie wiederkam, ein beschriebenes Zettelchen in der Hand, da saß ihr Gast am offenen Fenster und sah unverwandt übers Meer hin, und sie mußte eine ganze Weile stehen und warten, bis er sich umsah. »Und«, sagte sie nachher zum Vater, »da hat er ein Gesicht gemacht und Augen wie der heilige Antonius in der Kirche, der das Christuskind anbetet.«

Das mochte wahr sein.

Wenn man von der weiten Reise herkommt, staubig und müde, und von dem Suchegang in der engen Gasse zwischen den hohen Häusern, und kommt auf einmal in ein helles Gemach, zu dessen

Fenster das Licht hereinflutet, und sieht das weite, weite Meer vor sich, blau und glänzend im Sonnenschein, und die Wellen, wie sie von draußen gegen das Ufer herankommen und da zerschellen in schäumendem Gischt, und den blauen Himmel drüber – da kann man wohl »aussehen, als ob man bete«. Und nicht nur so aussehen. –

Also der Gast blieb da. Und da Ninetta ihn sozusagen übernommen hatte, so blieb er auch ihr Gast. Ihr Signore, dem sie von weitem entgegenlachte, wenn sie mit den Kleinen am Strand spielte und ihn kommen sah. Die Mutter war bald wieder im Laden und schaffte im Haus umher und ging mit dem Tragkorb nach Sant Ilario hinauf, um einzukaufen bei den Bauern, Gemüse und Früchte. Und Ninetta versorgte ihren Signore. Sie putzte ihm die Stiefel und stellte ihm das Wasser ins Zimmer in der glänzend blanken Flasche, und eines Tages mauste sie für ihn drei Orangen aus dem Laden, von den allerbesten, die weit heraus aus dem Süden kamen, aus Sizilien. »Da«, sagte sie und nahm die goldenen Kugeln aus dem Schürzchen, eine nach der andern. »Du mußt sie essen, sie sind süß, so süß wie Zucker und Honig.«

»Der Tausend«, sagte der Gast, »woher hast du die? Hat dir's die Mama gegeben? Und du bringst sie mir?« Ninetta schüttelte die schwarzen Locken und steckte den Daumen ins Mäulchen. »Aus der Kiste habe ich sie«, sagte sie nach einer Pause. »Es sind noch viele drin. Die Mama merkt's nicht. Ich habe keine für mich genommen, nur für dich.« Dann sah sie ihn an, als ob es nun gut und recht sei. Dem Gast zuckte es stark um den Mund. Es war ihm ein wenig ums Lachen. Sie sah so drollig und so ehrlich aus. Aber dann machte er ein sehr ernsthaftes Gesicht. »Nein, nein, das ist nichts, Ninetta«, sagte er. »Das tut man nicht, auch nicht für einen ganz guten Freund, was die Mama nicht merken darf. Komm, nun trägst du die süßen Orangen wieder hinunter, und dann kommst du ein wenig zu mir. Ich hab' dir etwas zu zeigen. Und etwas Süßes hab' ich auch für dich.« Ninetta packte ein wenig verdutzt die goldenen Kugeln wieder ins Schürzchen. Sie wollte so gern dem Signore alles herbeischleppen, was nur gut und schön war, und nun wollte er's nicht. Aber sie gehorchte ihm, sie mußte alles tun, was er sagte. Er war so gut und so freundlich, und daneben sah er oft so traurig aus. Und er hatte eine heisere Stimme. Einmal war der Doktor bei ihm gewesen. Da hatte sie in atemloser Angst auf der Treppe gewartet, ob auch dem guten Herrn nichts geschehe, und nachher war sie zu ihm ins Zimmer gestürzt und hatte gefragt: »Ist er fort? Hat er dir weh getan? Was hat er dir getan?« Und hatte sich erst beruhigt, als der Signore heil und ganz vor ihr stand und versicherte, daß der Doktor ein ganz guter Mann sei, der ihn gesund machen wolle und ihm keinesfalls etwas Böses tue. Ninetta hatte keine so unbedingt gute Meinung von dem Doktor. Er hatte einmal der Mutter zur Ader gelassen, da war dunkles Blut in einem dicken Strahl aus ihrem Arm gesprungen. Seither traute sie ihm nur halb. Und dem Signore wollte sie nichts geschehen lassen; ihm schon gar nicht. Sie war wie ein kleines Mütterlein, trotz ihrer sechs Jahre.

»So, nun komm«, sagte der Signore, als Ninetta wieder unter der geöffneten Tür erschien. »Nun mußt du mir ein wenig Gesellschaft leisten. Siehst du, ich wohne hier ganz allein, nicht im Hotel, wo die andern Fremden sind, weil ich nicht viel sprechen soll. Und da muß ich immer an zu Hause denken. Wenn ich am Meer hin gehe, und wenn ich auf den Berg steige und sehe alles das Schöne, denn es ist schön hier, du weißt noch nicht, wie schön, dann kommt mir's immer in den Sinn, daß ich das alles so allein sehen soll und niemand habe, mit dem ich mich freuen kann, weil alle, die ich liebhabe, in Deutschland geblieben sind.« »So sollen sie kommen«, sagte Ninetta eifrig. »Nein, nein, das geht nicht nur so.« Der Signore mußte ein wenig lachen. »Das kostet viel Geld, und ich habe nicht viel.« »Die Mama hat; sie hat's in einem Strumpf.« Ninetta war schon halbwegs an der Tür. »Halt, halt.« Er mußte das Kind am Röckchen fassen, daß es ihm nicht entwische. »So, nun setz dich einmal hierher«, sagte er. »Du sollst mir nichts holen und nichts geben. Du sollst nur manchmal ein wenig bei mir sein, weil ich daheim auch ein kleines Mädchen habe, das nun nicht bei mir sein kann. Dann ist es, als ob mein Töchterchen neben mir säße.«

Ninetta nickte nur. Das wollte sie gern. Ihr Herzchen war voll von Bereitwilligkeit zu allem Guten, das sie dem Signore antun wollte. Bei ihm sein? Das war nichts Schweres. Sonst wollte er nichts?

Da zog der Signore ein Bild aus der Brusttasche.

Es war das Bild einer schönen, jungen Frau mit sprechenden, warmen Augen, die ihren einen Arm um ein kleines, zartes Mädchen mit blonden Locken gelegt hatte. Das Kind lehnte an ihrem Schoß, und beide Gesichter sahen dem Beschauer voll in die Augen, so, als ob sie sich ihm ganz und gar zeigen wollten mit aller Liebe und Zugehörigkeit, die sie für ihn hatten.

Er sah es eine Weile an, dann gab er das Bild seiner kleinen Freundin. »Das sind sie«, sagte er. »Meine Frau und mein Kind. Es heißt Elisabeth; siehst du, das wäre eine Freundin für dich.« Eine Freundin? Ninetta schüttelte leise den Kopf. Das war wie ein Engelein; es fehlten nur die Flügel. Mit dem konnte man wohl nicht spielen. Solche waren auf dem Bild in der schönen Kirche in Genua, wohin sie die Mutter einmal genommen hatte, um die Madonna her.

Und sie selbst war so braun, und hatte einen wilden, zausigen Lockenkopf, und ein rotes Tüchlein um den braunen Hals geschlungen. Nein, das war doch wohl ein Wesen anderer Gattung. Das fühlte sie mehr, als sie es verstand.

Aber das schadete ja nichts.

»Sag mir von ihnen«, bat sie den Signore.

Sie saß auf einem Schemelchen zu seinen Füßen. Draußen wollte die Sonne ins Meer sinken. Die Wellen waren purpurrot und golden überglänzt und rauschten leise. Ein paar Nachen waren noch draußen; von ferne hörte man den Gesang eines Schiffers, der eben ans Land kam. Weit hinten am Horizont zog ein großer Dampfer seine Bahn. Der kam vom Süden her und ging nach Genua in den Hafen. Um die beiden her war es still.

»Weißt du, was das für ein Lied ist? Weißt du, was der Schiffer singt?« fragte der Signore.

Ninetta nickte. »Das singt der Vater auch manchmal. *O sanctissima!* fängt es an. Aber ich kann's nicht.«

»Das singt man bei uns daheim auch. Aber es ist ein Weihnachtslied. O du fröhliche, o du selige, gnadenbringende Weihnachtszeit.« Er sagte es deutsch. Das Kind verstand ihn nicht und sah mit großen Augen an ihm hinauf. Da fuhr er in *ihrer* Sprache fort:

»Meine Elisabeth kann es singen. Meine Kleine. Sie wird's nun unter dem Christbaum singen, bei den Großeltern, wo sie dies Jahr Weihnachten feiern. Da sind sie alle beisammen, und die Lichter brennen, und sie singen und freuen sich. Und ich bin nicht dabei. Aber das hilft nun nichts; wenn ich nur gesund werde, so ist alles recht.« Er dachte wohl nicht so daran, daß er zu einem Kinde sprach.

Sie sah ihn so fragend an. Als ob er ein Märchen erzähle, und sie könne es nicht recht verstehen.

Da fiel es ihm ein, daß die italienischen Kinder ja nichts von Christbäumen wissen, von hellen Kerzen, die aus dem Tannengrün hervorleuchten, und nichts von den Gaben, die das Christkindlein bringt und die unter dem Baum glänzen.

Und er erzählte ihr, leise, im Flüsterton, denn anders durfte er nicht, des Halses wegen, von deutschen Weihnachten. Vom verschneiten Winterwald, von atemlosen Warten der Kinder, von leuchtenden Christbaumlichtern und der Krippe, die unter dem Baum steht und vor der die Hirten knien. Von Weihnachtsliedern und Kinderjubel, von allem, was ihm, Bild an Bild, vor die Seele trat, wenn er an Deutschland und an Weihnachten dachte.

Ninetta horchte hoch auf. Sie tat einen langen Atemzug. Das war schön. Sie wollte, er möchte nie aufhören zu erzählen.

Oh, es war auch hier schön, bei ihnen. Die Beffana kam durch die Luft geritten, das Weihnachtsweibchen, auf seinem goldenen Pferd, nachts, wenn die Kinder schliefen, und brachte Geschenke und warf sie durch den Schornstein auf den Herd. Da fanden sie die Kinder morgens. Aber nicht alle. Die Armen fanden nichts. Aber zu ihnen gehörte Ninetta nicht. Sie würde schon etwas finden, das wußte sie wohl. Und die Mama, die kochte ein festliches Essen, Makkaroni mit Tomaten, und briet Fische dazu, und dann tranken sie roten Wein aus der strohumflochtenen Flasche; der Babbo, wie sie den Vater nannten, und die Mama, und Ninetta bekam auch ein Schlückchen. Und in der Nacht, mitten in der Nacht, da gingen die Erwachsenen in die Kirche und trugen Lichter in den Händen, die Reichen große, dicke, und die Armen kleine, dünne, und die Priester sangen oben auf der Empore. Wann Ninetta groß würde, dann würde sie da auch hingehen in der Nacht.

Ja, es war auch hier schön am Fest. Alle Leute, die sich begegneten, riefen einander zu: »Bona festa!« »Ein gutes Fest!« und machten fröhliche Gesichter.

Aber so schön wie das, was der Signore erzählte, war es nicht. So schön nicht. Wie im Himmel mußte das sein. Und Kinder, wie das auf dem Bild, waren dort, Engelein ohne Flügel.

Ninetta wünschte nicht gerade in Deutschland zu sein, Ihr war es lieb und recht, wie es hier war.

Schnee gab es dort, in Deutschland, und dunkle, verschneite Wälder. Und Hirsche und Rehe darin und Hasen. Denen steckte man Heubündel hinaus in den Wald, am heiligen Abend, da kamen sie und taten sich gütlich. Das war alles wie im Märchen.

Hier blühten Rosen und Nelken im Freien um diese Zeit, wenn das Wetter gut war. Und wenn es einmal kalt wurde oder gar Schnee fiel, Ninetta hatte es schon erlebt, das war nicht das Rechte, Natürliche. Da zündete man eine Kohlenpfanne an, und die ganze Familie drängte sich darum und hielt die Hände über die Glut.

Dort mußte es so sein. Dort gehörte es zum Fest, daß es kalt war und daß der weiße Schnee lag.

Nein, Ninetta entbehrte es nicht, das schöne, fremdartige, deutsche Weihnachten.

Aber der arme, gute Signore, der nun nicht dabei sein konnte. Sie legte ihr braunes Händchen auf seine Knie, weil sie nichts zu sagen wußte, und er verstand sie und sagte: »Laß nur gut sein, wir wollen hier auch fröhlich sein, nicht?«

Da nickte sie glücklich.

Es polterte etwas die Treppe herauf und stieß an die Tür. Draußen war die kurze Dämmerung schnell ins Dunkel übergegangen, schon tauchten in dem tiefen Blau des Abendhimmels die Sterne auf. Unten rief die Stimme der Mutter: »Ninetta! Wo steckst du, mein großes Mädchen?«

Die Tür ging auf, und die beiden Buben purzelten herein, Giovanni und Luigi, und wollten die Schwester holen und wußten, daß der Signore eine Bonbonbüchse auf dem Schrank stehen habe. Da bekamen sie alle drei ihr Teil, und dann zogen sie miteinander ab.

Das war acht Tage vor dem Fest gewesen.

Am andern Tag trug Ninetta dem Signore einen großen dicken Brief ins Zimmer, den der Postbote für ihn im Laden abgegeben hatte. Er saß am Tisch, hatte die Arme vor sich hingelegt und atmete die kleinen Dampfwolken ein, die der blanke Messingapparat vor ihm, puff, puff, puff, seinem Trichter entströmen ließ. Da konnte er nicht sprechen. Er streckte nur die Hand nach dem Brief aus und bedeutete seiner kleinen Freundin, daß sie warten solle.

»Puff, puff«, sagte der Apparat nochmals, dann sank das Spiritusflämmchen, das darunter brannte, in sich selbst zusammen und erlosch, und nun war für heute der Befehl des Doktors, der das Einatmen des Dampfes verordnet hatte, erfüllt. Ninetta stand und sah zu, wie ihr Freund das Siegel des Briefes erbrach, und wie er aus zwei, drei Papierhüllen ein Bild herausschälte, das er mit einem halb frohen, halb wehmütigen Lächeln begrüßte. »Da sieh«, sagte er, »das sind meine Schüler; die kommen nun zu mir, um mich zu Weihnachten zu begrüßen. Es sind achtundvierzig Jungen, du kannst sie nachzählen, es muß stimmen. Ich habe sie jeden Tag bei mir in der Schule gehabt, und es ging lustig zu bei uns, das kannst du glauben.«

Da saßen sie, Kopf an Kopf, die vordersten auf der Erde, andere auf Bänken, und die hintersten standen aufrecht da. Es war eine stramme Burschenschar. »Grüß' Gott, Herr Präzeptor«, stand unter dem Bild. Dem Herrn Präzeptor stieg etwas in die Augen, er mußte eine kleine Weile zum Fenster hinaussehen. So lang hielt Ninetta das Bild in ihren braunen Händchen. Es war etwas sehr Erstaunliches. Das hier waren nun keine Engel mit Locken und weißen Kleidchen, sondern stramme, feste Buben mit lustigen und zum Teil grimmigen Gesichtern, meist mit kurzgeschnittenen Haaren und in engen Hosen und Jacken. Sie waren auch allesamt ein wenig braun, und Ninetta wußte nicht, daß das die Schuld des Photographen und nicht der Natur sei. Da bekam sie plötzlich ein anderes Bild von den deutschen Kindern. Mit diesen Jungen hier, ja, da konnte man spielen und springen und an den Klippen herumklettern, das war eher so etwas wie Kameradschaft. Ein Blatt war auf die Erde gefallen; es war ein Brief in steifer, schülerhafter Knabenhandschrift. Sie bot ihn dem Signore hin, der las die Seiten, mehr als einmal. Laut las er sie, aber das konnte Ninetta nicht verstehen, obgleich sie ein paar deutsche Worte gelernt hatte.

»Lieber Herr Präzeptor!« las er. »Es ist schad', daß Sie nicht da sind. Der Herr Hilfslehrer Lachenmaier gibt sehr viel Hosenspannes. Aber sonst ist er brav. Wir haben uns für Sie photographieren lassen. Meine Mutter hat gesagt, bei Ihnen gebe es keine Christbäume, darum haben wir einen auf das Bild gebracht, hinten im Eck steht er. Die Buben sagen, die Italiener werden Barbarossa zu Ihnen sagen, weil Sie einen roten Bart haben. Aber es ist nur ein Spaß, die Leute werden schon wissen, daß Sie ein Herr Präzeptor sind, und nicht solches sagen. Jetzt wünsche ich Ihnen noch eine gute Besserung und daß Sie am Christtag vergnügt sind. Sind Sie auch schon auf einen Orangenbaum gestiegen? Einen Gruß von der ganzen Klasse. Es grüßt Sie Karl Löbe, immer noch Primus; hoffentlich!«

Ninetta stand da und lachte zur Gesellschaft mit, weil ihr Signore so herzlich lachte. Und als er aufhörte, fing sie noch einmal an, denn das gefiel ihr ganz besonders gut, wenn er fröhlich war. Und alle die achtundvierzig Knabengesichter auf dem Bild sahen zu, und man konnte denken, sie werden nun nächstens auch anfangen, mit zu lachen, wie sie das in der Schule oft genug getan hatten, sobald der Herr Präzeptor nur ein wenig mit den Mundwinkeln gezuckt hatte.

»Siehst du, Ninetta, sie denken noch an mich«, sagte er nach einer Weile. »Sie schicken mir einen Christbaum und wollen, daß ich am Christtag fröhlich sei. Das will ich auch sein, ich meine, ich könne es schon, und meine kleine Freundin hilft mir ein wenig, nicht?«

Da legte sie ihr braunes Tätzchen in die große Männerhand und nickte sehr wichtig und lachte ein wenig vor sich hin, aber das schluckte sie schnell wieder hinunter, denn das hing mit einem Geheimnis zusammen, und das Geheimnis lebte erst seit fünf Minuten in ihrem Kopf und war noch gar nicht sprechreif. Und dann schlüpfte sie zur Tür hinaus und die Treppe hinunter, denn die Mama hatte gesagt: »Daß du mir nicht da oben die Zeit verschwatzest, hörst du? Denn du sollst mir nach Sant Ilario gehen zur alten Margherita und sagen, daß sie mir einen Puter schlachtet auf die Festtage. Ja, einen Puter, und das wird ein Braten sein, wie ihn die Patres essen im Kloster. Spute dich, daß du wiederkommst, oder es setzt etwas, mein Engelchen.«

Die Mama wußte gar nicht, wie gelegen der Auftrag für die »kleine, braune Eidechse« komme. Ninetta lachte vergnügt, als sie auszog, und die Mutter sah ihr nach von der Ladentür aus, die Augen mit der Hand beschattet, bis das rote Seidentüchlein nicht mehr zu sehen war, dann ging sie ihrer Hantierung nach. »'s ist ein Sonntagskind«, sagte sie, »ein gesegnetes; das hat schon am ersten Tag gelacht, und dabei ist's geblieben. Wenn ich sag', bleib da, so lacht's, und wann ich sag', geh nach Sant Ilario, so lacht's auch. Ich glaub', wenn ich's ins Wasser schicke, so ging's ins Wasser und das auch noch lustig.« Bei diesem Selbstgespräch entdeckte sie die beiden kleinen Buben, die ihr über die Datteln geraten waren, und nun setzte es ein paar Ohrfeigen aus dem losen Handgelenk, ohne daß im übrigen das gute Einvernehmen gestört worden wäre.

Ninetta aber stieg die vielen Stufen, die am Berg hinaufführten, empor, leicht und flink, wie ein wirkliches Eidechschen an einer Mauer emporgleitet, und summte sich ein Liedchen dazu. Hier und da begegnete ihr einer der Fremden, der blieb wohl dann und wann veratmend stehen und konnte die Augen nicht abwenden von all der Pracht ringsumher. Denn je höher man stieg, je weiter breitete sich das Meer aus und je weiter hin zog sich das schimmernde Ufer mit Dörfern und Städtchen und weißen Villen und den Olivenwäldern an den Hängen. Aber das alles hatte Ninetta schon oft gesehen. Das gehörte so selbstverständlich zu ihrer Welt, es konnte gar nicht anders sein. Und sie war von einem großen Gedanken erfüllt. Der Signore sollte einen Christbaum haben. Einen so wunderschönen, daß er vor lauter Freude ganz vergessen sollte, auch nur einmal sein trauriges Gesicht zu machen, das Ninetta am liebsten niemals sehen wollte.

Sie richtete ihren Auftrag bei der alten Margherita aus, und dann ging sie ums Haus herum, an dem Ziegenstall vorbei und an den glucksenden Hühnern, die sonst ihr größtes Vergnügen ausmachten. Sie wußte schon, wen sie dort oben im Obstgarten finden würde, bei den Orangenbäumen oder bei den goldgelben Mespoli, deren es im Garten der alten Margherita so viele gab als Veilchen im Grase. Und das waren nicht wenige. Aber die Mespoli waren süß und die Veilchen nicht, und der lange Paolo, den Ninetta eben suchte, hielt sich gern an das, was man essen konnte, und fragte nicht viel nach den Veilchen. Er war ein Enkelsohn der alten Margherita, ein großer, starker Lümmel von vierzehn Jahren, und nicht eben besonders darauf aus, sich nützlich zu beschäftigen. Als Ninetta herankam, lag er im Gras ausgestreckt und sah gelegentlich nach den reifenden Früchten, die im dunklen Laube glänzten.

Da stieß ihn das Kind ein wenig an mit der Fußspitze. »Fauler«, sagte Ninetta. »Da liegst du wieder. Komm, steh auf, du mußt mir etwas helfen.« Paolo blinzelte zu ihr herüber. Sie war ein keckes, kleines Ding; er mochte sie wohl leiden. Aber was war es, dazu er ihr helfen sollte? Er sollte dazu vom Gras aufstehen? Das hatte ja wohl noch Zeit. »Was ist's?« fragte er und gähnte. »So, nun komm. Ich sag' dir's unterwegs. Wir gehen da hinaus am Berg, auf dem Weg gegen das Nervital hin. Du brauchst ein Messer dazu. *Avanti*, vorwärts!« Sie stieß ihn noch einmal an, tüchtig, da er sich nicht rührte. Da stand er brummend auf. »Ein Messer? Wozu?« wollte er wissen.

Aber dann schlenderte er doch neben ihren flinken, trippelnden Füßen her. Das Messer hatte er in der Tasche. Natürlich.

Es hielt schwer, ihm auseinanderzusetzen, wozu Ninetta etwas Grünes brauche. Einen Lorbeerbusch vielleicht, oder eine wilde Myrthe. Für den Signore? Und Lichter wollte sie daranstecken und anzünden. Und zwischen die grünen Blätter hinein wollte sie rote und gelbe Nelken stecken, daß es aussehe, als seien sie daran gewachsen? Ninetta war ja wohl nicht klug. Das tat ja kein Mensch. Dazu brauchte sie ihn nicht da heraufzuschleppen. Da sah sie ihn mit flammenden Augen an.

»Ob du willst? Der Signore ist ein Guter, und krank ist er, und in Deutschland tut man so.« Aber er war bockig wie ein Maultier. Da zog sie ein Stück Maiskuchen aus der Tasche. Das hatte ihr die Mama mit auf den Weg gegeben. Er war süß und frisch gebacken. »Da«, sagte sie, »iß, und dann komm.« Da hatte er nichts mehr einzuwenden.

Da zogen sie miteinander aus, zwischen den hohen, grauen Gartenmauern von Sant Ilario hin, bis sie ins Freie kamen. Ein wilder, lustiger Bach kam vom Berg herunter, ihnen entgegen, an dessen Gefälle stiegen sie empor, da lachten die wilden Blumen im Grase, Margueriten und Thymian und die weißen Sterne der Narzissen. Aber ihr Sinn stand nach etwas anderem.

Noch ein wenig höher. Da ragten einzelne Pinien mit ihren dunkelgrünen, zausigen Kronen über niederes Gestrüpp hin, und hier und da stand eine immergrüne, hartlaubige Eiche, wie ein riesiger Schirm ausgespannt. Hier herum mußte etwas zu finden sein.

Paolo brummte fortwährend, denn Ninetta zog ihn tüchtig herum. Er hätte den ersten besten grünen Busch geschnitten, mochte er noch so zausig sein. Der war ja wohl schön genug. Aber daraus wurde nichts, und immer wieder nichts, bis Ninetta ein Erikabäumchen fand, das fast so hoch war als sie selber und schön grün und schlank. Das war das rechte. Und nun konnte Paolo das Messer brauchen und konnte sehen, wie er auf dem Heimweg hinter der kleinen Eidechse dreinkam, die das Bäumchen schleppte, so gut es gehen wollte, und doch flinker von der Stelle kam als er. Denn nun hieß es eilen, die Sonne sank schon ins Meer, und dann kam schnell die Nacht, und der Babbo kam nach Hause, und die Mama hatte die Polenta gekocht zum Abendessen. Da ließ sich nicht spaßen mit dem Draußenbleiben, das wußte Ninetta wohl. Vom Tal herauf hallte das Ave-Maria-Läuten der Kirche in Nervi, und immer flinker ging es die vielen Steinstufen hinunter, hinunter und um die Ecke, und die Straße entlang, und gerade noch zur offenen Haustür hinein, husch, als der Vater von der einen und der Signore von der andern Seite her gegen das Haus her kam. Sie sahen alle beide noch etwas Grünes verschwinden und Ninettas rotes Tüchlein dabei und schüttelten die Köpfe und riefen ihr nach. Aber da konnten sie lange rufen. Die waren beide im Gemüsekeller versteckt, das Bäumchen und das Kind, und als Ninetta hervorkam, lachte sie nur und wurde dabei rot unter der bräunlichen Haut. Aber sie verriet nichts.

* * *

Und nun brach das Fest an. Es war am späten Nachmittag. In der langen Hauptstraße von Nervi wogte es auf und nieder von Fremden und Einheimischen. In den Läden ging es – kling kling – aus und ein, aus und ein. Die Fremden, die in den Hotels wohnten, kauften kleine Geschenke, die sie einander bescheren wollten, und drängten sich in den Blumenläden und an der Post, um duftende Grüße nach Hause zu schicken. An den Straßenecken standen Gruppen von jungen Burschen, die Hände in den Taschen, kurze Pfeifchen im Mund, plaudernd und lachend; sie waren fast alle von irgendwoher nach Hause gekommen und genossen nun die Freiheit, die von heute an drei Tage dauerte. In den Schaufenstern lagen die größten silberschuppigen Fische und goldig glänzende Käse und fette Truthähne aus. Bauchige, strohumflochtene Flaschen standen dazwischen, und dann kamen Bäckerläden mit leckerem Gebäck und die der Obsthändler mit den schimmernden Früchten. Und das alles war mit Zweigen und Blüten geschmückt, und »*bona festa!*« »ein gutes Fest!« sagte jeder, der aus- und einging, und jeder, der im Gewühl an den andern stieß, sagte so und machte ein festliches Gesicht dazu.

Und darüber lag der Sonnenschein, und ein heiterer, tiefblauer Himmel. Die Budenleute am Strand blieben, bis die Sonne anfing zu sinken, dann packten sie ihre Siebensachen zusammen, denn nun kam kein Fremder mehr ans Meer herunter. Sie hielten wohl alle irgendeine Art von Feier an diesem Abend. Nun fingen die Glocken an zu läuten. Sie haben dort eine eilige, lustige Art, zu läuten, und auch keine musikalisch abgestimmten, feierlich zusammentönenden

Glockenstimmen. Bim, bim, bim, bim, rufen die Glocken über die Häuser und über das Meer hin. Die Genueser fangen an; die hört man nur schwach bis nach Nervi hin tönen. Dann antworteten sie da auch, bim, bim, bim, bim, und von den Bergen herunter tönt es, und am Ufer hin übers Wasser. Schön kann man's gerade nicht nennen, es wird einem nicht groß und weit davon. Aber wenn man ein festliches Herz hat, so dünkt es einem doch auch ein festfrohes, heiteres Getön zu sein.

Der Herr Präzeptor, Ninettas Signore, hatte das; ein festliches Herz nämlich. Er ging in den sinkenden Abend hinein, allein an dem schmalen, hohen Uferrand dahin. Das Meer rauschte stark, und laut brachen sich hier die Wellen an den Klippen. Es klang wie ein voller Orgelton. Er hätte beinah' gesungen, er summte leise, ganz leise vor sich hin; ein deutsches Weihnachtslied. Vor einer Stunde war der Doktor bei ihm gewesen und hatte ihn für später in eine kleine Gesellschaft von Deutschen eingeladen. Aber das war es nicht, was ihn so festlich stimmte. Es lag ihm gerade heute gar nicht soviel an den Leuten, die er nicht kannte. Sondern der Doktor hatte zu ihm gesagt: »Es ist ja nun nicht mehr nötig, daß Sie so eingezogen leben. Der Hals macht sich. Er macht sich. Wenn's so fort geht, so kommen Sie kerngesund nach Haus.«

Das war's. Das war einmal ein Festgeschenk. Gesund werden, gesund heimkommen, wieder Schule halten, alle die traurigen Erinnerungen zerrinnen sehen wie Nebel vor der Sonne.

Lieber Gott, war das schön! Er hätte es nur den Seinigen sagen mögen. Aber er schrieb es ihnen, heute noch. Das sollte seine Heiligabendfeier sein. Das und die stille Feier, die er hier am einsamen Strand hielt. Ein Strandwächter begegnete ihm. Der sah ihm erstaunt ins Gesicht. Was hatte er so festlich auszusehen, da er ganz allein dahinging? »*Bona festa*« sagte der Mann, und er erwiderte den Gruß, fröhlich erwiderte er ihn.

Dann wurde es Zeit, umzuwenden. Schon legten sich graue Schatten über das Meer hin, und ein kühler Wind wehte. Die Glocken hatten ihr fröhliches Getön beendet, nun lag die Welt im Schweigen, denn hier war man fern von den Menschen.

Er pflückte einen Zweig des großblätterigen Efeus, der über eine Gartenmauer herabhing. Den wollte er um das Bild seiner Lieben legen. Dann ging's mit starken Schritten durch eins der engen Seitengäßchen nach der Hauptstraße hinauf, zurück ins Menschengewühl, in dem er einsamer war als da draußen in der großen Weite. »Jetzt zünden sie zu Haus den Christbaum an«, dachte er, mit einem letzten Blick auf das entschwindende Meer. Dann sah er in die Höh'. Da kamen die Sterne hervor. Nein, er wollte nicht sehnsüchtig sein, nicht traurig. Er wollte froh sein und dankbar.

So trat er ins Haus ein. Der Laden stand nach der Straße hin offen; die Mama hantierte geschäftig darin; es ging aus und ein von Kunden. Ninetta war nicht zu sehen. Der Signore wollte sie sich nachher hinaufholen, er hatte ein Kistchen von zu Haus erhalten, darin vermutete er sicher etwas für das Kind. Es war ihm solch ein Trost gewesen, es hatte ihn so oft aufgeheitert. Er wollte es gern ein wenig erfreuen. Da war es oben und klinkte an seiner Tür und stieß sich ein wenig, weil sie verschlossen war. Verschlossen von innen, und er hörte etwas rascheln und wispern und lachen; es war ihm einen Augenblick, als ob er wieder, wie als Kind, an der Tür der Weihnachtsstube horche. Da, eben fiel eine Nuß vom Christbaum auf den Boden. Ach, Unsinn, er war ja hier in Italien, und war kein Kind mehr, und niemand bescherte ihm. Nun wollte er ganz vernünftig hineingehen und sich alle törichte Gedanken aus dem Sinn schlagen. Da klinkte er noch einmal, es mußte ja aufgehen. Ja, nun ging es auch auf, und er stand in einer großen Helle und strich sich über die Augen, denn er traute sich nicht recht, ob er auch richtig sehe. Und dann ging ein richtiges Aprilwetter über sein Gesicht, eine Mischung von Sonnenschein und Regen, von Lachen und Rührung und Freude und ein klein bißchen Heimweh. Aber das konnte nicht recht aufkommen. Denn hier stand Ninetta und wollte, daß sich der Signore über die Maßen freuen sollte, und freute sich selbst und schlug die Hände zusammen, so schön kam ihr ihr eigenes Werk vor. Und die beiden kleinen Bübchen standen da und waren wie losgelassene Füllen, so hohe Sprünge machten sie vor Vergnügen. Es war aber auch eine Pracht. Da stand das Erikabäumchen in einem alten Kochtopf, der mit Sand gefüllt war, und leuchtete von Lichtern und von Blumen in allen Farben, die zwischen seinen Zweigen steckten, und bedeutete ganz unzweifelhaft einen richtigen Christbaum. »Die Lichter hat der Babbo angesteckt und die Blumen ich«, jauchzte Ninetta. »Es sind Rosen, siehst du? und Nelken und Orangenblüten. Ich hab' sie niemand genommen, ich hab' sie alle geschenkt bekommen. ›Für den Signore‹, hab' ich gesagt, da hab' ich sie bekommen.«

Und ihr braunes Gesichtchen leuchtete, denn nun konnte in Wahrheit kein Mensch mehr traurig sein, und das machte ihr frohes Herzchen noch viel froher. Die Photographie der achtundvierzig Jungen aber lehnte aufrecht an dem Kochtopf und sah der Freude zu, und alle die Knabengesichter sagten: »Grüß' Gott, Herr Präzeptor«, und man konnte ihnen ansehen, daß sie sich wirklich mitfreuten. Als der Herr Präzeptor das sah, da holte er seine beiden Lieben auch aus der Tasche, und nun hatte er seinen ganzen Kreis um sich und stand mitten unter ihnen und hatte ein Herz voll Freude.

– Das war am heiligen Abend.

»Aber natürlich war er noch viel froher, als er uns leibhaftig wieder hatte«, sagte seine Frau, als sie diese Geschichte erzählte. Sie strahlte von Glück, und das konnte sie auch wohl, denn ihr Mann war frisch und gesund nach Hause gekommen, im Frühling, als auch die Schwalben wiederkamen, und nun stand er wieder in seiner Schule, und es ging da ebenso stramm und ebenso fröhlich zu wie einst vordem.

Ich weiß nicht, ob der kleinen Ninetta an jenem Maitag, als er seinen Schülern von ihr erzählte, die Ohren geklingelt haben. Möglich wäre es schon.

Denn er wurde sehr warm dabei, und die Schüler wurden es auch. »Sie wollte, daß alles um sie herum hell und fröhlich sei«, sagte er. »Und dazu half sie, soviel sie konnte, wenn sie schon nur ein kleines braunes Ding war. Das können wir uns auch gleich merken.«

Da entstand ein Gemurmel in der Klasse, erst leise und dann immer stärker. Einer stieß den andern an, und dann sagte einer halblaut: »Sie soll hochleben.« – »Sie soll hochleben«, sagten seine Nachbarn. »Ninetta lebe hoch!« jauchzte die ganze Klasse. Und das war nicht gerade ein Beweis von guter Disziplin. Aber ich habe diese Geschichte auch nicht der Disziplin wegen erzählt.

Einen Sommer lang

Sie trollten sich miteinander von der Stadt her, die lag ganz im goldenen Glanz der Maisonne. Alles schimmerte und flimmerte, die weißen Häuser, die sich an den Bergen hinaufzogen, die hohen Gartenmauern, über die die schweren, blütenvollen Ranken der Kletterrosen herabhingen, die Ufer, und der Hafen mit den vielen Masten und Segeln. Und das Meer. Es war *ein* Glanz. Man sagt nicht umsonst: Genua Superba, die Herrliche.

Aber die beiden braunen Jungens, Monio und Gian, sahen nicht viel danach hin. Was sollten sie auch? Das hatten sie immer gesehen. Sie trugen einen leeren Waschkorb, den schwenkten sie hin und her und machten Sprünge dazu wie junge Ziegen. Und als sie an einem breiten, hohen Grasrain vorbeikamen, draußen, gegen den Friedhof hin, da purzelten sie ins Gras und streckten die nackten, braunen Beine in die Luft und guckten in den blauen Himmel hinein. »Gian«, sagte Monio, »die Mutter wird schelten. Eilt euch, hat sie gesagt, eilt euch, sonst –« »Es ist noch früh«, sagte Gian und reckte sich. Zweierlei gab es, was er gern tat, jetzt im Sommer, wo die Luft vor Wärme zitterte. Entweder draußen in der Flut schwimmen und tauchen, wie die Fische taten, die Glieder jauchzend recken in dem kühlen Gewässer, oder in der Sonne auf dem Rücken liegen und sich wärmen wie die Salamander, die aus den Felsritzen schlüpfen und auf den warmen Steinen sitzen. Das hätte er den ganzen Tag tun mögen. Aber das ging nicht an. Solch ein Faulenzerleben, das hätte der Mutter gefallen sollen! Die Mutter stand den ganzen Tag am Waschzuber, hinten im Hof, und rieb und rieb und rührte drunterhinein mit einem langen Stock in dem Kessel, der auf drei Füßen stand, und in dem über einem offenen Feuer die Wäsche kochte. Für den eigenen Haushalt, da gab es nicht allzuviel zu waschen, aber die Mutter war eine Wäscherin und wusch ums Geld für die Herrschaften in der Stadt drin.

Sie setzte ihren Stolz darein, die allerweißeste Wäsche zu liefern, und zog die Nase hoch, wenn sie drinnen in Genua in den engen Straßen die Wäscheleinen von einer Straßenseite zur andern gespannt und daran, fünf, sechs Stock hoch übereinander, die Wäsche baumeln sah. Bei ihr, draußen vor der Stadt, wo es Licht und Luft und Raum genug gab, da bleichte das weiße Zeug in der Sonne und schimmerte wie Schnee, wann es zu den Kunden kam. Und wozu waren denn die beiden, Monio und Gian, die gesunden Buben, die daherwuchsen wie die Kürbisse hinten an der Wand des Häuschens? Sollten die dem Herrgott den Tag abstehlen, wenn der Vater drüben lag auf dem Campo santo, auf dem Gottesacker, dessen weiße Marmorsäulen bis hier herüberleuchteten in der Sonne? O nein, die sollten sich rühren und sollten die Wäsche austragen, in der ganzen Stadt herum und bis hinauf auf den Righi, in das Hotel, von dem man über die ganze Stadt hinsieht und über das Meer und weit, weit an den Ufern entlang, und sollten gut darauf achten, daß sie das Geld richtig mitbrachten, oder es setzte etwas. Ohne Zweifel setzte es etwas.

Die Mutter hatte ein stattliches tönernes Schwein in der Truhe stehen, das bekam jeden Samstagabend, wenn die beiden mit klingenden Hosentaschen und leeren Körben heimkamen, ein großes Silberstück zu fressen. Und die Buben wußten es, die Mutter hatte es ihnen oft genug gesagt: Wenn das Schwein ganz voll war, dann wurde es an der steinernen Tischplatte zerschlagen, und dann wurden die Silberstücke gezählt, und wenn es reichte, dann kaufte die Mutter das Häuschen, das eine Stube und eine Kammer hatte, und das jetzt noch dem reichen Padrone gehörte, drüben in dem weißen Haus, gleich über der Straße. Es lag in einem großen Garten, das weiße Haus nämlich, und der Garten war von einer Mauer umgeben, über die nur die grünen Wipfel der Zypressen und der Pinien guckten und die neugierigen Rosenranken kletterten. Aber Gian und Monio wußten darum doch, wie es in dem Garten aussah. Besser als der Padrone und seine Frau selber wußten sie es, wenn sie gleich zum Hintertürchen an der Mauer hineingingen und die vornehmen Leute vornen zu dem großen Gittertor. Denn der Padrone war alt und fast blind, und seine Frau, die saß immer in einem weichen Lehnstuhl auf der großen Terrasse, die nach dem Meer hinaussieht. Da sah sie freilich, wie es vorn heraus war. Den Springbrunnen und die weißen, marmornen Frauen, die um sein Becken standen, und die glühenden, blühenden Rosenbüsche. Aber nach hinten, da kam sie nicht, denn sie hatte lahme Füße. Da wußten die beiden Buben Bescheid. So lang die Haushälterin die Wäsche zählte und das Geld holte, strichen sie ungehindert dort herum, standen bei den Pfauen und Truthähnen still, gingen durch die Steineichenallee, wo sich die Weinrebenranken wie Triumphbogen von Baum zu Baum hängten, guckten, wenn's Zeit war, nach dem Reifestand der Orangen und Mandarinen und sagten zu hundert Malen zueinander: »Ah, wenn wir dem gehörten, dem Padrone! Das wär' ein Leben! Maultiere und Pferde im Stall und zwei weiße Kühe und eine Kutsche zum Fahren. Madonna! Das wär' wie im Paradiese.« Aber der Padrone hatte keine Kinder, und die beiden Buben mußten jedesmal wieder durch ihr Hintertürchen hinaus, und ihr höchstes zu erreichendes Ziel war der Besitz des kleinen Hüttchens, das die Mutter kaufen wollte, wenn das tönerne Schwein fett genug war. Ja, da mußten sie denn nun wieder aus dem Gras aufstehen und vollends nach Hause gehen, das half alles nichts. Es kam keine Kutsche, die solch braune Bübchen auflas und mitnahm.

Eine Kutsche? Ja, da kam eine. Zwei glänzende Rappen waren darangespannt, und auf dem Bock saß ein Kutscher mit einem hohen Hut und blauen Rock, der war mit Silbertressen geschmückt. Kein Mensch hätte denken sollen, daß er, der da oben thronte wie ein König, der alte Antonio sei, den die beiden oft genug gesehen hatten in schlottrigen Stallhosen, das Hemd offen auf der braunen Brust, die kurze Pfeife zwischen den Zähnen. Er war ein alter Freund von ihnen, aber nun kannte er sie nicht. In kurzem Trab fuhr er vorbei und hielt vorne an dem großen Gittertor. Das stand weit offen, und in der Öffnung stand die alte grauhaarige Gigia, die Haushälterin, in ihrem besten Kleide und in einer ungeheuren Haube, und knixte in einem fort. Und dann stieg aus der Kutsche ein Herr mit einem mächtigen Vollbart und einem großen Schlapphut, den er schwenkte, und rief: »Guten Tag, Gigia! Kennst du mich noch? Siehst du, das ist mein Junge, den bring' ich euch auf eine Zeitlang. Du mußt ihn gut halten, Gigia, so, wie mich einst. Komm heraus, Manfred.« Und er streckte einem kleinen, aber kräftig gebauten Jungen die Hand zum Aussteigen hin. Der aber sprang ohne diese Hilfe mit einem Satz heraus, schwenkte den Matrosenhut, ganz wie sein Vater getan hatte, und sagte mit heller Stimme: »Guten Tag, Fräulein Gigia!« und schüttelte sein hellbraunes Lockenhaar dazu.

Dann ging die ganze Gesellschaft miteinander dem Hause zu, wo auf der Terrasse der alte Herr neben dem Lehnstuhl seiner Frau stand, und das Gittertor fiel klirrend zu. Antonio führte seine Pferde und den Wagen durch eine Seitenpforte in den Hof, Gian und Monio aber gingen über die Straße und das Stückchen Wiese nach ihrer Hütte. Ja, nun mochte die Mutter, die unter der Hüttentür stand und, die

Arme in die Seite gestemmt, Ausschau nach ihren Sprößlingen hielt, nun mochte sie wohl ein wenig schelten. Sie würde schon aufhören, wenn sie das Erlebnis zu hören bekam. Ein kleiner Junge da drüben! Und ein mächtig großer Herr, mit einem Bart, wie Garibaldi einen hatte auf seiner Bildsäule, drinnen auf dem freien Platz in der Stadt. Ob die wohl dableiben? Die Mutter hatte ein paar Püffe auszuteilen, bis ihre Buben wieder bei der Sache waren. Erst mußte das Geld stimmen. Monio trug es in einem Zipfel seines Hemdes eingeknotet, da sonst kein sicherer Platz in seinen wenigen Gewändern war, die Hosentasche hatte ein großes Loch. Aber was tat das? Es stimmte, das war die Hauptsache. Darauf fütterten sie das Schwein und hörten andächtig zu, wie es in seinem Innern leise klirrte, und aßen ihren Maisbrei, und als die Sonne ins Meer sank, da gingen sie alle zur Ruhe.

* * *

Ja, wo war Manfred her? Wenn er das sozusagen gewußt hätte! Erstens konnte er nicht in der Sprache der beiden Buben reden, sein Vater hatte ihn nur so unterwegs ein paar Worte gelehrt, die er beim Empfang als Gruß gebrauchen konnte. Und zweitens war das überhaupt schwer zu bestimmen. Er war nun acht Jahre alt, und war in diesen acht Jahren schon da und dort gewesen. Ganz oben an der russischen Grenze, wo sich lange, dunkle Wälder hinstreckten, und wo er im Winter im Schlitten gefahren war, dann in einer großen Stadt, die ihm als etwas Rauchiges, Nebliges vorschwebte, und wo er zwischen hohen, hohen Häusern gewohnt hatte. Auch einmal eine Zeitlang auf dem Land, das war aber schon lang her, in einem kleinen Häuschen mit grünen Läden und einer freundlichen Stube mit einer weißhaarigen Frau. Der Vater sagte, das sei seine Großmutter gewesen. Seine Mutter hatte er nie gekannt. Nein, er konnte nicht so recht sagen, wo er her sei. Er kam jetzt eben mit dem Vater von England her. Der Vater hatte dort und überall, wo er mit Manfred gewesen war, in Geschäften zu tun, und nun war er schon wieder fort. Manfred hatte von der Terrasse aus, neben dem Sessel seiner Großtante stehend (denn die gelähmte Frau des Padrone war seine Großtante), dem Dampfer nachgesehen, der ihn davontrug, bis er kleiner und kleiner wurde, bis er endlich nur noch wie ein weißer, schimmernder Möwenflügel am blauen Horizont geschwommen und dann verschwunden war. Die alte Frau hatte gefürchtet, er werde in Tränen ausbrechen. Aber Manfred hatte sich nur ruhig umgewandt und gesagt: »Jetzt kann ich wohl in den Garten gehen?« Er war den Wechsel gewohnt geworden in der Mannigfaltigkeit seines jungen Lebens. Wenn ihm dennoch etwas fehlte, so wußte er's nicht, heute noch nicht, wenigstens nicht klar und deutlich.

Und nun stand er an dem Hinterpförtchen der Gartenmauer, die ins Freie führte, und Gian und Monio standen vor ihm und guckten ihn mit neugierigen, dunklen Augen an. Ja, das war freilich ein Junge, der eignete sich wohl dazu, dem Padrone anzugehören. Mit seiner hellen Haut und den blauen Augen. Wie ein Prinz sah er aus in dem weißen Flanellanzug, obgleich Gian und Monio noch keinen Prinzen gesehen hatten. Sie selbst trugen ein jeder ein rot und gelb gestreiftes Hemd und ein leinenes Höschen, das ging knapp bis oben an die Knie. Basta. Und überall guckte die bräunliche Haut heraus, zu unzähligen Luftlöchern, die so allmählich in das Zeug geraten waren. Sie kümmerten sich nicht groß darum. Sie hatten ein Sonntagsgewand daheim im Schrank, und Strümpfe und Schuh. Aber hundertmal leichter ging es sich so, jetzt, zur warmen Zeit, wo die Sonne den ganzen Tag am Himmel stand.

Alle drei hatten sie Lust, eine Unterhaltung anzuknüpfen. Aber man sieht, es geht nicht so leicht damit, wenn man nicht dieselbe Sprache redet. Sie halfen sich aber, so gut sie konnten. Woher er gekommen sei? Da zeigte Manfred nach dem Meer. Der Herr mit dem Bart? Gian strich sein glattes Kinn und machte eine mächtige Handbewegung drum herum, denn der Bart war stattlich. Manfred verstand. »Das ist mein Vater«, sagte er, »er ist wieder fort.« Er machte einen weiten Bogen mit der Hand, es mußte eine große Reise sein, die sein Vater unternommen hatte. »Eh, Vater, das ist *padre*.« Sie verstanden auch, und zeigten nach dem Friedhof hinüber. Dort lag der ihrige, unter der Erde, das konnte man alles mit Gebärden zeigen. Es ging allmählich gut voran. Sie erfuhren auch, daß er keine Mutter habe, aber eine goldene Taschenuhr und viele schöne Dinge in einem roten Lederkoffer, drinnen im Haus. Sie wußten nicht recht, was begehrenswerter sei. Die Mutter? Sie konnten sich nicht recht denken, wie das wäre, wenn sie nun eines Tages fehlte. Dann wären sie ganz allein in dem Häuschen gewesen, und niemand hätte ihnen den Maisbrei gekocht. Freilich, es setzte auch viele Schelte und Püffe. Ach, das alles war ja aber bei Manfred ganz anders. Man brauchte nicht lang darüber nachzudenken. Man konnte lieber sogleich anfangen, Boccia zu spielen. Dort lagen schon die Kugeln in dem gelben Sande. Und sie spielten und spielten und bekamen glühende Köpfe, bis von der einen Seite her die alte Gigia kam und von der andern Angiolina, die Mutter von Gian und Monio, und beide ihre Jungen zurückholten in die gehörigen Grenzen.

Aber darum machte die Freundschaft doch Fortschritte. Manfred sollte Ferien haben, den ganzen, schönen Sommer lang. Im Spätherbst, da sollte er nach Deutschland kommen in eine Schule, und dort bleiben, bis er ganz erwachsen sein würde. »Er soll sich vorher noch gehörig vertoben, und zwar hier, an den Orten, wo auch ich als Kind gespielt habe«, hatte der Vater gesagt. Denn auch er war einst, als kleiner, mutterloser Junge, hier gewesen. Antonio, damals ein junger Bursche, hatte ihn reiten gelehrt, und Gigia, die zu jener Zeit noch ein frisches, schwarzköpfiges Mädchen war, hatte mit ihm im Garten gespielt. Und die Tante, die jetzt gelähmt im Sessel saß, hatte ihm dort im Gartensaal schöne Lieder zur Zither gesungen. Es war eine sonnige Zeit gewesen. Die wollte er seinem Kinde auch gönnen, ehe es ganz und auf die Dauer seiner Bubenjahre in den geregelten Ernst des Schul- und Pensionslebens eingetaucht würde. Aber das hatte er freilich nicht bedacht, daß alle die jungen, fröhlichen Menschen von damals nun alte Leute waren, zitternd und gebrechlich zum Teil und, da sie des Umgangs mit der Jugend schon lang entwöhnt waren, auch nicht mehr jungen Herzens. Sie lebten alle ein bißchen mühselig dahin, und die Freude an dem frischen Jungen Manfred glich eher einer zitternden Rührung als einem fröhlichen Mitleben.

Manfred ließ sich's nicht groß anfechten. Die Welt war schön hier, und für Unterhaltung wollte er sich schon sorgen.

Ja, da hatte er nun die beiden Nachbarsbuben getroffen. Gigia hatte zwar einen großen Wortschwall losgelassen, darüber, daß Gian und Monio keine Gesellschaft seien für den jungen Herrn. Man denke, das seien zerrissene Fischerjungen (denn ihr Vater war ein Fischer gewesen), und die Mutter sei eine arme Wäscherin. Aber erstens hatte Manfred das wenigste von dem allen verstanden, und zweitens gefielen ihm die beiden Buben, die so vergnügt aussahen in ihrem löcherigen Zeug, als ob es ihnen am allerbesten ginge von der ganzen

Welt. Also, die Freundschaft wurde darum doch geschlossen. Zwar Gian und Monio mußten dreimal in der Woche mit ihrem Buch unter dem Arm in die Stadt, zum Pater Giuseppo in die Unterweisung, und außerdem mußten sie der Mutter Botengänge tun, wie man weiß. Aber die Tage waren lang, es fiel viel goldene Zeit der Freiheit heraus. Da lagen die drei im Grase und ließen sich von der Sonne bescheinen, oder Manfred tat das Hintertürchen an der Gartenmauer auf und strich mit den beiden, die er da hereingelassen hatte, durch den weiten Garten, oder sie störten Antonios beschauliche Ruhe, wann er, aus der kurzen Pfeife rauchend, unter der Stalltür saß. Erzählen sollte er, Gian und Monio wußten, daß er voll alter Geschichten stecke. Da nahm er dann seinen alten Kopf zusammen und erzählte dem jungen Blut, was er wußte. »Sag mir von meinem Vater, als er so groß war wie ich«, bettelte Manfred. »Wie war das? Was tat er? Was sprach er?« Da wurde Antonio auf Augenblicke jung und frisch, und über seine braunen Runzeln lief ein Lachen. Manfred machte reißende Fortschritte im Italienischen. Es war, als ob er's vom nächsten besten Baum genommen hätte wie eine reife Orange. Freilich, es war auch danach. Die drei, Antonio, Gian und Monio, die sprachen, wie ihnen der Schnabel gewachsen war, und so sprach Manfred es nach. Gigia schlug die Hände überm Kopf zusammen. Aber davon wurde es nicht anders. »Laß ihn«, sagte die lahme Frau in ihrem Sessel, als ihr die Dienerin vorjammerte. »Laß ihn, er soll fröhlich sein, das ist die Hauptsache. Er verlernt's wieder, wenn er nach Deutschland kommt.«

Da mußte Gigia es gehen lassen, wie es wollte. Ja, so ging es auch. Es ging hauptsächlich hinüber in das kleine Häuschen überm Weg. Oder, um es recht zu sagen, um das Häuschen herum, denn drinnen waren die Bewohner nur zum Schlafen, und hier und da zum Essen. Hinten, da war der Hof, da stand Angiolina, die Mutter der Buben, am Waschzuber. Und wenn alles gut ging, dann sang sie dabei. Es ging aber meistens alles gut. Da rankten die Kürbisse in die Höh' und kamen mit Leichtigkeit an das niedrige Dach und ließen ihre reifen Früchte gleich leuchtenden Vollmonden über die Dachrinne herabhängen. Da bedeckten die Kletterrosen die ganze baufällige Laube an der Seitenwand, und in der Laube, da ging das Familienleben vor sich, soviel da zu erleben war den Tag über.

Und da wurde nun noch eine Freundschaft geschlossen. Gian und Monio kannten ihre Mutter nicht recht wieder. Sie war eine heitere, kräftige und wohl auch etwas derbe Natur; mit ihnen beiden ging sie nicht eben zart um. Aber was fand sie nun auf einmal für sanfte, mütterliche Töne für das Kind des Reichtums, das nicht wußte, was eine Mutter und was eine Heimat sei! Die beiden rissen die Augen nicht schlecht auf, als sie dem Manfred so fein und leicht über die Locken strich mit ihrer schrumpeligen Hand und sagte: »*Povero piccolo!*« »Armer Kleiner!« Der und arm? Und hatte doch, was nur das Herz begehrte, und konnte nur wünschen, was er wollte, so kam es.

Sie staunten auch, daß Manfred von nun an aus allem fröhlichen Spiel immer wieder weglief, und sei es nur auf Augenblicke, um einmal neben ihrer Mutter zu stehen am Waschfaß, oder wenn sie das Linnen auf den Rasen legte zur Bleiche. Was hatte er davon? Das wußten sie nicht so recht. Es kam ein Sonntagnachmittag. Manfred hatte eigentlich mit den beiden alten Leuten, dem Padrone und seiner Frau, ausfahren sollen und hatte schon am Morgen vergeblich mit Gigia gekämpft, daß diese es herausschlagen solle, daß Gian und Monio mitgenommen würden. »Sie haben Sonntagsgewänder an und Schuhe, Gigia, und sie sind meine Freunde.«

Aber Gigia hatte den Kopf geschüttelt, daß ihre weißen Haubenflügel hin und her wackelten, als ob sie privatim für sich die Hände zusammenschlagen wollten. »Aber Signor Manfred, das soll der Onkel nicht hören! Ist im Senat der Stadt gewesen, bis er alt wurde, und einmal, da hat ihn der König besucht, hier in diesem Hause, und meine Augen haben gesehen, wie er ihm die Hand gab. Und nun soll er mit diesen ausfahren? Diesen –« Gigia hatte ihre Rede nicht bis zum Ende halten können, denn die Klingel von der Herrin Zimmer hatte scharf und schrill dazwischen hinein gebimmelt, und Gigia hatte nur noch im Enteilen den Kopf geschüttelt, bis sie hinter dem Vorhang verschwand, der die Zimmer voneinander schied.

Und dann war weder von Manfreds Freunden noch vom Ausfahren überhaupt mehr die Rede gewesen. Denn die Großtante hatte starkes Kopfweh und blieb den Tag über im kühlen Zimmer, und Gigia pflegte sie. Und als Manfred eine Zeitlang durch Haus und Garten gestreift war wie einer, der etwas sucht und weiß nicht was, da war er durch das Mauerpförtchen geschlüpft, und nun saß er mitten im vollen Behagen drüben in der Rosenlaube.

Frau Angiolina war heut schön, so schön, wie Manfred sie nie gesehen hatte. Sie hatte ein leuchtend blaues Seidentuch kreuzweis umgebunden, und ihre Schürze war bunt wie ein Blumenbeet im Sommerflor. Und in ihrem schwarzen Haar stak ein großer Silberpfeil. Manfred blieb stehen, als er hereinkam. »Du bist schön«, sagte er, und sein ganzes Gesicht staunte. Da lachte sie, und Gian und Monio lachten zur Gesellschaft mit, und davon wurde Manfred angesteckt, und es gab ein so vergnügtes Beisammensein, als man nur wünschen konnte. Der Himmel lag in leuchtend reinem Blau über der Welt, die Rosen blühten, in dichtgedrängten Büscheln füllten sie alle Lücken des Laubwerks, im Grase zirpten die Zikaden, und die vier fröhlichen Menschen in der Laube paßten so gut in den sonnigen Sonntag hinein, daß man denken konnte, die Welt sei eigens ihretwegen so schön und Werktag und Mühe liege irgendwo weit, weit dahinten.

Die Mutter war heut heiter, wie bei einem Fest, holte ihre Zither aus dem Haus und sang dazu ein Lied ums andere, und Manfred war es, als ob er hier zu Hause sei, schmiegte sich an sie, als ob er sich wärmen wollte, und sah von diesem sicheren Ort aus zu, wie Gian und Monio, die längst wieder Schuhe und Strümpfe ausgezogen hatten, im Gras vor der Laube Purzelbäume schlugen.

»Was?« sagte die Mutter, als Antonio gekommen war und Manfred zur Abendmahlzeit nach Haus geholt hatte, »was, ihr denkt, er sitzt dem Glück im Schoße? Die Madonna in der Kirche hat das kleine Jesuskindchen auf dem Arm und schlägt den Mantel um seine Glieder. Aber wer hat Manfred auf dem Arm getragen, als seine Mutter ins Paradies kam, da er ein Kindchen war von drei Wochen? Wollt ihr wohl die Sonntagskleider in den Schrank hängen, ihr Schlingel, die ihr eine Mutter habt und bald, so der Herr will, daß das Geld reicht, ein eigenes Haus? Müßt ihr vielleicht in die Welt hinaus, wie er, der *poverino*? Vorwärts, ins Bett, und morgen, so die Sonne heraufkommt, geht ihr in die Stadt und holt das schmutzige Zeug im Hafenhotel, das eure Mutter waschen wird, ihr Faulpelze ihr, meine beiden Liebsten!«

Da läutete das Glöckchen in der Kapelle drüben, und drinnen in der Stadt fing es an zu läuten, und viele, hohe und tiefe Glockenstimmen riefen, daß es Zeit sei, zu beten.

Und die Mutter hielt inne in ihrem liebkosenden Schelten, und alle drei falteten sie die Hände und dachten des Segens Gottes, der über Land und Meer dahingehe und alles Geschaffene in seinen Schutz hülle, da nun die Nacht ihren dunklen Mantel ausbreitete.

Vielleicht sprechen sie andere Worte dazu als du und ich. Aber Gottes Segen wird alles zu finden wissen, das in Einfalt die Hände ausreckt, um sich segnen zu lassen.

Wie der Sommer dahinging! Wie die Sonne über dem Land stand und über dem Wasser! Es war heiß am Tage und warm in der Nacht. Wenn die Sonne hinunterging am Abend, kamen die Sterne heraus, groß und leuchtend, zu Hunderttausenden. Dann rauschte das Meer in der nächtlichen Stille, und in den Bäumen sangen die Nachtigallen, und auch die Nacht war schön, wie es der Tag gewesen war.

Manfred genoß seinen freien Sommer, wie nur ein glückliches Kind tun kann. Es kam etwas dazu, das war an sich nicht erfreulich, aber es machte, daß Manfred in Freiheit lief wie ein Eichkätzchen im Wald.

Das war: der Großonkel, der alte Herr, wurde krank und brauchte viele Pflege. Da war Antonio selten an seinem Platz unter der Stalltür zu finden, und Gigia hatte den Kopf voll nötiger Dinge und konnte sich nicht besinnen, ob der junge Herr sich standesgemäß betrage. Der Lehnstuhl mit der Großtante aber stand im Zimmer, wo die Vorhänge herabgelassen waren und Eiskübel zur Kühlung standen. Manfred erschien pünktlich zum Essen, täglich sonnverbrannter, immer ein bißchen schmutzig und immer seelenvergnügt, aß mit Hunger, fragte, wie es dem Onkel gehe, und – verschwand bis zur nächsten Mahlzeit. Ja, was da alles dazwischenlag! Da müßt ihr die Fische fragen draußen im Golf von Genua, mit denen die drei um die Wette schwammen und tauchten. Und die Barkenführer, die an der Hafenmauer standen und rauchend warteten, bis Fremde kämen, die fahren wollten, und denen die drei nicht nur einmal im Handumdrehen das Boot losketteten und jauchzend hinausruderten zwischen den Schiffen hindurch, bis aufs offene Meer. War das ein Glück! Wann sie wiederkamen, wetterten die Bootsleute, was das Zeug halten wollte, und einmal nahm einer Monio übers Knie und gab ihm einen Denkzettel, indes die beiden andern um die Ecke schlüpften und zusahen, was da werden wolle. Aber es war selten einer im Ernst böse. Die drei waren eine so vergnügte Gesellschaft, und eines Tages brachte Manfred eine ganze Traglast von Tabakspäckchen, für die er all sein Taschengeld hingegeben hatte, und verteilte sie an der Hafenmauer entlang. Da schlugen sich die braunen Gesellen beifällig aufs Knie und stopften die Pfeifen und füllten die Luft mit großen Rauchwolken und sagten, daß der mit den blauen Augen ein *benedetto* – ein gesegneter Junge – sei.

Ja, und das sagten sie auch noch, als die Geschichte passierte, die ich jetzt erzählen will. Sie bildete so ziemlich den Schlußstein des Sommers, und wenn ihr Gigia fragt, so wird sie beträchtlich mit dem Kopf nicken und sagen, daß es allerhöchste Zeit gewesen sei, »dem Ding« ein Ende zu machen, da man nicht wissen könne, was sonst noch aus dem jungen Manfred geworden wäre. Wir wissen, daß sie mit »dem Ding« die Bubenfreundschaft meinte, die von Anfang an ihren grauen Kopf mitsamt der Haube so stark ins Schütteln gebracht hatte.

Also das war so: »Es war ein Samstagabend gewesen, an dem hatte das tönerne Schwein die Silberlira nicht mehr fressen wollen. Sie hatten es gerüttelt und geschüttelt, aber die Silberlira war im Schlitz auf dem Rücken steckengeblieben. So stand es fest: das Schwein war ganz und gar vollgepfropft mit Silberstücken, und der Augenblick war da, an dem es in Stücke gehen sollte. Sie standen miteinander um den steinernen Tisch her, und auf dem Tisch, da stand das Schwein, und Monio sagte (und es verschlug ihm die Stimme, so feierlich war der Augenblick): ›Mutter, so um tausend herum mögen drin sein.‹ Er meinte aber tausend Lire damit, und es hätte müssen freilich ein großes Schwein sein, wenn so viele in seinem runden Bäuchlein Platz gehabt hätten. Aber kostete nicht das Häuslein achthundertundfünfzig Lire? Und hatten sie nicht seit undenklichen Zeiten jeden Samstagabend, der kommen wollte, eine Lire in das Schwein gesteckt? Es mußte eine Unmenge Geld darin stecken. Und dann geschah ein Stoß und ein Krach, und es lag auf dem Tisch die ganze Bescherung. Braune, glänzende Scherben, ein Kopf mit zwei kleinen Äuglein, ein rundes Ringlein, das war der Schwanz, und die Füße, und der zerschlagene Leib, und dazwischen lag es schimmernd, harte, runde, glänzende Silberstücke. Und jedes Silberstück war aus vielen fleißigen Stunden heraus sauer erarbeitet.

Da standen sie und staunten, Angiolina, die Mutter, und ihre beiden barfüßigen Schelme, und Manfred stand auch dabei und staunte mit. Dies hier war ganz anderes Geld als all das viele, das er so gelegentlich zu sehen bekam, beim Vater oder drüben in dem weißen Hause. Er hatte sich nie besonders für Geld interessiert; aber das hier war ganz anders. Ob es reichte? Es war Manfred so gut wie den andern, als ob das so ganz und gar nicht anders sein könne.

Und dann zählten sie und legten lange Reihen auf die steinerne Tischplatte und zählten wieder und wieder, und die Mutter holte noch aus dem Grund der Truhe ein leinenes Beutelchen herauf, das enthielt fünf Goldstücke, und sie legte das Gold mitten auf den Tisch und sagte, daß es hundert Lire wert sei. Aber sie mochten zählen, wie sie wollten, es kam nicht mehr heraus als fünfhundertundzwanzig Lire, und obgleich das eine Unsumme Geldes schien, so reichte es doch lange nicht hin, um das Häuschen zu kaufen. Und das legte sich wie lähmend auf alle vier. Nun war doch alles richtig zugegangen bis jetzt, ganz wie sie es sich ausgedacht und vorgenommen hatten, und nun stimmte das nicht. Sie wußten im Augenblick nicht weiter. Denn das tönerne Schwein, das war zerschlagen, wie sollte es nun in Zukunft zu halten sein? Darüber mag lachen, wer will.

Sie hatten nicht gerechnet, das war alles. Sie waren Kinder, alle miteinander. Die Mutter war auch eins gewesen; sie war ebenso erschrocken als die drei Buben. Aber dann gab sie sich einen Ruck. ›Also, das ist nichts gewesen‹, sagte sie. ›Ich hab's gleich gesagt, beim Händler schon, ich hätte das allergrößte Schwein nehmen sollen. Er hatte eins, das war wie eine junge Katze so groß. Madonna! Es dünkte mich sündhaft, solch ein großes zu nehmen. Eine arme Wäscherin! Aber seht ihr's, nun reicht es nicht. Wollt ihr wohl andere Gesichter machen? Seid ihr Waisenkinder oder wie? Ich kaufe das große Schwein, das allergrößte, und dann geht's weiter. Tragt die Scherben zusammen; hinaus damit. Das Geld, das kommt in einen Strumpf, bis das neue Schwein da ist.‹

Da waren sie alle wie erlöst. Ja, ja, das war das Richtige. Das Schwein war zu klein gewesen, das war alles. Was denn für Not? Man kaufte ein größeres und machte weiter wie bisher; es war weiter nichts umzudenken, man mußte nur etwas länger warten.

– Ja, aber das Warten, das war so eine Sache. Es ist nicht jedermanns Ding. Gians und Monios Ding war es auch nicht. Der Plan mit dem Hauskauf bestand schon, seit sie denken konnten. Der große, feierliche Moment, in dem die Sparbüchse zerschlagen und die Silberlire gezählt und die Kaufsumme rund und voll auf dem Tisch liegen würde, der Moment, in dem die Mutter das blauseidene Tuch umlegen und das Geld in die Schürze nehmen und hinübergehen würde in das weiße Haus zum Padrone und vorne am Gittertor läuten – der stand schon allzulang flammend deutlich vor den Augen der kleinen Familie, als daß es so ganz leicht zu ertragen gewesen wäre, ihn wieder so weit hinausgerückt zu sehen.

Konnte man nicht machen, daß es ein wenig schneller ginge? Die Mutter dachte nicht daran. Sie stand wieder an ihrem Waschzuber wie sonst, sang, wenn's gut ging, schalt ein weniges, wenn's nötig war, und lachte von weitem wenn Manfred kam, der *povero bambino*, dessen Vater nächstens wiederkommen wollte, ihn abzuholen, weiß Gott, wohin. Sie hätte ihn am liebsten behalten. Der Maisbrei und die Gemüsesuppe und die Makkaroni am Sonntag hätten auch für drei gereicht. Hatte sie nicht ein Bübchen im Paradiese, das jetzt so groß wäre wie er? Und hätte sie nicht ihrer drei erzogen, so es Gottes Wille gewesen wäre?

Manfred aber hatte ein Geheimnis mit Gian und Monio. Sie wollten der Sache ein wenig auf den Leib rücken. Konnten sie nicht schwimmen und tauchen wie der Meermann, von dem die Mutter erzählte? Und kamen nicht genug Schiffe in den Hafen von Genua, und die Leute standen auf dem Verdeck und sahen ins Meer und an den Strand? Oh, da mußten doch Soldi genug zu verdienen sein. Angiolinas Buben durften nicht betteln, die Mutter hatte es streng verboten. Aber das, was sie tun wollten, war nicht gebettelt, das war ehrlich gearbeitet. Es kam ein Vergnügungsdampfer von Portofino her. Musik ertönte auf dem Hinterdeck, und vorne saßen unter weißen Zelttüchern die Passagiere. Das Meer schien ganz mit dem blauen Himmel zusammenzufließen, und weiße, lichte Wolken spiegelten sich darin. Es war ein Tag voll Licht und Sonne. Aber daran dachten die zwei braunen Buben nicht, die links von der Landungsbrücke ihre paar Gewändlein ablegten wie eine zerrissene vertrocknete Eidechsenhaut und sich jauchzend ins Wasser stürzten. Sie dachten jetzt gerade nur ans Geschäft. Heidi, wie das ging! Wie sie die Wellchen, die kleinen Uferwellchen, plätschernd teilten und hinausschwammen, bis wo in der blauen Flut das weiße Schiff gefahren kam.

Da regten sie ihre glänzend bräunlichen Glieder, schossen lachend kopfüber in die Tiefe und kamen pustend und blinzend wieder in die Höh'. Wie die Fische taten sie, die schnalzend aufspringen an schönen Sommerabenden und dann wieder untertauchen in ihr kühles Hans.

Die Passagiere oben auf dem Verdeck hatten denn auch ihr helles Vergnügen daran. Helle Kleider und lachende Gesichter drängten sich über die Brüstung. Und die Soldi, die großen italienischen Kupfermünzen, flogen klatschend ins Wasser, und flink wie die Schwalben, die im Flug die Mücken fangen, schossen die Bübchen hintendrein, hinunter in die Tiefe, und die sinkenden Stücke erhascht, eins ums andere. Da und dort war eine halbe Lira darunter, wenn ein Reisender so recht seine Freude an den flinken Kerlchen hatte.

In den Mund schoben sie's, bis sich die runden Wangen spannten über der Beute, und stolz und froh kamen sie ans Ufer, wo Manfred bei den Schiffern stand und von einem Fuß auf den andern trat vor Ungeduld. Und hinein in das bißchen Zeug, und in eine Ecke geflüchtet, und zu dreien das Geld gezählt. Sie schoben's in eine Mauerritze, droben an der Gartenmauer des Padrone, dort mochten's die Eidechsen hüten, bis mehr dazukam.

So ganz leicht war's nicht, es ganz und gar zu sparen. Was hatte Donna Cäcilia, drunten an der Piazza Cristofero Colombo, die alte Freundin der Buben unter dem weißen Zeltdach, was hatte sie für köstliche Dinge zu verkaufen. Den Buben wässerte der Mund danach. Aber sie waren stramme Jungen. Sie schluckten leer und schluckten das Gelüste hinunter. Es mußte auch so gehen.

Manfred schwoll das Herz vor Lust am Mittun. Er dachte nicht daran, daß er ein goldenes Zehnlirestück in seinem Beutel daheim habe und daß er es zu dem wichtigen Zweck opfern könne. Dies hier war anderes Geld. Es war eine jauchzende Lust, es zu verdienen. Und er wollte nicht mehr am Strande stehen und zusehen. Ja, und dann kam der Tag, von dem ich eigentlich erzählen wollte. Er war blau und warm, und es war September, und von draußen herein kam ein Schiff, ein großer Dampfer. Und Gian und Monio gaben ihren leeren Waschkorb in seine, Manfreds, Hut und plätscherten schon in den Wellen.

Nein, nun wollte er nicht länger hier stehen wie die Bootsleute und Lastträger. Er wußte nicht, wie ihm geschah, aber plötzlich hatte er es den andern nachgetan. Dort, am Ufer, an dem Brückenpfeiler, lagen seine Kleider, und da, in der lauen Flut, schwamm ein kleiner Junge mit weißen Gliedern und braungebranntem Gesicht und Händen. Und steuerte hinter den beiden andern drein, die einen kühnen Bogen machten, um an den Wellen vorbei, die das Schaufelrad aufwarf, und

73

an die Seite des Schiffs zu kommen: ›Heia, holla, Soldi, Signore!‹ Sie riefen es zu dritt und im Eifer immer lauter, und da flogen auch schon die schweren Stücke herunter. Manfred tat mit, als ob er sein Leben lang nach Kupfermünzen getaucht wäre. Da ließ ihn eine bekannte Stimme aufhorchen. ›Na aber, da hört alles auf. Manfred, Junge, bist du das?‹ Und da stand sein Vater und lehnte sich über die Brüstung und schwenkte den mächtigen Hut und sagte zu einer Dame, die neben ihm stand: ›Nun sieh, Elisabeth, so empfängt er dich! Es war hohe Zeit, daß wir kamen.‹ Manfred wußte sich nicht zu helfen vor Verlegenheit. Er konnte nichts sagen, er hatte seinen Tauchergewinn im Mund, und er fühlte, wie ihm das Blut in Wellen ins Gesicht schoß. Er machte, daß er davonkam, das war alles, was er tun konnte. Da war nun sein Vater! Manfred hing an ihm, aber, die Wahrheit zu gestehen, er hatte nur selten an ihn gedacht, die letzte Zeit daher. Nun war er unerwartet früher gekommen. Und was war das für eine Dame? Sie hieß Elisabeth, und es sei hohe Zeit, daß sie komme, hatte der Vater gesagt. Manfred machte, daß er in die Kleider kam, und da stand er, als die Reisenden über die Landungsbrücke schritten, ziemlich braun, ein bißchen schmutzig von Gewandung und sehr verlegen, als die fremde Dame ihn lachend küßte. ›Ich habe dir eine Mutter mitgebracht‹, sagte sein Vater; ›aber ich weiß nicht, ob sie dich jetzt haben will, so einen italienischen Strandräuber.‹ Aber er sah dabei aus, als ob ihn etwas von innen heraus stark erheitere, und die neue Mutter faßte Manfreds Hand, als ob da kein irgendwelcher Zweifel bestehe. Da wuchs dem Jungen schnell der Mut. Eine Mutter, das wollte er gern, er hatte wohl gesehen, wie es sei, wenn man eine habe, und er winkte mit großer Selbstverständlichkeit die beiden Kameraden heran, die sich in einiger Entfernung herumdrückten. Und darauf erfuhr der Vater die ganze Geschichte. Da nickte er sehr ernsthaft: ›Natürlich muß man zusammen helfen bei so etwas. Ich hoffe nur, man läßt mich da auch mittun. Das tönerne Schwein, das müssen wir auch klirren hören, nicht Elisabeth?‹ Sie war sehr einverstanden damit, und nun mochte Gigia sich lang entsetzen, Manfred fürchtete sich kein bißchen mit solchen Bundesgenossen!

Ja, und nun kam des Ende des Sommers. Es drängte sich noch vieles in die letzten Tage zusammen, so, wie es auf diesem letzten Blatt zusammendrängt. Man kann es nur leider nicht alles erzählen. Wie Manfreds Vater entdeckte, daß ihn eine alte Kinderfreundschaft mit Angiolina, der Wäscherin, verbinde, und wie sie alle drei, die Eltern mit dem Sohn, in das Häuschen hinübergingen und das tönerne Schwein zum Klirren brachten, nur weil Manfred nicht glaubte abreisen zu können, ehe der große Augenblick kam, an dem Angiolina im Sonntagsstaat an der Gitterpforte läuten und das Geld in der bunten Schürze tragen würde, das ihr und ihren Buben das niedrige Dach, unter dem sie wohnten, zu eigen gab. Und wie dieser Augenblick denn auch erschien und den Abreisetag versüßte, für die Reisenden und für die, die dablieben.

Das liegt nun alles weit dahinten. Vielleicht kennt einer oder der andere unsern Manfred. Er ist ein großer, freundlicher, lustiger Junge. Und er geht mit dem Bücherpack unter dem Arm in die Schule.

Neulich sah ich ihn, da kniete er auf dem Straßenpflaster und half dem Bäckerjungen seine Brezeln auflesen. Den hatte ein großer Hund umgerannt, und er war gar sehr erschrocken. ›So‹, sagte Manfred, und gab ihm den Korb auf den Kopf, ›jetzt heißt's laufen, sonst komm' ich zu spät‹, stäubte sich ab und rannte um die Ecke. Und ich dachte mit Vergnügen, daß man doch nie wissen könne, was alles in so einem herrenlosen, sonnigen, schulfreien Sommer zu lernen sei, wenn man das Zeug dazu habe.«

Was Annegret zu helfen fand

Fünfundzwanzig Staffeln waren es, die von der Straße zum Haus hinaufführten. Von der fünfundzwanzigsten an ging es in den großen, kühlen Hausöhrn hinein. Links war die Küche, da hatte Annegret eben den Kopf hineingesteckt und hatte Marlene, die große, dicke, gute Marlene, die die Köchin war, in einer dichten Wolke erblickt, schwitzend und schnappend. Sie war am Schmalzauskochen. Das war nichts für Annegret.

Rechts war die Wohnstubentür. Dorther kam Annegret soeben. So sah es dort drinnen aus: an einem Fenster saß der Großvater, am andern die Großmutter, und beide schliefen. Es war nämlich nach dem Mittagessen, und da nahmen sie immer die Zeitungen vor sich hin und begannen zu lesen, so lange, bis sie vor sich hin nickten, und natürlich fielen dann die Zeitungen in den Schoß. Großvater und Großmutter waren beides alte, alte Leute. Sie hatten weißes Haar, und darüber trug der Großvater ein Käppchen von schwarzem Samt, in den von Annegrets Hand goldene Sternchen eingenäht waren, und die Großmutter eine Haube, die immer schneeweiß war, viel weißer noch als das weiße Haar.

Und nun stand Annegret hier draußen vor dem Haus, und sah über die hohe Staffel hinunter und die weiße Landstraße entlang. Links war der Wald, rechts ein Bach, an den Bach stieß Weideland an, dort grasten die Kühe, eine ganze Anzahl. Aber Annegret sah nicht nach den Kühen. Sie sah die Straße hinab, so weit sie konnte, das war schon ein gutes Stück. Endlich tauchte dort hinten jemand auf; Knöpfe blitzten in der Sonne, das war das erste, was zu sehen war; dann ein grauer Tuchrock, an dem die Knöpfe saßen, ein alter, etwas vornübergebeugter, breitschultriger Mann, der in dem Tuchrock steckte. Er stapfte an einem dicken Hakenstock einher, trug eine große Ledertasche umgehängt, hatte allerlei Schachteln und Pakete um und an sich. Als er nah genug war, um gehört zu werden, tat Annegret einen lauten Ruf.

»Postmichel«, rief sie, und dann flog sie hinter ihrem Ruf drein, alle fünfundzwanzig Stufen hinunter. Das Haus war auf einen kleinen Hügel gebaut, die Stufen waren in den Hügel gehauen. Als sie unten ankam, war der Postmichel nur noch ein kleines Stück entfernt. Man konnte es schon sehen: er lachte über das ganze Gesicht. »Postmichel«, begann Annegret schon von weitem, »ich muß dich etwas fragen. Ist es wahr, daß die Schwalben heilig sind? Ist es wahr, daß es ein Unglück gibt, wenn die Katze ein Schwälbchen frißt? Es ist eins aus dem Nest gefallen, ein Junges. Da hat die Bussi einen Satz gemacht und hat es gefressen. Es hat einen einzigen Pieps getan.«

Der Postmichel stand und stützte sich auf seinen Hakenstock. Er mußte sich doch auch auf eine Antwort besinnen. Das ging nicht so schnell. Aber Annegret konnte warten.

»Du, Postmichel, drunten in der Wirtschaft ist das kleine Kindlein gestorben. Es ist erst drei Tag' alt gewesen. Es hat noch nichts geheißen, bloß Bub. Der Konrad hat's gesagt. Und der Konrad hat gesagt: ›Weil es noch nicht getauft gewesen ist, so kann man denn nicht wissen, ob es in den Himmel hat hinein dürfen.‹ Jetzt hab' ich gesagt: ›Mein Papa ist im Himmel, der kann's vielleicht noch taufen, er ist ein Herr Pfarrer gewesen.‹ Du, Postmichel, was meinst du?«

Der Postmichel war ratlos. Er kam der Sache nicht mehr nach. »Jetzt sei einmal einen Augenblick still, Kind«, sagte er sanftmütig. »Ich muß dem zuerst nachdenken.«

Er stellte seine Schachteln auf der Staffel ab und trocknete sich mit einem roten Taschentuch den Schweiß vom Gesicht.

»Also, Kind, die Bussi weiß es nicht besser, als daß die Schwälbchen zum Fressen da seien, wenn man's nämlich kriegen kann. Ein Unglück braucht's dieserhalb nicht zu geben. Sie sollte Mäuse fangen, freilich, das gibt's genug in den Ställen und so. Aber die Katzen wissen's nicht so, daß man recht tun solle und nur fressen, was erlaubt sei.«

Annegret war aber schon ein wenig von dem Schwalbenunglück abgekommen, das mit dem Kindlein war ihr wichtiger. »So sag jetzt das andere«, sagte sie. »Ich weiß dann noch mehr Sachen. Also ob der Papa –«

»Ja, guck, Annegret«, der Postmichel schüttelte den Kopf, »guck, das weiß der Konrad nicht und ich nicht, wie das ist mit so kleinen Kindlein. Aber denk einmal, wenn so ein kleines, kleines Seelchen daherkommt und muß von seiner Mutter fort und hat gar niemand, da muß ja doch der liebe Gott die Tür ganz weit aufmachen und muß das Seelchen auf den Arm nehmen und es an ein ganz schönes, sonniges Plätzlein setzen, daß es ihm ganz wohl wird. Anders glaub' ich's nicht.« Annegret war sehr einverstanden.

»Ja, und dann sagt er zu einem großen Engel, der nur grad so herumfliegt: ›Du, Engel, paß einmal ein bißchen auf das kleine Kindlein auf.‹ Sagt er so nicht, Postmichel?«

Der Postmichel wußte es nicht so genau. Er mußte wieder weiter. Er hatte zwei Pakete und eine Zeitung hier abzugeben, und dann mußte er ins Dorf hinauf. Bis zu den nächsten Häusern war es noch fünf Minuten. Das Haus, in dem Annegret mit den Großeltern wohnte, stand allein für sich.

Nein, nicht ganz allein. Drüben über dem Weg, dem Dorf zu, stand das Pförtnerhäuschen, das zum »Schloß« gehörte. Das Schloß war früher einmal eine Grafenwohnung gewesen und lag in einem schönen, großen Park. Aber nun war um den Park her ein hoher Zaun mit eisernen Spitzen obendrauf, und hineingelangen konnte man nur durch ein eisernes Tor, das nur der Pförtner auf und zu machen konnte. Denn jetzt wohnten in dem Schloß arme, kranke Leute, Gemüts- und Geisteskranke, die man wohl bewahren und bewachen mußte, daß sie nicht sich und nicht anderen schaden konnten. Annegret war noch nie dort drinnen gewesen, und es war ihr auch nicht darum zu tun, denn Marlene wußte schaurige Geschichten davon zu erzählen. Und Marlene war schon viele, viele Jahre hier, Annegret aber erst sechs Wochen. Sie sollte über den Sommer hierbleiben, bis die Mama mit den großen Brüdern und Schwester Eva ihren Umzug in die große Stadt gehalten und sich dort eingerichtet hatte. Annegret war die Jüngste. Sechs Jahre war sie alt und hatte schon viel erlebt. Da durfte man nur in Heinersbronn nachfragen. Dort war der Papa Pfarrer gewesen, und Annegret hatte ihm geholfen. Nicht beim Predigen, natürlich. Aber bei vielem sonst. Bei manchen Krankenbesuchen, und wenn er in die Kinderschule ging, und dann bei den Handwerksburschen. Für die Kranken machte sie Sträußchen aus ihrem eigenen Gärtlein und brachte sie ihnen. Und dann, wenn der Papa noch mit den Kranken sprach, dann saß sie auf dem Bänklein vor der Tür und wartete auf ihn. In der Kinderschule durfte sie manchmal Bildchen verteilen, und die Handwerksburschen durfte sie fragen, ob sie Hunger haben. Ja, der Papa hatte oft gesagt, daß Annegret seine Stütze sei.

Aber jetzt war er, wie wir wissen, im Himmel, und in das Heinersbronner Pfarrhaus zogen andere Pfarrleute ein, und Annegret war nur hier bei den Großeltern. Da mußte sie sich neue Bekannte suchen, und das tat sie auch. Außer den Großeltern und Marlene war noch Max, der Knecht, und Konrad, der Hirtenbub, und Flox, der Hund, da. Es waren auch Kühe und Gänse und Enten da, und Hühner. Aber die zählte Annegret nicht so zur Familie. Hans, den alten, steifbeinigen Rappen, den zählte sie eher noch dazu. Und dann Bussi. Bussi war die Katze, und Annegret liebte sie zärtlich. Sie war ganz schwarz, hatte nur ein weißes Pfötchen, vornen, links, und ein weißes Fleckchen am Halse; grüne, schillernde Augen. Sie war unsäglich drollig. Aber nun hatte Marlene ein Unglück prophezeit, weil Bussi ein Schwälbchen gefressen hatte. Marlene war überhaupt, so gut und dick und groß sie war, ein bißchen düster. Wenn ein Laden klapperte oder ein Topf zerbrach oder wenn sie von schwarzen Kirschen träumte, gleich mußte es etwas zu bedeuten haben, und meist nichts Gutes. Max, der Knecht aber war ganz still für sich hin und hatte immer Tabak im Munde. Den spuckte er nach rechts und links. Die Großmutter aber hörte so schlecht, und der Großvater las viel. Mit ihnen also konnte Annegret nicht allzuviel bereden. Da bezog sie denn ihre Weisheit von Konrad, dem Hirtenbuben, und außerdem von Marlene. Und als ihr das nicht ganz genügte; da fand sie heraus, daß der Postmichel ganz vorzüglich zum Kameraden passe.

Der Postmichel läutete an dem Pförtnerhäuschen an, und der Pförtner streckte die Hand zum Fenster heraus. »Gib nur alles da herein«, sagte er und langte nach den Postsachen.

»Es ist aber zu unterschreiben«, sagte der Postmichel.

Da sprang das Tor auf. Ach, nun hätte Annegret hineinsehen können; wenn nur Marlene nicht so dringend gesagt hätte, daß sie das niemals solle. Es mußte schaurig sein da drinnen. Es zog sie aber doch so unsagbar an.

»Postmichel«, rief sie, »kann ich nur ein einziges Mal mit hineinsehen?« Der Postmichel blieb stehen. »Komm«, sagte er. Es gab wohl nicht so leicht etwas, das er der Annegret abgeschlagen hätte, wenn sie ihn bittend ansah.

»Da, so sieh herein, es ist nichts Besonderes zu sehen.«

Der Pförtner hatte eine große Brille auf der Nase, und sah durch diese hindurch das kleine Mädchen mißbilligend an. Er mochte es nicht, wenn man neugierig hier hereinsah. Er war früher Sergeant beim Militär gewesen; er war ein wenig strengen Sinnes von damals her. Aber das merkte ja Annegret nicht. Sie hüpfte herbei und faßte Postmichels Hand. So stand sie unter dem offenen, eisernen Tor. Es war aber nichts Besonderes zu sehen. Eine schöne, schattige Allee von großen Kastanienbäumen ging in schnurgerader Linie auf das Schloß zu. Ganz weit hinten sah man die weißen Wände schimmern. Alles war grün und still. »Oh«, sagte Annegret, »die Marlene hat nichts gewußt. Es gibt kein Unglück wegen der Bussi, und es ist nichts Arges da drinnen. Das muß ich ihr sagen.«

»Du weißt viel von da drinnen«, sagte der Pförtner.

»Da sind lauter kranke Leut', arme, und viele unheilbare darunter. Und du sagst, es sei nichts Arges drin.«

»Ach«, sagte der Postmichel, »laß doch das Kind, das versteht's noch nicht. Siehst denn nicht, was es für ein Gesichtlein hat? Wie ein Sonnenstrahl. Das sieht noch nichts Arges, dem ist noch alles schön.«

Aber Annegret hörte nicht darauf, was die Männer sprachen. Sie ließ ihre hellen Augen hin und her gehen, und auf einmal rief sie: »Tante Ursa! So hör doch!« und sprang den Kiesweg hinunter. Dort, zwischen den Bäumen, ging eine schwarzgekleidete Frau hin und her.

Sie trug einen aufgespannten Sonnenschirm über dem Haupt, und außerdem noch einen dichten Schleier über das Gesicht gezogen, trotzdem die grünen Laubkronen der Bäume keinen grellen Strahl durchließen. Als sie das Kind herankommen sah, blieb sie stehen.

Der Pförtner und der Postmichel standen am Tor und wußten ihrer Seele keinen Rat. Denn die Frau war eine Kranke, und es war streng verboten, hier jemand einzulassen, und nun vollends ein Kind. Aber dann faßten sie sich. »Sie ist harmlos, sie tut ihm nichts«, sagte der Pförtner. »Dem Kind kann niemand etwas tun«, sagte der Postmichel.

Inzwischen standen die zwei, die Frau und das Kind, und sahen einander an. Annegret sprach zuerst. »Laß einmal sehen«, sagte sie, »unter deinem Schleier. Ich hab' gemeint, du seist Tante Ursa. Gelt, du bist es aber nicht? Laß sehen.«

Die fremde Frau seufzte schwer, und Annegret sah, daß sie zitterte. »Du mußt nicht so tun«, sagte Annegret. »Ich tu' dir ja nichts. Ich bin nur die Annegret. Dort ist der Postmichel. Ich hab' nur hereinsehen wollen. Es ist aber nichts Schreckliches. Die Marlene hat's gemeint.«

Da tat die schwarze Frau den Schleier ein wenig zurück. Das war recht, das gefiel der Annegret.

»Nein, du bist nicht meine Tante. Sie hat auch ein schwarzes Kleid an, weil mein Papa ihr Bruder gewesen ist. Und du?«

Annegret fühlte sich der schwarzen Frau ein wenig verwandt, und scheu war sie überhaupt vor niemand. Sie hatte schon mehr traurige Gesichter gesehen in ihrem jungen Leben, und ihr warmes Herzlein hatte sie immer zum Trösten bewegt. Davon konnte die Mama sagen.

»Und ich?« sagte die fremde Frau mit einer matten, tonlosen Stimme. »Ich, weißt du, ich kann nie mehr froh sein, nie mehr. Mich darf die Sonne nicht mehr anscheinen, in meinem ganzen Leben nicht.« Und damit tat sie ängstlich den Schleier wieder herunter.

Aber das war ja nicht auszuhalten. Am Tor rief der Postmichel, und nun erschien auch noch Marlene, rot und heiß und händeringend. »Ach, ach, hab' ich's nicht gesagt, daß etwas passieren muß? Ach, das Kind, wenn ihm etwas geschieht! Und der Herr und die Frau schlafen und wissen von nichts, und derweil ist das Kind in der Löwengrube.« Und Marlene wurde innerlich hin und her gezogen von der Angst um das Kind und der Angst für sich selbst. Nein, wenn sie hätte mit so einer reden müssen. Nicht um alles in der Welt. »Annegret!« rief sie vom Tor her mit zitternder Stimme. »Ich komme gleich«, rief Annegret mit ihrem hellen Stimmlein. »Ich muß nur der Frau noch sagen, daß sie die Sonne schon noch anscheinen kann. Du mußt nur dort den Weg hinunter, wo die Bäume aufhören, und dann den Schleier hinauftun, dann ist es dir ganz hell.«

Aber die Frau tat noch die Hände vors Gesicht. »Ich kann nicht«, sagte sie. »Nie mehr. In meinem ganzen Leben nicht mehr.«

Da konnte Annegret nicht fort. Wie konnte sie das? Es war so einfach, zu helfen, und die Frau wollte nicht.

»Doch, sie kann dich schon noch anscheinen«, sagte sie und faßte dringlich nach der Hand der Frau. Die steckte in einem schwarzen Handschuh und zuckte ängstlich zurück, als die warme, feste Kinderhand sie faßte. Aber wenn Annegret im Eifer war, dann merkte sie das nicht. »So komm nur, wir gehen nur da hinunter, siehst du?«

»Nein«, sagte die Frau angstvoll, »dort sind Menschen, sieh, sie kommen schon, und ich kann nicht sein, wo Menschen sind.«

»So komm mit in unsern Garten, da bin nur ich ganz allein und noch der Flox und die Bussi und der Konrad. Aber der Konrad nur am Abend. Und da ist es ganz hell, da kann dich auch die Sonne anscheinen. – Doch, sie kann, jetzt glaub es auch einmal!«

Aber jetzt kam dem Pförtner die Angst obenauf, denn ganz in der Ferne sah er den Herrn Assistenzarzt auftauchen, und von dem wollte er sich lieber keinen Tadel anhängen lassen. So rannte er denn mit langen Schritten den Weg herunter, und nahm das Kind fest an der Hand, und es konnte ihm nur recht sein, daß die schwarze Frau vor ihm zurückwich, so brauchte er ihr nichts zu sagen.

Er führte das Kind bis an das eiserne Tor, und dann fuhr er es noch ein wenig an: »Du kleine Kröte, du kommst mir auch nicht mehr da hinein, das weiß ich.« Und Annegret mußte nun mit Marlene ins Haus zurück. Marlene aber prophezeite, daß man mit diesem Kind, das vor gar und gar nichts zurückschrecke, noch erlebe, kein Mensch wisse, was, und auf alle Fälle noch etwas Arges.

* *
*

Der Postmichel hatte selber Enkelkinder gehabt, und sie waren ihm gestorben, da war es kein Wunder, daß er die Annegret so ins Herz geschlossen hatte. Denn er hatte viel Platz darin, und wer Liebe in seinem Herzen hat, der läßt nicht gern auch nur ein Eckchen leer stehen.

Er mußte nun jeden Tag mit anhören, was Annegret sich über die schwarze Frau ausdachte, und das war nicht wenig.

»Es wird ihr etwas Böses geschehen sein, daß sie sich so fürchtet, oder am End' hat sie selber etwas Böses getan«, sagte er einmal. Aber das wollte Annegret nicht gelten lassen. »Nein, nein, das hat sie gar nicht, sie ist nur sonst betrübt«, sagte Annegret eifrig. »Ich wollte nur noch ein einziges Mal hinein und ihr zeigen, daß sie schon noch in die Sonne kann. Aber das Tor ist immer zu. Und der Mann am Tor macht so ein Gesicht.« Annegret versuchte das Gesicht des Pförtners nachzumachen, es wurde aber nicht ganz so streng wie seins.

»Ich wollte nur gern wissen, ob sie immer da unter den Bäumen herumgeht und gleich fortläuft, wenn ein Mensch kommt«, sie atmete tief auf – »und dann noch vieles.«

»Das kannst du nun nicht wissen«, sagte der Postmichel. »Aber du kannst es gut zum lieben Gott sagen, daß er ihr die Sonne ins Herz hineinscheinen läßt. Davon vergeht alles Böse und Traurige.«

Sie wußten es nicht, der Postmichel und die Annegret, daß die traurige Frau schon ein wenig nach dem Sonnenschein aussah, den ihr der liebe Gott wollte ins Herz hineinfallen lassen, und Annegret wußte auch nicht, daß sie selber so ein Sonnenstrahl sei.

Aber als nach acht Tagen der Postmichel wieder einmal in das Torwartshäuschen hinein mußte, sagte der Torwart grämlich: »Da hab' ich mir neulich etwas Schönes eingebrockt mitsamt meiner Gutmütigkeit. Seit die kleine Krabbe mit der schwarzen Frau gesprochen hat, ist diese von einer Unruhe befallen wie noch nie. Immer geht sie den Laubgang auf und ab, und dann steht sie lange und starrt nach dem Tor. Und jetzt hat mich vorhin der Oberarzt gefragt, was das sei, sie rede immer von einem Kind, das sie an die Sonne führen wolle, und ob das irrgeredet sei oder ob eins dagewesen sei. Ich hab' nichts machen können, ich hab's gesagt, und hab' auch gesagt, daß es nicht mehr vorkommen soll. Da hat sich der Oberarzt nur stracks umgedreht und ist dem Schloß zu gegangen. Er kann mich um den Dienst bringen, wenn er will.«

Aber es kam nicht so böse, als der Torwart meinte.

Sondern als am andern Morgen Annegret frisch gekämmt und gewaschen auf der Hausstaffel stand und sich eben mit Bussi beredete, daß Bussi das Rotschwänzchennest in der Hecke doch ja in Ruhe lassen solle, da kam ein großer, breiter Herr daher, der hatte einen mächtigen Bart und sah in etwas Annegrets Papa gleich. Und er kam die Staffel herauf und sagte, als er vor Annegret stand, ganz freundlich: »Du, Kleine, bist du das Mädelchen, das einmal nur so geschwind an dem Torwart vorbei in den Schloßgarten geschlüpft ist und hat mit einer kranken Frau geredet?«

»Nein, krank ist sie nicht gewesen«, sagte Annegret, »nur traurig und auch nicht böse. Und sie hat gesagt, sie könne gar nicht mehr an die Sonne gehen, und ich wollte sie nur ein einziges Mal dahin führen. Sie muß nur den Schleier wegtun und die Augen aufmachen, dann kann sie wieder froh sein.«

Da sah der freundliche Herr einen Augenblick sehr ernsthaft aus, fast, als ob ihm etwas weh täte (und das war auch so, denn er hatte ein ganzes Haus voll kranker Menschen und wollte gar nichts lieber, als sie alle gesund machen, und konnte doch so oft nicht). Dann nahm er Annegret ganz väterlich bei der Hand und sagte: »Willst du ein wenig mit mir gehen und es der kranken Frau noch einmal sagen? Doch, sie ist krank, Kind, ganz innen ist sie krank, und vielleicht kannst du ein bißchen helfen, daß sie gesund wird.«

»Ja, das kann ich gut«, sagte Annegret ernsthaft, »das habe ich in Heinersbronn immer auch getan«, und dabei war sie schon die Staffeln hinabgehüpft, der Herr Doktor konnte ihr kaum folgen.

Aber oben an der Staffel erschien Marlene und schlug die Hände zusammen, als sie sah, daß der Herr Doktor das Kind entführte, und fing zu jammern an. Da kehrten die beiden Ausreißer noch einmal um, denn sie hatten es im Eifer ganz vergessen gehabt, daß noch mehr Leute ihre Erlaubnis dazu geben müßten, wenn Annegret gehe, um die kranke Frau an die Sonne zu führen.

* * *

Unter den Bäumen wandelte die schwarze Frau hin und her und blieb dazwischenhinein stehen und sah sehnsüchtig nach dem Tor. Da ging dieses auf, und an der Hand des Herrn Doktors kam ein kleines Mädchen herein, das hatte zwei kurze, blonde Zöpfe und hatte ein blaues Schürzlein an. Und das Mädchen ließ sogleich die Hand des Herrn Doktors los und ging auf die Frau zu. Der Herr Doktor ging langsam hintendrein, und hinter ihm stand wieder der Pförtner und wußte nicht mehr, was er von der Anstaltsordnung halten sollte. Wenn gar der Oberarzt anfing, Kinder von der Gasse hereinzuholen, dann konnte man ja das Tor gleich ganz offen lassen.

»Guten Morgen«, sagte Annegret und bot der schwarzen Frau ihr Händlein. »So wollen wir jetzt dann gleich miteinander dahin gehen, wo keine Bäume sind.«

Diesmal ließ die Frau dem Kind ihre Hand und sah durch den Schleier hindurch unverwandt in das helle Gesicht, das Annegret zu ihr emporhob. »Nein, da kann ich nicht hingehen«, sagte sie traurig. »Ich habe es dir schon gesagt. Aber ich muß ein wenig mit dir reden, damit du siehst, daß ich es nicht tun kann. Ich habe immer nach dir gesehen, aber du bist gar nicht mehr gekommen.«

»Das ist wegen dem Tor gewesen«, versicherte Annegret. »Sonst wäre ich sicher jeden Tag gekommen. Aber dann hat der Postmichel gesagt, ich müsse es nur dem lieben Gott sagen, daß er dann macht, daß dich die Sonne anscheint. Da vergeht alles Böse und Traurige, hat er auch noch gesagt.«

»Und das hast du getan, Kind?« fragte die schwarze Frau, »das hast du für mich getan?« Sie vergaß ganz, daß ein heller Schein sie treffen konnte, und hob ihren Schleier hinauf, um deutlicher das Kindergesicht zu sehen.

Annegret merkte es auch nicht, daß das mit dem Schleier geschah. »Ja freilich«, sagte sie. »So sag's jetzt, warum du nicht kannst.« Denn das schien ihr das Allermerkwürdigste zu sein.

»Ja, siehst du«, sagte die Frau und richtete ihre traurigen Augen ganz fest und wie Hilfe suchend auf Annegrets Augen, »ich habe einmal ein kleines Kindlein gehabt, so ein herziges, liebes. Nur eins. Und das hat sterben müssen, weil ich von ihm fortgegangen bin in einem schönen Kleid, eine ganze Nacht lang, und ist niemand bei ihm gewesen als eine Magd, die aber hat geschlafen. Und ich habe getanzt, und daheim ist mein Kind krank gewesen, und niemand hat ihm geholfen. Und als ich heim kam, da ist mein Mann dagewesen; der ist von einer Reise zurückgekommen und hat das Kind im Arm gehabt, und die Sonne hat in sein Gesichtlein geschienen; die ist grad aufgegangen gewesen. Und da hat es die Augen zugemacht und ist gestorben. Und man hat es in die Erde hinuntergetan, in das dunkle, dunkle Grab. Und da liegt es nun.

Mein Mann aber hat gesagt: ›Geh nur hin, wo dich keine Sonne anscheint, wenn nun das Kind um deinetwegen im Dunkeln liegt.‹«

Die schwarze Frau schauerte zusammen. Dachte sie nicht daran, daß sie zu einem Kinde sprach? Sie sah unverwandt der Annegret in das Gesicht. Die tat einen tiefen Atemzug.

»Das liegt doch nicht im Dunkeln«, sagte sie. »Das ist ja schon lang beim lieben Gott. Der Postmichel hat auch gesagt, wie das kleine Kindlein beim Wirt gestorben ist: Dem hat er doch gleich die Tür aufgemacht und hat es auf den Arm genommen. Und dann hat er zu einem großen Engel gesagt: ›Paß auf das Kindlein auf, daß ihm nichts geschieht.‹ Da trägt es jetzt vielleicht der Engel immer herum im Schönen und Hellen. Da kannst du gut wieder an die Sonne gehen.«

Annegret hatte nicht die ganze Rede der schwarzen Frau verstanden, und das war auch nicht so nötig. Sie mußte nur für das Kindlein sorgen, weil man das nicht im Dunkeln lassen konnte. Und sie brachte ihre eigenen Gedanken und die des Postmichels untereinander. Aber die beiden vertrugen sich gut miteinander.

Jetzt sah sie, wie es in dem Gesicht der traurigen Frau zuckte und wie langsam ein paar große Tropfen aus ihren Augen fielen.

»Ist das wahr?« sagte die Frau, »woher weißt du das, Kind? Muß es nicht allein im Dunkeln sein?« Sie ergriff Annegrets Hand, so fest sie konnte. »Das weiß ich eben«, sagte Annegret, »jetzt komm!«

Aber da schlug die Frau die Hände vors Gesicht und fing an zu weinen, und weinte, wie Annegret noch nie einen Menschen hatte weinen sehen, und lehnte sich an den Stamm einer großen Kastanie und legte den Kopf an die Rinde.

Und da trat der Herr Doktor aus einem Gebüsch, in dem er seither gestanden war, und Annegret ging erschreckt auf ihn zu. »Ich habe ihr nichts Böses getan«, sagte sie, »und jetzt weint sie so.«

»Etwas Böses?« sagte der Herr Doktor. »Du hast ihr etwas Gutes getan. Siehst du, wenn ganz graue Wolken am Himmel sind, dann muß es regnen, daß die Sonne wieder scheinen kann. Und bei Frau Rose ist es auch so. Sie hat gar nie weinen können, da ist alles ganz schwer und grau gewesen. Aber nun weint sie, das ist gut, da kommt alles herunter.«

»Ja, und dann kann sie wieder an die Sonne«, sagte Annegret und ließ sich zufrieden vor das eiserne Tor hinausführen.

* *
*

Es verging eine Reihe von Tagen, ohne daß Annegret in den Schloßgarten geholt wurde. Es war nur gut, daß sie soviel anderes zu erleben hatte, so daß sie keine Zeit fand, allzuviel an die traurige Frau zu denken, denn sonst wäre es ihr vielleicht lang geworden, bis sie wieder etwas von ihr erfuhr. Zuerst regnete es ein paar Tage. Da hätte es am Ende langweilig sein können. Aber da bekam gerade die Bussi junge Kätzchen, gleich sechs, und die waren alle miteinander schwarz und hatten nur da und dort weiße Flecken, und es war gar nicht zu sagen, wie drollig sie waren. Annegret sah ihnen zu und saß stundenlang auf dem Speicher vor ihrem Korb. Dann waren im Geflügelhof junge Entlein ausgekrochen, und es waren unzählige neue Blumen im Garten aufgegangen, und Konrad, der Hirtenbub, hatte sich einen Scherben in den Fuß getreten und konnte nur mühsam herumhumpeln, da mußte Annegret sogar mit zu den Kühen und den Hirten unterstützen.

Das hätte ja aber alles nicht ausgereicht, wenn der Postmichel nicht gewesen wäre. Es war unglaublich, was der Postmichel alles mitbrachte, außer dem, was er in seiner schwarzen Tasche trug, ganz allein für Annegret. Was waren alle jungen Kätzlein und Enten, wenn der Postmichel erzählte, daß in seinem Haus, das heißt, in dem Haus, in dem er ein Stüblein hatte, gar zwei kleine Kindlein geboren seien, beides Buben, beide mit blauen Augen und mit einem schwarzen Haarschopf, beide in rot und weiß karierten Tragkissen. Es war schier unerschöpflich, was es von so kleinen Kindlein schon alles zu erzählen gab. Annegret hatte ja wohl auch noch den Wunsch, die schwarze Frau an die Sonne zu führen, aber der andere, die Kindlein zu sehen, war doch noch viel brennender. Hatte man ihnen nicht Seidenbändchen ums Handgelenk gebunden, dem einen ein rotes, dem andern ein blaues? Es war schier nicht auszuhalten, die Kindlein nicht zu sehen.

Aber eines Tages kam der Postmichel an, und sein gutes, runzeliges Gesicht sah so ernst und schwer darein, daß Annegret ihn nur ansehen mußte. »Postmichel, was hast du?« fragte sie. »Du siehst so aus, so –« Da kam der ganze Jammer zum Vorschein.

»Ja, soll ich nicht so aussehen?« sagte er. »Wenn die Mutter wegstirbt von so kleinen Kindlein? Drei größere hat sie noch, die brauchen sie auch noch, freilich. Aber die ganz kleinen, ach, Annegret!«

Es war merkwürdig, alle Leute, die in Annegrets Umgebung waren, redeten mit ihr wie mit einem Erwachsenen, und sie war doch so ein Kind. Sie hatte nur ein warmes Herzlein für alle, das war es.

»Oh, ist sie gestorben?« jammerte Annegret. »Warum ist sie gestorben? Hat sie ihre Kindlein ganz allein gelassen?«

»Ja«, sagte der Postmichel, »das hat sie. Heißt das, das eine nimmt sie mit; das stirbt auch noch, das sieht man. Das ist noch gut.« Aber nun war Annegret noch trauriger. »Oh, oh«, rief sie, »welches? Das mit dem roten Bändchen? Heißt es noch nichts? Nur Zwilling? O Postmichel, und ich hab's noch nicht gesehen, und jetzt geht es fort!«

Da standen sie und jammerten miteinander und sahen nicht, daß schräg über dem Weg drüben das eiserne Tor aufging und der Torwart herauskam. Erst als er rief: »Du, Kleines, so hör doch einmal. Sollst herüberkommen, aber gleich, wenn's der Herr Oberarzt sagt« – da sahen sie auf. Aber es war der Annegret jetzt grad nicht so wichtig. »Ja, ich komme schon«, sagte sie. »Wenn du nur warten könntest, Postmichel; ich komme vielleicht gleich wieder, und dann kann ich mit dir gehen und die Kindlein sehen, eh' die Frau das eine mitnimmt. Ich muß dann nur noch die Großmutter fragen.«

So rief sie noch, als sie schon unter dem Tor stand, und als das hinter ihr zufiel, da rannte sie mit langen Schritten den gelben Sandweg hinunter, bis sie an den Herrn Doktor stieß, der aus einem Seitenweg herauskam.

»Ich muß schnell machen«, fing sie an und ließ ihre Augen nach der schwarzen Frau umgehen, aber sie sah sie nirgends. »Ich muß noch zu den Kindlein, eh' die Frau das eine mitnimmt.«

»So«, sagte der Herr Doktor, »ich habe gemeint, du wollest mir ein bißchen helfen, die kranke Frau gesund zu machen. Das kann man aber nicht, wenn es so schrecklich pressiert. Hat das mit den Kindlein nicht noch ein bißchen Zeit?«

»Ja schon«, sagte Annegret, »aber vielleicht sind sie dann fort, dann kann man sie nie mehr sehen.« Und sie erzählte dem Herrn Doktor, was sie so stark beschäftigte.

»Weißt du was?« sagte der. »Ich muß nachher doch ins Dorf fahren, da setze ich dich in meinen Wagen, und wir besuchen miteinander die Kindlein. Ich möchte sie auch sehen. – Und wer weiß, vielleicht nehmen wir noch jemand mit.« Aber er sagte nicht, wen.

Die schwarze Frau, die der Herr Doktor Frau Rose genannt hatte, und die wir von jetzt an auch bei ihrem Namen nennen wollen, lag auf der Terrasse vor dem Schloß auf einem langen Stuhl und sah bleich und müde aus. Aber sie hatte den dichten Schleier abgelegt, und es war nur ein leichter Vorhang zwischen ihr und der Sonne, wie ihn andere Leute auch benützen, wenn sie das grelle Licht blendet.

»Sehen Sie, Frau Rose, da bring' ich Ihnen Ihren Sonnenstrahl«, sagte der Herr Doktor. Frau Rose lächelte ein klein wenig, und dann kamen schon wieder Tränen in ihre Augen. Sie streckte Annegret die Hand hin, und der Herr Doktor ging mit eiligen Schritten weiter.

»Ich bin krank gewesen und seither fast immer im Bett gelegen«, sagte die Frau. »Hast du auch noch an mich gedacht? Hast du es auch noch öfter zum lieben Gott gesagt – das, was du das letztemal sagtest?« Annegret wurde ein wenig rot.

»Zuerst hab' ich's noch gesagt«, sagte sie, »dann hab' ich's vergessen. Aber man muß es nicht so oft sagen, er weiß es jetzt schon. Hat er's noch nicht gemacht? Soll ich den Vorhang wegziehen?«

»Nein«, sagte Frau Rose, »siehst du, meine Augen sind noch rot. Ich habe soviel geweint. Aber ein wenig Sonne hat mir der liebe Gott doch schon gegeben. Zuerst dich, und dann, daß ich weinen konnte« – – »Da ist es heruntergekommen«, sagte Annegret, das wußte sie vom Herrn Doktor – »und dann einen Brief von meinem Mann. Er hat mich noch lieb. Er will mich bald besuchen. Jetzt, wenn ich mein Kindlein wieder hätte, dann wollte ich nie mehr von ihm fortgehen, dann könnte ich denken, der liebe Gott habe mir alles verziehen. Aber das kommt nicht mehr.«

Annegret war aber nur halb da. Bei dem Kindlein fiel ihr wieder ihr brennender Wunsch ein.

»Ja«, sagte sie, »und das mit dem roten Bändchen, das noch gar nichts heißt, geht auch fort; seine Mutter nimmt es mit. Sie will nicht, sie muß. Sonst möchte sie gern bei dem andern Kindlein bleiben und bei den großen. Aber sie muß in den Himmel, der Postmichel hat's gesagt.« Sie sah sich suchend um. »Fährt jetzt der Herr Doktor ins Dorf? Daß er nur nicht fortfährt.«

Aber Frau Rose hatte sich plötzlich aufgerichtet. »Wie, was ist das? Erzähl mir das recht, Annegret«, sagte sie. Denn was sie da hörte, das packte ihr trauriges Herz ganz neu und lebendig.

»Oh«, sagte sie, als Annegret erzählt hatte, was sie wußte, »ist niemand mehr da, der auf die Kindlein aufpaßt? Das darf man nicht, es kann ihnen etwas geschehen.«

Und sie stand rasch von ihrem Stuhl auf und merkte gar nicht, daß die Sonne um den Vorhang herum kam und ihr ins Gesicht sah, denn sie hatte soeben den Herrn Doktor an der Terrasse vorbeigehen sehen, und sie rief hinter ihm drein: »Herr Doktor, wenn Sie ins Dorf fahren, so nehmen Sie mich doch bitte mit. Es ist da etwas ganz Notwendiges für mich zu tun.«

Der Herr Doktor sagte etwas in seinen Bart hinein, was niemand verstand, aber es war etwas Vergnügtes, das konnte man seinen Augen deutlich ansehen; und dann hatte der Torwart wieder einmal Grund, sich zu wundern, denn dann fuhren die drei miteinander zum Tor hinaus und nach dem Dorf hinauf, und eben unter dem Tor sagte Frau Rose: »Ach, wenn wir nur gewiß das Haus finden. Wenn wir nur auch hinein dürfen.«

* * *

Dafür, daß sie das Hans fanden, war gesorgt. Denn als der Wagen die lange Dorfgasse hinunterfuhr, sah Annegret den Postmichel eben in eine niedrige Tür treten und rief mit aller Macht hinter ihm drein: »Postmichel, halt, laß uns auch mit hinein.« Da kam er wieder heraus, und sein Gesicht glänzte einen Augenblick auf, als er seine kleine Freundin sah. Da hatte auch das Hineinkommen keine Schwierigkeit mehr, denn er selbst führte sie hinein samt der Frau Rose. Der Herr Doktor fuhr noch weiter, denn er hatte oben im Dorf zu tun, und hier war nichts für ihn. Wohl aber war etwas für Frau Rose zu tun.

Auf dem Bett lag die tote Mutter, und ihr zu den Füßen lag das Kindlein, das vorhin auch gestorben war. Die größeren Kinder weinten, und der Mann stand dabei und wußte sich keinen Rat, das andere kleine Kindlein aber schrie mit einem dünnen, hohen Stimmchen, und niemand hörte nach ihm hin, niemand als Frau Rose. Annegret stand noch stumm und erstaunt. Aber Frau Rose ging hin, nahm das Kindlein auf die Arme und fing an, es herumzutragen.

»Du Kleines«, sagte sie, »du Armes. Ist deine Mutter fortgegangen? Hat sie dich allein gelassen? So, so, nun weine nur nicht. Ich – ich will –« Und da kam die Angst noch einmal über sie, die große Angst, unter der sie in ihrer Krankheit so sehr gelitten hatte. Durfte sie denn ein anderes Kindlein auf die Arme und ans Herz nehmen, sie, die ihr eigenes hatte sterben lassen ohne Mutterliebe? Würde Gott das erlauben? Ach, niemand würde es ihr anvertrauen, niemand. Aber da kam schon Annegret heran. »Postmichel«, rief sie in eine Nebenstube hinaus, »Postmichel, sie hat's im Arm, sie trägt's herum. Du, Postmichel, gelt, sie soll's mit heimnehmen, dann hat sie wieder eins.« Unter der offenen Tür erschien Postmichels ehrliches Gesicht. »Kind, das kann man nicht nur so sagen«, sagte er sanftmütig, »das kann man einen nicht anweisen, wiewohl« – er zögerte. »Sagt's, sagt's«, drängte Frau Rose. »Ich – ich habe etwas so Schweres auf mir. Ihr habt das Kind gelehrt, für mich zu bitten. Sagt, ist es möglich, daß ich noch einmal so einen Sonnenschein in meinem Leben haben soll?«

»Seine Mutter hat von ihm müssen«, sagte der Postmichel, »und sein Vater weiß sich keinen Rat mit ihm. Und wenn man etwas Gutes einmal unterlassen hat, so kann man's ein anderes Mal um so besser machen. Solang man lebt, ist immer noch Zeit zum Rechttun und zum Verzeihen und Gutmachen. Wenn ich so einer vornehmen Frau etwas sagen darf.«

Da drückte sie das Kindlein an sich und bot dem Postmichel die eine, freie Hand. Aber über ihr Gesicht flog ein Schein, den hatte noch niemand an der kranken Frau gesehen, das war ein hellerer, besserer Sonnenschein als sogar in ihren gesunden Tagen, denn er stieg aus einem Herzen auf, das betrübt war und wieder froh geworden ist.

»Ich reise ab«, sagte sie leise. »Ich bring's meinem Mann. Er soll uns miteinander aufnehmen. Wir wollen gutmachen, was wir können.« Annegret stand dabei und streichelte die Häubchen des kleinen Kindleins und sah in die blauen Äuglein, die es aufmachte. Es war am Fenster.

»Oh, oh«, rief sie auf einmal, »du stehst ganz in der Sonne; du bist ganz von selber drin, ich habe dich gar nicht hineinführen müssen.«

»O Kind, du hast mich *doch* hineingeführt«, dachte Frau Rose. Aber eh' sie es sagte, ging die Tür auf und der Herr Doktor kam herein und nahm seine Patientin mit. Er sah aber, daß sie keine Kranke mehr sei, und das freute ihn mehr, als er sagen konnte, obgleich er das Mittel, das sie gesund machte, nicht hatte verordnen können. Er wußte es auch, nicht nur der Postmichel, daß der Sonnenschein, den der liebe Gott in ein trauriges Herz hineinfallen läßt, mehr wirkt als alle Arzneien auf der ganzen Welt.

* * *

Und Annegret? Die solltet ihr eigentlich kennen. Wenn ihr eine Frau seht (denn die Geschichte ist schon vor fünfundzwanzig Jahren geschehen), die kein Armes und Trauriges sehen kann, ohne daß sie versucht, es in die Sonne zu führen, und die ihr Herz und ihre Hände dazu hergibt, und die den Sonnenschein auch im Gesicht hat, so daß es jedermann freuen kann, hineinzusehen, und die die Kinder und die Alten liebhat – dann geht hin und fraget, ob sie einmal Annegret geheißen habe, die wird's wohl sein.

Eine Geschichte vom Heimkommen

Der Doktors-Rudi von Auggen saß rittlings auf dem Bretterzaun, der den großen Garten von einem hohen, schräg abfallenden Grasrain trennte. Der Grasrain stieß unmittelbar an den Rhein, der da, gerade von der Schweiz herkommend, in schimmernden, grünlichen Wellen vorüberfloß. An den Bretterzaun stieß eine große Lattenbank mit einem Tisch davor, und über das alles hin wölbte sich ein großer, knorriger Zwetschgenbaum, der bis ins äußerste Zweiglein hinaus voll blauer, saftiger Früchte hing, die eben reif geworden waren. Rudi hatte sich seinen Strohhut voll davon gepflückt, und hielt da oben auf seinem hohen Sitz eine herrliche Vespermahlzeit. Es gab viel Schönes zu sehen, wenn man die grünen Ufer und das blitzende Wasser und die hohen Berge, die von drüben herüberglänzten, betrachten wollte. Aber das alles hatte Rudi schon oft erblickt, und er sah jetzt immer den langen, kiesigen Gartenweg hinunter, der zum Hause führte, als ob von daher etwas Besonderes kommen müßte.

Es kam auch etwas, aber offenbar etwas anderes, als er erwartet hatte, denn Rudi machte auf einmal ein verwundertes Gesicht und dann ein etwas hochmütiges, und darauf stieg er von seinem Sitz herunter und ging sehr aufrecht und sehr langsam dem Ankömmling entgegen, der da, auf einen Stock gestützt, mühsam den Weg heraufhumpelte. Er sah ja freilich nicht so aus, als ob man eine besondere

Freude an seiner Ankunft haben könnte, denn alles, was er um- und anhatte, war verwahrlost und zerrissen, von den Stiefeln, die den Rachen weit aufsperrten, bis zu dem gänzlich verbogenen, durchlöcherten Filzhut, der das Gesicht beschattete. Das Gesicht selber war schmerzhaft verzogen, und so kamen zu den tausend Runzeln, die schon vorher darin waren, noch einige dazu, und die Bartstoppeln sahen dazwischen heraus wie Setzlinge aus den Furchen eines Rübenackers.

Der Doktors-Rudi sah nun freilich nicht zum erstenmal einen armen, herabgekommenen Menschen. Es kamen genug Handwerksburschen, die an der Haustür schellten, und denen man eine Gabe verabreichte. Und unter den Kranken, die zum Vater kamen, waren auch oft genug arme Leute. Er hätte auch noch wissen können, daß die Mutter, als sie noch lebte, mit großer Freundlichkeit um die Allerärmsten sich angenommen hatte. Aber der Rudi war jetzt gerade in einem etwas hochmütigen Fahrwasser, wenn er's auch nicht so wußte. Er war seit zwei Jahren in Basel in der Schule und lebte dort im Haus von vornehmen Verwandten, und in letzter Zeit hatte er sich vorgenommen, Offizier bei den Reitern zu werden, wenn er groß sei. Da meinte er scheint's, es gehöre dazu, ein bißchen herrisch und vornehm zu tun. Dazu kam auch noch, daß niemand mehr da war, wenn er in den Ferien heimkam, der, wie die Mutter, sein Herz in liebreiche Pflege genommen hätte. Der Vater war stark beschäftigt und immer ein wenig einsilbig und trüb gestimmt, dann war da ein Fräulein Eisenbeiß, das den Haushalt führte und alles blank und sauber hielt, um und um, im ganzen Haus, aber das sonst gerade nicht viel anzufangen wußte, weder mit dem Vater noch mit den Kindern, außer daß sie für gutes Essen und saubere Kleidung sorgte.

Heiner und Fränzchen, die beiden jüngeren Geschwister, die suchten und fanden ihre Weide außer dem Haus. Die waren immer drüben unter dem langen Strohdach bei der Margret zu finden, der guten und immer fröhlichen Nachbarin. Aber dorthin fand der große und vornehme Rudi den Weg nicht mehr so recht.

Jetzt eben hatte er auf die zwei gewartet, die zur Bahn gegangen waren, um eine Tante abzuholen, die für einige Zeit kommen wollte. Aber statt ihrer kam nun der Vagabund daher, wie er sogleich in seinem Herzen den alten Mann hieß, der da den Gartenweg heraufhinkte. Was der wohl hier im Garten zu tun hatte? Das wollte Rudi vor allem sehen.

Der Mann hatte seine Augen überall herumlaufen lassen und sie mit dem Ausdruck der Enttäuschung wieder sinken lassen. Jetzt stand er vor Rudi und sagte: »Ich hab' zum Doktor wollen, ich hab' mir den Fuß verstaucht und kann schier nimmer laufen.« Und dabei sah er nun den Knaben mit einem prüfenden Blick an, als suche er etwas in seinem Gesicht und finde es nicht.

Aber Rudi war nicht gesonnen, sich ausmustern zu lassen. »Der Papa ist auf Praxis gefahren«, sagte er, »und Sie können auch nicht denken, ihn hier im Garten zu finden. Der Garten ist nur für den Privatgebrauch.«

Der Mann seufzte auf.

»Wo ist deine Mutter?« fragte er dann unsicher. – »Ich – ich kenn' sie von klein auf – du darfst ihr nur sagen, der Waldjakob sei da. Oder nein – sag nichts, ich will's ihr selber sagen – ich muß sie etwas fragen. Sie möchte sonst erschrecken, wenn sie den Namen hört.« Das letzte sagte er mehr für sich hin. Aber das war dem Rudi zuviel, daß der Landstreicher ihn duzte, denn er war schon bald vierzehn Jahre alt, und in der Stadt mußten sogar die Dienstboten Sie zu ihm sagen. Und das waren doch andere Leute als dieser.

So bedachte er nicht, daß der Mann seine Mutter gekannt habe, an der sein Herz doch auch im stillen so stark hing, und daß er schon darum ein bißchen freundlich mit ihm sein solle, und sagte nur: »Die Mutter ist schon vor drei Jahren gestorben – und also der Vater ist nicht da – da habt Ihr etwas« – und er zog den Geldbeutel heraus, um dem Mann eine Münze zu geben.

Aber der schüttelte den Kopf. »Das nicht«, sagte er. »In diesem Garten nicht. Ich hab' etwas anderes gesucht da drin. Ach Gott, ach Gott, so kann ich sie denn nicht mehr fragen, und niemand sagt mir, was mir helfen kann.«

Da wandte er sich mühselig zum Gehen. Er hatte zum Doktor gewollt, aber das war ihm nun nicht mehr so wichtig. Er wollte nichts, als sich irgendwo hinlegen, er spürte plötzlich eine große Müdigkeit, wie einer, der noch bis zu einem fernen Ziel gekommen ist und auf einmal sieht, daß es in unerreichbare Weite gerückt ist, so daß es sich nicht verlohnt, ferner draufloszugehen.

Rudi blieb etwas unbehaglich zurück. Er spürte plötzlich, daß er nicht getan hatte, wie seine liebe Mutter von ihm gewollt hätte, daß er tue. Und er sah ihr herzliches, warmes Gesicht vor sich und hörte sie sagen: »Segne alle, die keine Heimat haben, und laß sie bei dir daheim sein.« So hatte sie immer im Morgen- und Abendgebet mit ihren Kindern zum lieben Gott gesagt. Und dann hatte sie gesagt: »Wir können mit gar nichts zeigen, daß wir dankbar sind für unsere schöne Heimat und alles Gute, das wir haben, als damit, daß wir alle Armen und Heimatlosen liebreich empfangen und es ihnen wohl sein lassen, solang sie bei uns sind, so daß sie dann spüren: Es ist auch für uns noch Liebe in der Welt.«

Und so hatte sie auch getan, das wußte Rudi wohl, es waren nicht nur Worte gewesen. Aber er hatte in Basel nicht mehr daran gedacht, und auch an vieles andere nicht, was die Mutter gesagt hatte; da war soviel anders gewesen, und Rudi war auf dem besten Wege, auch heimatlos zu werden, obgleich er ein schönes Vaterhaus hatte. Denn die Mutter hatte auch noch gesagt: »Und wenn einer die halbe Welt besitzt und findet den Weg zum lieben Gott nicht mehr, so ist er am heimatlosesten von allen.«

Aber Rudi wollte jetzt nicht solchen Gedanken nachhängen, sie waren ihm unbehaglich; und er hatte auch nicht mehr Zeit dazu. Denn nun ging neuerdings das Gartenpförtchen auf und das blondlockige Fränzchen, sein sechsjähriges Schwesterlein, kam den Kiesweg herabgesprungen, und hinter ihr drein kam der achtjährige Heiner, der ein wenig langsam einherging und nicht leicht durch etwas aus seiner Ruhe gebracht wurde.

»So komm doch, Rudi«, rief das Fränzchen schon von weitem, »wir haben dich allenthalben gesucht, eh' wir an die Bahn gegangen sind. Wo bist du denn gewesen? Der Vater hat noch extra gesagt« – aber weiter kam das Fränzchen nicht mehr, denn schon kam hinter dem Heiner drein eine große, stattliche Frau in den Garten und auf die Kinder zu.

Sie trug eine Diakonissentracht, aber sie hatte den langen Radmantel und die schwarze Kapuze schon abgelegt und hatte nur noch die freundliche, weiße Haube auf, und über das schwarze Kleid hatte sie eine weiße Schürze angezogen.

»So grüß' dich Gott, Rudi«, sagte sie ganz herzlich und mit einem so fröhlichen Ton in ihrer Stimme, daß alle drei Kinder in ihr Gesicht sehen mußten, ob da noch mehr von dieser Fröhlichkeit zu finden sei. Das war auch so; das ganze blühende Gesicht war so freundlich erhellt von einer sonnigen Wärme, daß jemand, der hineinsah, dann nicht so schnell mehr wegblickte.

Sie ging mit den Kindern unter die Buche, wo einige grüne Gartensessel standen, und dort öffnete sie einen großen Beutel, der an ihrem Arm hing, und in dem die herrlichsten Datteln enthalten waren. Sie hatte dieselben aus Italien mitgebracht, wo sie lange Jahre zugebracht hatte, um eine ganz nahe Freundin zu pflegen, die schwer krank gewesen war. Nun war diese gestorben, und Schwester Ursula konnte nach Deutschland zurückkehren. Dort war aber inzwischen auch ihre Schwester gestorben, und noch manches war für sie anders geworden. So hätte sie eigentlich nicht soviel Grund zum Fröhlichsein gehabt, und es war auch ein Heimweh in ihr nach alle den Lieben, die von ihr genommen waren. Aber das mußte man ihr nicht am Gesicht ansehen, denn jetzt wollte sie um so liebreicher sein gegen die, die ihr noch geblieben waren, und die der Liebe auch bedurften.

»So, jetzt wollen wir einmal schmausen«, sagte Tante Ursel, denn so wollte sie von den Kindern genannt sein, und fing an, die schönen, glänzenden Datteln zu verteilen.

»Der Margret müssen wir auch davon geben«, sagte Fränzchen, »und dann noch dem kleinen Gretle. Das ist so ein herziges, das mußt du sehen, Tante.«

»Ja«, fiel der Heiner ein, »und wenn's noch langt, dann müssen wir dem Dorle auch ein paar bringen. Das erzählt schon immer von so einem schönen, sonnigen Land, wo die ganzen Mauern von Rosen überdeckt sind, und wo goldene Äpfel an den Bäumen wachsen und Weinstöcke mit ganz großen, blauen Trauben an den Häusern hinaufklettern, so daß man dann nur aufs Dach gehen muß und Trauben essen, und wo es immer warm ist, auch im Winter. Sie ist aber noch nie dort gewesen, sie hat nur sonst davon gehört, und sie weiß es gut, wie es da ist, ganz genau. Meint sie Italien damit, Tante? oder weißt du es nicht?«

»So, weiß sie ihre Geschichten noch?« sagte die Tante. »Es nimmt mich wunder, daß sie dieselben nicht verlernt hat.«

»Ja, aber dann sagt sie immer, es sei dann noch ein schöneres Land, das sei eben so schön, daß man es gar nicht sagen könne und auch nicht ausdenken. Da kommen alle, die auf Erden heimatlos gewesen seien, nach Hause, und hätten es dann so warm und schön, und müßten nie mehr hinaus ins Elend. Und der liebe Gott sei da und sage: ›So, jetzt muß es euch aber wohl sein bei mir, ihr Armen.‹« Der Heiner hatte es genau behalten, und wenn er stockte, half ihm das Fränzchen, nur Rudi saß still da und wußte niemand, dem er von seinen Datteln bringen wollte. Es drückte ihn etwas, das mit dem armen Mann, aber dem wäre nicht mit den süßen Früchten geholfen gewesen. Und er wußte auch nicht, wo er hingekommen war.

So aß er seinen Teil an den Datteln still und freudlos auf, und Tante Ursel dachte: »Der vermißt die Mutter am meisten, er hat sie auch am besten gekannt; darum ist er auch so wortarm und gedrückt, wenn er daheim ist.«

Und so fing sie an, den Kindern aus der Zeit zu erzählen, da die Mutter noch da war, und dann noch früher, weit zurück, von ihren eigenen und der Mutter Kindheitstagen, und wurde ganz warm und lebendig dabei. Denn sie war mit der Mutter in demselben Hause ein Kind gewesen und hatte mit ihr in demselben Garten gespielt, in dem sie jetzt saßen, und so mutete die Kinder alles ganz heimlich und vertraut an.

»Und da war dann das Gretle überall mit dabei, das ist jetzt die Margret geworden, die euch so eine fröhliche Nachbarin ist, und die wir heut abend noch miteinander besuchen wollen. Die wußte die schönsten Spiele, und konnte die meisten Lieder und war den ganzen Tag vergnügt. Und das Dorle war da, das ihr auch so gut kennt, das war immer ein stilles, feines Kind, das muß ich auch wieder sehen. Das hatte so große, blaue Augen, man mußte nur immer hineinsehen, und weil es so flink und leichtfüßig war, nannten wir es das Bachstelzli.«

Jetzt konnte aber das Fränzchen nicht mehr still sein, es zupfte die Tante stark am Kleid, daß sie innehalte mit Erzählen und fragte dann eifrig: »Hat das Dorle zwei blaue Augen gehabt, Tante Ursel? Es hat nur noch eins. Und daneben ist ein Loch, da, wo das andere hingehört.«

Und Heiner atmete tief auf, wie einer, der noch nicht ganz fertig ist zum Reden, aber eben daran arbeitet, und sagte dann langsam: »Und jetzt kann man das Dorle auch noch Bachstelzli nennen, weil es einen Stelzfuß hat zum Gehen. Aber flink ist es nicht mehr. Die Margret sagt immer: ›Das Dorle ist ein armes.‹«

Die Tante war so still geworden wie der Rudi. Sie saß und hatte die Hände ineinandergelegt und sah vor sich hin, so, als habe sie die Reden der Kinder nicht gehört.

Dann sagte sie leise: »Ich weiß jemand, der ist noch ärmer.«

Nach einer Weile zupfte das Fränzchen wieder.

»Tante, wer ist noch ärmer?« fragte sie. »Wo ist er? Ist er auch hier? Oder ist er etwa in Italien? Sag's, Tante.«

Aber die Tante sagte nur: »Das weiß allein der liebe Gott, wo er ist. Der wird auch den Waldjakob finden und ihn bei sich daheim sein lassen, wenn er schon in der Fremde herumirren muß, mit einem Herzen voll Schuld und Jammer. Wenn er käme, er könnte wenigstens sehen, daß es nicht aufs ärgste gegangen ist. Aber der kommt nicht mehr.«

In dem Augenblick kam Fräulein Eisenbeiß vom Haus her und holte Heiner und Fränzchen hinein zu irgend einer Säuberung.

»So, Rudi«, sagte Tante Ursel, »jetzt wollen wir noch ein wenig miteinander herumgehen. Ich muß zuerst alle alten Plätzchen wieder aufsuchen, daß ich mich daheim weiß. Sieh, da ist der große Nußbaum; der hatte zu unserer Zeit ein Bänkchen in seinem Gezweig, und eine Strickleiter hing da herab. Da saßen wir manchen schönen Nachmittag lang. Und das Rondell mit den Stiefmütterchen und Monatsrosen, und die Vogelesche. Alles, alles ist noch da – wo aber sind die Genossen?«

In diesem Augenblick erschien an der Hecke, die den Doktorsgarten auf der einen Seite von der Nachbarswiese trennte, das frische, sonnverbrannte Gesicht der Nachbarin Margret wie eine Antwort auf die Frage der Tante.

Eine große Aufregung spiegelte sich auf diesem Gesicht, bis sie der Tante ansichtig wurde, worauf die Aufregung in Freude überging. »Ach«, sagte sie und schlug die Hände zusammen, »noch grad in diesem Augenblick hab' ich gedacht: ›Wenn doch nur noch die alten Zeiten wären, daß man der Frau Doktorin oder der Fräulein Ursula rufen könnte, aber da ist niemand mehr.‹ Und jetzt steht die Schwester Ursula nur so da wie hergerufen.«

Das gab zuerst ein großes Händeschütteln und dann eine Berichtigung von seiten der Schwester Ursula, daß sie früher nichts von einem »Fräulein Ursula« gewußt habe, sondern nur von einer Ursel, und daß es dabei bleiben sollte unter alten Freunden.

Dann konnte Margret fortfahren, ihr Herz auszuleeren.

»Da ist jetzt grad vorhin der Knecht vom Rebberg hereingekommen und hat gesagt, draußen im Unterschlupfhäusle liege einer, der sei wie tot; man habe ihn vorher herumstöhnen und hinken sehen, und jetzt habe er sich, scheint's, dort hineingelegt auf den Strohsack. Der Knecht regt ihn aber nicht an, um keinen Preis, und ich versteh' mich nicht drauf, ich tät's ja gern. Und jetzt ist der Herr Doktor noch fortgefahren und kommt erst spät heim, das weiß ich.«

Schwester Ursula wußte da schon, was sie zu tun hatte.

»Gib mir nur jemand mit, daß ich euren Rebberg finde, Margret«, sagte sie. »Ich geh' nur noch geschwind ins Haus und hole einiges, was ich etwa brauchen könnte, und du, Rudi, sagst der Fräulein Eisenbeiß, daß man mit dem Essen nicht auf mich warten solle.«

»Nimm mich mit, Tante Ursel, ich weiß den Weg«, sagte Rudi so flehentlich, daß sie ihn verwundert ansehen mußte, und daß Margret für sich hin sagte: »Da kenn' ich mich nicht aus bei dem Buben. Der ist zu hoffärtig geworden, daß er in meine saubere Stube kommt, und will jetzt mit zu dem Herumstreicher gehen, vor dem's sogar mir graust.«

Aber Margret wußte nicht, daß die verstorbene Mutter heut vor die Augen ihres Kindes getreten war, und daß dieses Kind gern wieder in ihre Welt heimkommen wollte.

Draußen im Rebberg lag die untergehende Sonne auf den Traubenstöcken und durchleuchtete mit ihren milden, goldenen Strahlen die fast reifen blauen und weißen Trauben. Aber weder Tante Ursel noch Rudi sahen jetzt nach den Trauben; sie gingen, so rasch sie konnten, auch dem Häuschen zu, das den Weinberghütern zum Unterstehen und hier und da zum Übernachten diente. Es war ein niedriges Hüttchen, aus Feldsteinen aufgebaut und mit einem Holzdach, zwischen dessen Spalten die Sonnenstrahlen noch durchfielen. Sie fielen auf den ärmlichen Strohsack, der auf dem Boden lag, und streiften des Gesicht des armen Mannes, der mit geschlossenen Augen dalag und sich nicht rührte. Die Tante begann nun sogleich ihr Werk, denn sie sah, daß hier kein Toter sei, nur ein ganz erschöpfter Mann, und sie hatte allerlei Mittelchen bei sich, um die gesunkene Kraft zu heben. Aber immer wieder dazwischen hinein sah sie suchend in das verwitterte Gesicht, so, als ob sie etwas darin finden wollte und nicht könnte.

»Tante Ursel«, sagte Rudi zaghaft, »kann es vielleicht sein, daß der Mann sterben muß, weil er den Papa heut nicht getroffen hat, und weil er dann noch weitergehen mußte?«

»Das wird ja nicht sein«, sagte die Tante. »Er ist gewiß erst vom Wald da heruntergekommen und hat nicht mehr weiterkönnen. Wie kommst du nur darauf?«

»Tante – er heißt Waldjakob – hat er gesagt. Und er hat nach der Mutter gefragt, und ich habe ihn wieder fortgeschickt, weil – weil er so zerrissen und schmutzig aussah und nur so in den Garten kam. Und nachher hätte ich ihn gern gesucht, weil du gesagt hast« – der ganze Rudi zitterte, denn der Mann da auf dem Bett stöhnte leise und schmerzlich vor sich hin und murmelte undeutliche Worte, und dem Knaben war es, als sterbe der Waldjakob, und er trage die Schuld daran.

Aber die Tante war neben dem Mann auf einen Holzklotz niedergesessen und hatte ihre Hand auf seine Stirn gelegt. »So hat er doch noch zurückgefunden«, sagte sie. »So hat er nicht draußen in der Fremde ganz verloren gehen müssen.«

Es war eine große Freude und daneben eine tiefe Bewegung in ihr Gesicht gekommen.

»Komm, Rudi«, sagte sie nach einer Weile, als das Stöhnen stiller geworden war, »ich will dir etwas von dem Mann erzählen. Den hab' ich früher gut gekannt; der hat zu meinen Jugendgenossen gehört. Und dann wollen wir miteinander Gott danken, daß er noch heimgekommen ist, wenn es auch vielleicht nicht mehr für lang ist.« Denn der Waldjakob sah so elend aus, daß man es wohl denken konnte.

»Es ist ihm bös genug gegangen draußen herum, das sieht man wohl«, fing die Tante an. »Man sieht's ihm nicht mehr an, daß er einmal ein frischer und ein stolzer Bub' gewesen ist, der immer in allem das Wort führte und angab, wie es gemacht werden sollte, wenn sich die Kinder zum Spielen zusammenfanden.

Der Waldjakob hieß er, weil er da drüben im Waldhof daheim war, siehst du, man sieht von hier aus das hohe, spitze Dach mit den grünen und braunen Ziegeln, die wie ein Sternenmuster aussehen. Da war er das einzige Kind, ein reiches und doch ein armes. Denn er hatte von ganz klein auf keine Mutter mehr, und sein Vater ging nur immer seiner Wege und sah sich kaum nach dem Buben um. Daneben gab er ihm aber immer Geld genug in die Hand, denn der

Jakob sollte als ein reicher Bauernsohn auftreten immer und überall. Ich weiß noch gut, wie er einmal als siebzehnjähriges Bürschlein auf den Jahrmarkt kam, der da drunten auf der Schafwiese gehalten wurde, den runden Lederbeutel ganz voll mit Groschen und Sechsbätznern. Da ließ er alle Kinder, die nur wollten, auf dem Karussell fahren, und nachher kaufte er einen Lebkuchenmann ganz aus und gab die Lebkuchen nur so händevollweis hin. Und dabei stieg er herum wie ein Prinz, aber ein Dorfprinz, Rudi, mit seinem nagelneuen Bauernanzug, von den Bundschuhen bis zur Pelzkappe. Siehst du, Rudi, so war es immer bei ihm, auch als er größer wurde, er gab gern etwas her, am liebsten mit vollen Händen, aber es mußte dann auch immer dabei gehen, wie er wollte, und nicht anders, und er mußte dabei zu Ehren und Ansehen kommen.

Eines war aber, vor dem hatte der Waldjakob einen Respekt, der ihn selber ärgerte, denn er gab sich recht eigentlich Mühe, ihn abzulegen. Das war das Dorle, von dem ich heut schon gesagt habe, daß wir es das Bachstelzli nannten, weil es flink und fein und leichtfüßig war. Es gehörte einer armen Näherin, die in den Häusern hin und her ging mit ihrer Brille und ihrem Nähstein. Das Dorle war ihr jüngstes und ihr letztes Kind, denn alle andern hatte sie begraben müssen, und den Mann auch.

Das Dorle aber hatte eine Eigenschaft, die gar nicht auszuschöpfen war: es konnte Geschichten erzählen, immer wieder andere, wenn wir auch schon die alten am liebsten wieder hören wollten. Da saßen wir manchmal, wenn wir alle wilden Spiele ausgenossen hatten, an dem hohen Grasrain in der Margret Garten, und die Margret, die damals noch ein Gretle war, fing an, ein Lied zu singen mit ihrer hellen Stimme, und sang unbekümmert weiter, wenn wir auch schon nicht gleich mitsangen. Denn das wußte sie schon, daß wir nicht lang schweigen konnten. Sie wußte aber auch die schönsten, die es gab, sie hatte sie von ihrer alten Ahne ererbt.

Da sang der Jakob aber nie mit, denn wenn er den Mund aufmachte, so kam ein so falsches Getöne heraus, daß wir alle riefen: ›Still sein, Jakob, sonst werden die Hühner krank.‹ Das konnte er aber nicht lang ertragen, daß er bei einer Sache nicht mittun konnte, und so sagte er immer dazwischen hinein: ›So seid jetzt einmal zufrieden mit der Singerei, das Dorle muß etwas erzählen, es hat gestern nichts erzählt.‹ Aber das Dorle tat nicht nur so, wie der Jakob wollte, wenn es schon nur ein kurzes, baumwollenes Röckchen anhatte und in bloßen Füßen ging. Es sah ihn dann nur mit seinen blauen Augen ganz lustig und freundlich an und sagte: ›Das werd' ich denk' wohl auch nachher können, das Erzählen läuft uns nicht davon.‹

Und das gab dem Jakob so einen Respekt vor dem Dorle, daß es einen eigenen Willen gegen ihn hatte und ihm dann nachher doch etwas zu Gefallen tat, wenn er es nur zu nichts zwingen wollte.

Denn nachher fing das Dorle ganz von selbst an, die schönen Geschichten zu erzählen, und gerade auch die, die der Jakob so besonders gern hören wollte. Das war eine Geschichte von zwei geraubten Kindern, die miteinander fortgehen und den Heimweg suchen und dann zu ihren Eltern kommen, die in einer ganz wunderherrlichen Gegend wohnen. Und dabei blieb dann das Dorle stehen und malte aus Eigenem diese Gegend immer noch schöner aus, so daß dann jeden Tag noch neue Herrlichkeiten hinzukamen. Alles, was man sich nur wünschen konnte, war da zu finden und wuchs auf den Bäumen oder flog durch die Lüfte herbei, es mangelte gar nichts.

Aber oft ertönte grad mitten in die schönste Beschreibung hinein der Ton der Betglocke von der Kirche herüber, und da stand das Dorle sogleich auf und sagte: ›Morgen machen wir dann weiter‹, und dann war es nicht mit Lieb' und nicht mit Leid zu bewegen, noch weiterzumachen. Da gab es dann meistens einen Krieg mit dem Jakob; denn der dachte nicht im mindesten daran, zu folgen und konnte es nicht leiden, daß nun das Dorle sogleich davonsprang, weil es die Mutter befohlen hatte, daß es da heim müsse.

Da packte er es an seinem Röckchen und hielt es fest, und oft schoß ihm ein großer Zorn ganz dunkelrot bis unter das Haar, weil so ein kleines Ding ihm widerstrebte, und er war doch des Waldbauern Jakob.

Aber das Dorle wußte ihm immer irgendwie zu entwischen, obgleich der Jakob soviel stärker war. ›Nein, nein‹, sagte es, ›ich muß daheim sein, wenn die Mutter kommt, und vorher muß schon das Feuer brennen zur Suppe‹, und dann sprang es den ganzen Abhang hinunter bis an das Häuschen, in dem es mit der Mutter wohnte.

Dann ging der Jakob langsam hintendrein und machte die erschrecklichsten Gesichter und ballte die Fäuste hinter dem Dorle her, aber das sah sie ja nicht, und wenn sie es schon gesehen hätte, so hätte es sich doch nicht gefürchtet.

So wuchsen wir alle heran. Ich weiß nicht aus aller Zeit etwas von all den Jugendgenossen zu erzählen, denn ich war ein paar Jahre älter als sie und kam dann hier und da für längere Zeit von zu Hause fort. Als ich nach meinem großen Wunsch die Krankenpflege gelernt hatte, wurde mein Vater krank, und so konnte ich ihn nur noch pflegen, bis er starb. Nachher heiratete sein junger Hilfsarzt deine Mutter, und so blieben wir hier in der Heimat, wenn auch die andern Geschwister nach und nach ausflogen.

Um diese Zeit nun war es, daß der Waldjakob vom Militär zurückkam, wo er ganz großartig gelebt hatte. Man sagte sogar, er habe Reserveoffizier werden wollen, wenn nicht etwas dazwischengekommen wäre. Dieses Etwas war, daß sein Vater starb und daß man nach seinem Tod entdeckte, daß der ganze Hof über und über mit Schulden bedeckt und gar nichts mehr übrig sei für den Jakob als ein paar hundert Mark, die er von einer Base erbte. Was er aber auch geerbt hatte, das war der Hang zum Groß- und Vornehmtun und zum Eigenwillen. Denn wenn er schon beim Militär hatte gehorchen müssen, so hatte er die Kameraden um so mehr beherrscht, und das alles konnte er jetzt nicht nur so ablegen und wollte auch nicht. Im Gegenteil, jetzt tat er um so stolzer, solang er noch Geld hatte, und zog seine Pfeifen in gar nichts ein. Uns tat es schon damals so leid, weil wir gut merkten, daß unter dem Stolz und Trotz der Jammer sei, daß es so habe mit ihm kommen müssen. Unsere Mutter, noch eh' sie starb, sagte manchmal: ›Seid gut gegen den Waldjakob, an dem ist viel gesündigt worden von klein auf, und jetzt muß er es büßen. Denn die, die er frei gehalten hat und ihnen Geschenke gemacht, die wollen nichts mehr von ihm, wenn er ganz arm ist.‹

Das Dorle war in diesen Jahren ein großes, schönes, feines Mädchen geworden, das sich gut hielt und allen rechten Leuten wohlgefiel. Es hatte immer so etwas Besonderes an sich gehabt, schon als Kind, und das war immer noch so, obgleich es immer so einfache Kleider trug. Jetzt wollte es nach Basel in einen Dienst gehen und nähte emsig an seinen Sachen. Da kam einmal, du warst schon geboren, Rudi, und wir saßen im Garten, deine Mutter und ich, und hatten dich bei uns im Wiegenkorb – der Waldjakob daher. Ganz steif blieb er vor uns stehen, obgleich wir ihn zum Sitzen nötigten. Er drehte seine Kappe in den Händen und sagte wie aus einem inneren Grimm heraus: ›So weit wird's, denk' wohl, noch nicht sein, daß das Dorle nicht mehr mit mir gehen kann am Maientag. Ihr könntet es auch zu ihm sagen, daß es muß. Mir ist sonst alles entleidet.‹

Da kam es denn heraus, daß das Dorle wieder einmal seinen Willen gegen den des Waldjakob gesetzt hatte. Er wollte es durchaus mit sich zu dem Fest nehmen, das am ersten Mai gefeiert wurde, aber das Dorle wollte nicht, im Gegenteil. Sondern sein Tun und Treiben gefiel ihm in dieser Zeit nicht, darum wollte das Dorle nicht mit ihm gehen. Deine Mutter, Rudi, hat es immer gut mit dem Jakob gekonnt, und so sagte sie ihm jetzt mit guten Worten, wie es sei, und bat ihn ganz herzlich, er solle sich doch sein Leben nicht so verderben. Wenn er schon arm geworden sei an Geld und Gut, so sei er doch jung und gesund, so könne er doch erarbeiten, was er brauche für sich – ›und für das Dorle, denn es ist dir nicht bös gesinnt‹, setzte sie hinzu und lächelte ein wenig. Der Jakob setzte seine Kappe wieder auf und ging ganz sperrbeinig davon, und deine Mutter sagte: ›Gib mir mein Kindlein her, Ursel, ich muß es ansehen.‹ Und dann küßte sie dich viele Male und sagte: ›Behüt' dich Gott vor allem Argen, mein Büblein, daß ich nie muß vom Himmel herunter mit Leid auf dich sehen.‹ Denn sie dachte so oft ans Sterben, wenn wir es ihr schon ausreden wollten.

Den Jakob aber haben wir seither nicht mehr gesehen. Der ging von uns gleich zum Dorle und wollte ihm noch einmal zureden. Aber je heftiger er wurde, desto stiller wurde das Dorle. ›Nein, nein, keine Rede‹, sagte es zuletzt, ›mit so einem Wilden geh' ich keinen Schritt.‹ Da sprang dem Jakob der rote Zorn aus den Augen und er stieß heraus: ›Dich kann man auch noch zwingen, du wirst es schon noch sehen.‹ Und dabei ballte er die Fäuste und wollte auf das Dorle losgehen, das oben auf der Treppe stand, er stand unter der Stubentür. Da wich das Dorle mit einem Angstschrei zurück, denn auf einmal fürchtete es sich doch, und trat daneben und fiel die Treppe hinunter so unglücklich, daß es dalag wie tot. Es war aber nicht tot, es hatte sich nur bös verletzt.

Der Jakob mußte meinen, er habe das Dorle getötet, denn gleich nach dem Schrei und Fall sahen ihn die Nachbarn wie unsinnig zum Haus hinausrennen. Seither hat ihn niemand mehr gesehen bis heute.«

Die Tante hielt in ihrer Erzählung inne, denn der Kranke fing neuerdings an zu stöhnen, und er regte sich, wie wenn einer erwachen will und nicht kann. In das Hüttchen fiel jetzt zu der offenen Tür hinein der erste Schein des aufgehenden Mondes, und draußen wurden feste, eilfertige Schritte hörbar. Dann kam Margret heran, blieb aber vorsichtig an der Türe stehen. »Was ist's?« fragte sie, »ihr kommet ja gar nicht mehr. Ich hab' nach euch sehen müssen.«

»Margret«, sagte Tante Ursel, »es ist einer, der zu uns gehört, da sieh her. Er ist alt geworden, wenn er schon noch jung ist, aber im Schlaf sieht sein Gesicht doch noch dem alten Waldjakob gleich.« Der Margret liefen die Tränen über die braunen Backen, je länger sie über den Mann hinsah. »Was wird das Dorle sagen?« flüsterte sie. Da machte der Mann die Augen auf. Es war ein halb träumender Blick, mit dem er umhersah.

»Ich hab' es nirgends gefunden«, sagte er mit Mühe. »Was hast du nirgends gefunden, Waldjakob?« Er zuckte zusammen, als er sich beim Namen nennen hörte. »Das Grab, dem – dem Dorle seins.«

»Ich geh und hol' das Dorle«, sagte Margret. »Es muß herbei, den Abend noch, und wenn ich's auf dem Graswagele herführen muß.«

»So hast du alle die Jahre her die Last mit dir herumgetragen, Jakob?« fragte die Tante. »Da mußt du freilich müd' geworden sein. Aber sieh, das Dorle liegt noch nicht im Grab. Jetzt bleib noch eine Weile still liegen, und dann kommt es zu dir.«

Der Waldjakob fuhr in die Höhe. Das konnte ja nicht wahr sein. Das mußte ihm ja träumen. Aber er legte sich wieder müd' zurück. Da war ein bekanntes Gesicht und eine liebe Stimme, und auf seine Stirne legte sich eine kühlende Hand. Da tat er die Augen wieder zu. Wenn es geträumt war, so war es doch schön geträumt.

Da war es still in dem Weinberghäuschen, bis des Dorles Stelzfuß auf den Staffeln daherstapfte und bis sie dann ins Hüttchen trat. Sie hörten noch, wie das Dorle sagte: »So grüß dich Gott, Jakob, bist du heimgekommen?« Dann gingen die beiden, die Tante und der Rudi, hinaus, denn hier brauchte man sie nicht mehr.

* *
*

Es war das Jahr darauf. Der Doktors-Rudi saß wieder auf dem Lattenzaun am Zwetschgenbaum und ließ sich's schmecken. Es war alles so schön um und um, so heimatlich, wie es lange nicht gewesen war in den mutterlosen Jahren. Dort in der Laube saß Tante Ursel mit dem Dorle an dem großen Flickkorb, und auf der andern Seite des Tisches saßen Heiner und Fränzchen und machten ihre Aufgaben. Von dem Kartoffelland am Ende des Gartens her kamen ein wenig mißtönige, knarrende Laute, die einen Gesang vorstellen sollten. Dort schaffte der Waldjakob, er tat Kartoffeln heraus. Er war schon lang wieder gesund, und es ging ihm so wohl wie noch nie in seinem Leben. Das sagte er selber, und so mußte es ja wahr sein. Als Rudi seine letzte blaue Zwetschge gegessen hatte, sprang er auf den Boden und ging nach dem Kartoffelland hin. »Waldjakob, du singst aber arg wüst«, sagte er. Der Waldjakob lachte ein wenig. »Ich kann's halt nicht schöner«, sagte er, »aber das Lied ist doch schön. Ich höre das Schöne dran, nicht das Wüste.«

»Ja, aber die andern Leute hören das Wüste«, sagte Rudi. Aber es war nicht bös gemeint. Er und der Waldjakob waren ganz gute Freunde geworden. Der Rudi hatte so ein bißchen etwas Verwandtes zwischen sich und dem reichen Waldbauernbuben gemerkt, er hatte an jenem Tag etwas gelernt.

»Erzähl mir noch etwas von draußen herum, Jakob«, sagte er und setzte sich auf einen halbvollen Kartoffelsack.

Denn da nun alles gut war, so hörte der Rudi nicht ungern von den großen Mühsalen und Abenteuern, die der umherirrende Waldjakob bestanden hatte, ehe er sich wieder heimgetraute, um, wie er meinte, des Dorles Grab zu sehen.

Der Waldjakob wischte sich den Schweiß vom Gesicht.

»Ich red' nicht mehr gerne von draußen herum«, sagte er. »Es dünkt mich, ich sei meiner Lebtag noch nie daheim gewesen, bis an den Augenblick, da das Dorle mich mit seinem einen Aug' so liebreich angesehen hat und gesagt: ›Ich hab' auf dich gewartet, Jakob, ich hab' dir noch etwas sagen müssen.‹ Und dann ist sie bei mir gesessen, selbige ganze Nacht, und hat mir erzählt und hat gesagt: ›Jakob, wir sind auch zwei so arme Kinder wie in meiner Geschicht', weißt du's noch? Wir wollen auch miteinander das schöne Land suchen, in dem man daheim sein kann.‹ Und hat mir das Lied gelesen, das ich vorhin gesungen hab', und seither hör' ich immer das Schöne davon und nicht meinen wüsten Gesang. Da steht alles drin von mir, alles Böse und alles Schwere, bis zuletzt, wo es heißt, daß der Vater die Tür auftut und so einen wie mich hereinläßt, und daß es da so schön ist und man nie mehr fort muß. Nein, ich mag nichts mehr vom andern reden, von draußen herum.«

In dem Augenblick kam der Ton der Betglocke vom Turm her, und das Dorle rief aus der Laube: »Jakob, es ist Zeit, wir müssen heim, mach Feierabend.« Und das tat der Jakob, denn das Dorle galt immer noch so viel bei ihm wie ehemals, oder noch mehr, denn sie hatten jetzt keinen Krieg mehr nötig ums Heimgehen, sie gingen miteinander.

Wenn schon das Dorle nur ein Aug' hatte und einen Stelzfuß, und wenn schon der Jakob arm und elend heimgekommen war, sie ließen sich's nicht zuviel anfechten. Denn das alles dachten sie in dem schönen Land, auf das sie zugingen, zu finden, und noch mehr. Da konnten sie es hierzulande schon eine Weile entbehren.

Der Bändelmann

Droben im Oberland, gegen den Bodensee hin, war es. Die Sonne war am Untergehen und grüßte noch zum Abschied freundlich über das ganze Land hin, über die reifen Kornfelder und über die Dörfer und Höfe, über Wälder und Hügel und Obstgärten. Es ist ein schönes Land dort oben, die Sonne kann es wohl freundlich ansehen. Als sie beinah' hinten am Horizont versunken war und nur noch ein schmaler, goldener Streifen hinter den Hügeln hervorsah, fingen die Abendglocken an zu läuten. Eine rief der andern zu, daß nun der Tag vorüber sei, und wo nur ein Kirchlein zwischen Baumwipfeln heraussah, da hatte es auch eine tönende Stimme, die die Menschen mahnte, jetzt einmal mit der Arbeit aufzuhören und an etwas anderes zu denken, das wichtiger sei als alles übrige. Da und dort auf den Feldern konnte man auch ein Trüpplein Leute sehen, die gleich beim ersten Hall der Glocken die Hände zusammenlegten und still für sich hin beteten, weil sie wußten, daß sie für sich und ihre Arbeit des Segens bedurften, und auch für ihren Schlaf in der kommenden Nacht, daß ihnen da nichts Böses widerfahre.

Grad in die sinkende Sonne hinein schritt der Bändelmann. Er hatte einen großen Pack auf dem Rücken hängen, in schwarzes Wachstuch gewickelt und an einem Riemen über der Achsel befestigt. Vielleicht war er von dem Pack nach und nach ein wenig krumm geworden, den er alle Tage, vom Morgen bis in die Nacht hinein, umhertrug. Er ging ein wenig vornübergebeugt und stützte sich beim

Gehen auf einen starken, hagebüchenen Stock. Seine Kappe hatte er weit hinten im Nacken sitzen, da konnte man sehen, daß er graues Haar hatte. Aber das Gesicht, das war rund und rotbackig, und obgleich es von tausend kleinen Fältchen durchzogen war, konnte es doch niemand einfallen, zu denken, daß es einem so alten Mann gehöre, wie der Bändelmann einer war. Das machten die Augen, die so fröhlich und jung in die Welt hineinsahen, als ob sie immerfort etwas Neues und Schönes zu erblicken hätten.

Er schritt rüstig vor sich hin, denn er hatte noch ein gutes Stück Wegs zu gehen bis zu seiner Hütte. Aber er kam nicht so schnell vorwärts, als er eigentlich im Sinn hatte. Das machte, daß ihn alle Leute kannten, die da auf den Feldern waren oder die auf der Straße nach ihren Häusern zugingen, und er sie. Da rief es bald von einem Garbenwagen herunter, bald aus einer Wiese heraus: »Guten Abend, Joachim, auch noch unterwegs? Kommet auch wieder zu uns, die Bäuerin wartet schon. Sie braucht Schurzbändel, und die Buben Hosenträger, und der Ähne eine Zipfelkappe.«

Dann lachte der Bändelmann über sein rundes, rotes Gesicht und gab überall fröhlichen Bescheid und blieb da und dort ein bißchen stehen, besonders wenn Kinder dabei waren. Denn die Kinder, die hatte er am liebsten, wenn er es schon auch mit den Großen ganz gut konnte. Für sie hatte er schöne, buntfarbige, goldgeränderte Helglein in seiner Tasche und rote und weiße Kraftküchlein in einer runden Holzschachtel, und sie liefen ihm entgegen, wo sie ihn erblickten, und waren gar nicht scheu gegen ihn. Wenn er auf einen Hof kam, so riefen sie ihm schon zu den Fenstern heraus entgegen, und dann sammelte sich alles um ihn, die Frau und die Ahne und die Mägde, und oft auch die Knechte, und vor allem die Kinder. Dann breitete er seine Waren aus: Knöpfe und Nadeln und Faden, Bändel, grobe und feine, Pfeifenschnüre und Hosenträger, Milchseihtücher und Zipfelkappen, und um den Niklastag herum auch Lebzelten. Und dazu wußte er immer etwas Neues. Er kam in allen Ortschaften und Höfen herum, fast bis an den See. Da sagte dann oft ein Bauer zu ihm: »Joachim, wenn Ihr wieder nach Reutti kommet, so saget auch meinem Bruder, dem Vinzenzbauern, wir haben wieder ein Kleines bekommen. Es sei ein Mädle diesmal, und es stehe alles wohl.« Oder eine Mutter nahm ihn heimlich beiseite und sagte: »Joachim, gucket nur auch nach meinem Georg. Er ist auf dem Jörgenhof zum Viehhüten, man kann nie wissen, was es gibt mit so einem Buben; der Sommer ist gar lang.« Und der Bändelmann machte sich zu den Knöpfen, die er schon an seinem Sacktuch hatte, noch einen neuen, aber nur aus Spaß, denn er vergaß schon von selbst keine Botschaft auszurichten, da konnte man sicher gehen. Nur eins richtete der Bändelmann nicht aus, und das war ein böses Geschwätz, das etwa herumging, ein liebloses Urteil über andere, das er irgendwo zu Ohren bekam. Das ließ er still wieder aus sich hinausgehen, und wenn ihn jemand darum anging: »Warum habt Ihr jetzt auch das nicht erzählt, Bändelmann? Ihr müsset es doch gewußt haben, man erfährt doch auch gern etwas Neues«, so sagte er nur: »Erstens weiß man's nie sicher, ob's auch so sei, wie die Leute sagen, und zweitens, wenn's wahr ist, so weiß man nicht, wie es zugegangen ist, und drittens red't man lieber von etwas Gutem als von etwas Bösem.« Dabei blieb's, und so kam mit dem Bändelmann immer etwas Sauberes, Friedliches zur Tür herein, er mochte hinkommen, wo er wollte. Da war's kein Wunder, daß ihm jedermann gern abkaufte, und ihm gern etwas anvertraute, und so trug er denn nicht nur den stattlichen Warensack auf seinem Rücken und nicht nur einen schönen, runden Geldbeutel an einer Schnur unter dem Hemd, sondern auch allerlei Anvertrautes auf dem Herzen. Er lebte für sich allein in dem kleinen, niedrigen Häuschen, das ihm zu eigen gehörte und dem er jetzt zustrebte. Das Häuschen lag auf einer kleinen Anhöhe, man konnte es von weitem sehen, besonders, wenn die untergehende Sonne in seine Fenster schien, daß sie dann blitzten und funkelten, wie von einem inwendigen Feuer. Ein mächtiger Vogelbeerbaum stand daneben, und unter dem Baum war eine alte Steinbank. Dort saß der Bändelmann an schönen Feierabenden mit einer Pfeife im Mund, ließ die Mücklein um sich her spielen, horchte auf die Amsel droben im Bauer, die sich selber ein Schlaflied sang, und bedachte das lange Leben, das hinter ihm lag, und das kurze, das er vielleicht noch vor sich hatte. Unten an dem Hügel lag ein stattlicher Bauernhof. Dort war reges Leben. Feste, wohlgenährte Kühe weideten auf der grünen Grasfläche, die sich bis an den Bach hinunterzog und noch weiterhin; ihre Glocken hörte man bis hier herauf. Starke Gäule zogen die vollen Erntewagen in den Hof, Hühner gackerten und scharrten auf dem stattlichen Misthaufen, und dort, das langgestreckte, niedrige Haus, war der Schafstall, dessen Bewohner auch noch auf der Weide waren. Zwei starke, gesunde Söhne und drei Töchter ersetzten dem Bauern Knechte und Mägde; es ging alles gedeihlich und wohlhäbig zu auf dem Hof. Der Bändelmann sah ohne Neid hinunter. Er hatte ein friedliches Gemüt, das kam ihm gut zustatten. Einst hatte das ganze, große Anwesen seinem Großvater gehört, und Joachim hatte noch die allerfrühesten Kinderjahre dort drunten unter dem bläulichen Schieferdach verlebt. Dann war ein Unglück ums andre gekommen. Daran wollte er lieber nicht mehr soviel denken. Er hatte noch eine Reihe seiner besten Jahre damit zugebracht, die Schulden abzutragen, die noch übrigblieben und die sein einziges Erbteil waren. »Man hätt's nicht von mir verlangen können, das geb' ich zu«, sagte Joachim, wenn ihm die Leute gutmütige Vorwürfe darüber machten, daß er das getan habe. »Aber ich hab's so in mir drin gehabt, daß ich hab' müssen.« Ja, da konnte freilich niemand mehr dreinreden, wenn er es in sich drin gehabt hatte. Jetzt hatte der Bändelmann *noch* etwas in sich drin; einen Wunsch nämlich, ein Vorhaben. Er hatte sich das Geldverdienen so angewöhnt, damals, beim Schuldenzahlen, dann, als er das kleine Häuslein für sich erwarb. Jetzt wollte er es gern so weit bringen, daß er eine schöne Stiftung hinterlassen könne, etwa ein Altargerät in die Kirche oder etwas Rechtes für die Schule, einen jährlichen Festtag für die Kinder mit Wurst und Wecken oder so. Das dachte sich der Bändelmann oft aus, wenn er abends auf seinem Bänklein saß, denn er wollte nicht gern gleich vergessen sein, wenn er dann einmal nicht mehr lebte, und darum hatte er auch schon angefangen, in ein besonderes Käßchen hinein Geld zu einem recht schönen Grabkreuz aus Marmor zu sammeln. Das, meinte der Bändelmann, sei er doch auch wert, da er ohnehin sein Leben lang manches habe entbehren müssen. Er war jetzt 75 Jahre alt, und es fiel ihm oft recht sauer, so alle Tage herumzuwandern, wenn es ihm schon niemand ansah. Aber er dachte, ein gutes Andenken sei schon wert, daß man sich plage, und fuhr fort, den Wachstuchpack auf den Rücken und den Stock in die Hand zu nehmen.

Die Sonne war längst hinunter, als er um die letzte Biegung kam, von der aus er den Hof und sein Häuschen auf dem kleinen Hügel erblicken konnte. Es lag noch so ein dämmeriges Licht auf seinem kleinen Heimwesen, und der Bändelmann freute sich, bis er vollends droben sei und dann bald zu einem Nachtessen komme. »Wär' nicht so übel, wenn jetzt ein Rauch aufstieg aus meinem Kamin«, dachte er, »daß mir etwa jemand schon etwas Warmes gerichtet hätte.« Aber dann verlachte er sich selbst. »Das muß ja nicht sein, Joachim, es hat's seither so getan und tut's vollends die paar Jährlein.« Schon war er am Hof vorbei und stieg den Berg hinan, da hörte er hinter sich etwas rufen, und es kam ihm die älteste Tochter Apollonia nachgelaufen und rief: »Joachim, so wartet doch, ich hab' euch schon dreimal gerufen. Habt Ihr nicht die Doktorschaise fahren sehen oder seid sonst dem Doktor begegnet? Die Mutter hat einen Schlag gekriegt, jetzt liegt sie da und kann sich nicht regen, und am End' ist's ihr Letztes. Ach, ach, und niemand kann zum Doktor, sie sind alle bei einer Hochzeit in Essenhausen, und die Knechte müssen im Stall bleiben, der eine Gaul hat die Kolik. Ach, der geht am End' auch hin, der ist fünfhundert Mark wert. Ist das ein Unglückstag!« »Und die Mägd'?« fragte der Bändelmann; es war ihm nicht besonders darum, jetzt noch einmal nach Markdorf zu laufen, denn darauf kam es ja doch heraus.

»Ach, die Ursel, das dumme Ding, hat sich ja gestern den Fuß übertreten und kann nicht laufen, und die Gret hat zum Tierarzt müssen nach Zußdorf«, sagte die Apollonia aufgeregt, »und das wisset Ihr selber, Bändelmann, dann ist nur noch der Garnichts da, das Kätterle, das man in Gottes Namen zu nichts brauchen kann als zum Essen und Trinken.«

»Ja, dann seh' ich schon, dann muß ich halt gehen«, sagte der Bändelmann. »Da, so nimm meinen Sack und heb' ihn derweil auf, Aplone. Gesehen hab' ich den Doktor nicht, aber er wird schon daheim sein, ich will's probieren.«

Als er wieder zur Hofstatt hinausging, sah er das Kind, das die Apollonia mit »der Garnichts« bezeichnet hatte, am Eckstein stehen, bleich, mit seltsam erloschenen Augen und fest zusammengedrückten Lippen, und er konnte nicht anders, er mußte ihm einmal über das straffe, rauhe Haar streichen. Da zuckte es ängstlich zusammen, so, als ob es nur andere Berührungen gewöhnt sei, die nicht wie Liebkosungen waren. »Geh ins Haus hinein, was stehst denn da herum?« sagte die Haustochter. »Wenn man dich zu etwas brauchen könnt, die Säu haben noch nichts, und Kartoffeln müssen gewaschen sein –«, mehr hörte der Bändelmann nicht mehr. Er ging in die sinkende Nacht hinaus, um den Doktor zu der sterbenden Frau zu holen, wohl zwei Stunden weit her.

Als er wieder vor Markdorf hinauskam, standen die Sterne am Himmel, flimmernd und funkelnd die einen, ruhig brennend wie stille Lichter die andern. Er hatte den Doktor nicht daheim getroffen, aber man hatte ihm durchs Telephon Botschaft tun können, so fuhr er jetzt gewiß schon auf einem andern Weg dem Reutehof zu. Ob er sie wohl noch am Leben antraf? Die Bäuerin war dem Bändelmann die angenehmste Person auf dem Hofe. Sie hatte ein stilles, etwas gedrücktes Wesen und paßte nicht recht zu der lauten, schaffigen und raffigen Art der andern. Aber sie konnte auf einmal ganz sicher und kecklich werden, wenn es sich um ein Gutestun, um eine Wohltat zu erweisen handelte. Das hatte sie auch bewiesen, als sie es durchsetzte, daß das Kind einer armen Base, das schüchterne, halbblöde Kätterle, als es ganz verwaist dastand, ins Haus genommen wurde, obgleich nicht viel Aussicht war, daß es sein Essen verdiene. Dabei fiel dem Bändelmann wieder ein, wie das Kind am Eckstein gestanden war, ganz ausgelöscht, als ob nie mehr etwas Frohes in sein Leben fallen könne. »Es hat gewiß von niemand im ganzen Haus ein gutes Wort bekommen als nur von der Bäuerin«, dachte er, »das kriegt's nicht gut, wenn sie stirbt.« Als er daran dachte, hörte er von weitem etwas kläglich schreien, mit einem feinen, hohen Stimmchen. »Das kann aber kein Kind sein, was ist's dann?« besann er sich. Dann wurde es immer deutlicher, es mußte ein Schäfchen sein, das sich verlaufen hatte. Der Bändelmann ging den Tönen nach, da sah er etwas Weißes im ungewissen Licht der Sterne schimmern, und fand nach einer Weile ein Lämmchen, das am Boden lag, mit einem gebrochenen Fuß und einer tiefen Bißwunde, die von einem Raubtier herstammen mußte.

»Wie dies kommt, kann auch kein Mensch wissen«, sagte er mitleidig, »und reden kann's nicht. Du, Lamm, wer hat dich so zugerichtet und hat dich dann fallen lassen?« Aber das Lämmchen blökte nur kläglich weiter, und der Bändelmann nahm es auf den Arm und trug es mit sich heim. »Es wird ja doch sterben, aber ich kann's ja so nicht liegen lassen«, sagte er. Er hatte schon mehr Tierlein aufgehoben und herausgepflegt, er hatte daheim eine einäugige Katze, die er aus Bubenhänden gerettet, und einen Star, den er mit gebrochenem Flügel gefunden hatte. Er konnte keine Kreatur leiden sehen, ohne daß er es versuchte, ihr zu helfen.

Das Lämmchen starb aber nicht. Als man aus dem Reutehof die Bäurin hinaustrug, die am andern Tag gestorben war, lag es in der Sonne vor des Bändelmanns Häuschen und ließ sich anscheinen. Der Fuß war geschindelt und die Wunde gereinigt, und das Lämmchen hatte eine Milch vor sich stehen, um die die Katze schnurrend herumstrich, als ob sie für den Bändelmann das Zusprechen und Einladen zur Mahlzeit übernehmen wolle. Denn der war mit dem Leichenzug in das Pfarrdorf hinuntergegangen. Als er nach einiger Zeit wiederkam, war das Schüsselchen leer. Vielleicht hatten sie sich darein geteilt, und das war dann um so besser, wenn sie doch Hausgenossen werden sollten. Denn der Bändelmann hatte im Sinn, das Lämmchen für jetzt einmal zu behalten und aufzuziehen. Er sah nachdenklich aus, so, als ob ihn etwas stark bewege, legte den Hut ab, hing den Sonntagsrock in den Kasten und blieb dann nachdenklich vor dem Wachstuchpack stehen. »Ich könnt' noch nach Horgenzell hinunter, es ist noch nicht so spät«, sagte er. Dann ging er wieder zur Tür hinaus und sah den Abhang hinunter. »Es ist ein Kreuz, ein blutiges«, sagte er und ging wieder ins Haus hinein. Es trieb den Bändelmann etwas um, und das schon seit ein paar Tagen, das ließ ihn gar nicht mehr zu seiner gewohnten steten Ruhe kommen.

Dort drunten, an dem äußeren Eckstein des Hofeingangs, da, wo man den ganzen langen Weg nach dem Pfarrdorf hinuntersieht, stand in einem fort, regungslos vor sich hinstarrend, das Kind, das sie drunten im Hof den Garnichts nannten. So war es schon dagestanden, als der Bändelmann damals am Abend zum Doktor gegangen war, und so stand es jetzt immer da. In der Nacht war es wohl auf seinem Laubsack drinnen über dem Stall gewesen, aber am Morgen kam es gleich wieder da heraus und sah vor sich hin. Dann rief es wohl das eine oder das andere an, daß es hereingehen und etwas arbeiten solle oder auch zum Essen kommen, oder schalt die Apollonia, die stark herumregierte, auf es hinein. Aber es stand doch da und rührte sich nicht. Das schnitt dem Bändelmann so tief ins Herz, daß er immer wieder ins Häuschen hineingehen mußte, daß er es nicht sehe, und wenn er drinnen war, so mußte er wieder herauskommen, um zu sehen, ob es noch ganz gleich dastehe, und dann war es immer dasselbe. Das Kind war dabei gewesen, als die alte Frau auf einmal umgefallen war, da hatte es wohl einen tiefen Schreck verspürt, und davon war es wie versteint. Vielleicht hätte man es durch liebreichen Zuspruch ein wenig aufwecken können, oder ihm zeigen, daß dann noch nicht alles vorbei sei, wenn auch die Bäurin nicht mehr da sei. Aber dazu war niemand da, auf dem ganzen Hofe nicht. Der Bändelmann befragte die Knöpfe an seinem Sonntagsrock um Rat: »Soll ich, soll ich nicht?« Aber er hatte scheint's unrichtig angefangen, es ging mit »soll ich nicht?« aus, und davon war er nicht befriedigt. Dann fragte er die Katze. Die strich schnurrend an seinen Stiefeln herum, da sagte er: »Ja, gelt, dir tut's auch gut, wenn eins ein freundliches Wort zu dir sagt.« Da sprang die Katze mit einem Satz auf des Bändelmanns Achsel und schnurrte von da oben herunter. »Ach«, sagte er, »du bist ein unvernünftiges Vieh, mit dir ist nicht zu reden. Das will überlegt sein. Und wenn ich's heraufhole, wie krieg' ich's dann wieder los? Die da drunten sind imstand und hängen's an mich hin. Und ich muß doch fort mit dem Ranzen. Was meinst? Es tät auch so langen, und ich sei fünfundsiebzig? Du hast gut reden. Sein Sach' aufbrauchen, solang man lebt, und auf Gemeindskosten begraben werden. Das tätst mir zumuten.«

Aber die Katze gab nicht nach, sie schnurrte immer weiter. Da gab er ihr einen Puff, daß sie herunterflog, und setzte die Kappe auf. Dann hängte er den Ranzen über. »Sie warten auf mich in Horgenzell«, sagte er. Es war in letzter Zeit noch ein anderer Hausierer in der Gegend aufgetaucht, einer mit einem Stelzfuß. Der brachte neumodisches Zeug mit sich, Taschenspiegel und Bartwichse und so Sachen. »Daß der mich ausstechen soll?« dachte er grimmig. Dann schloß er das Häuschen zu und ging sehr entschieden den Berg hinunter. Aber der Eckstein! Wenn nur der Eckstein nicht gewesen wäre! Da stand das Kind und sah mit erloschenen Augen vor sich hin. Da konnte er nicht vorbei.

»Warum gehst nicht ins Haus hinein?« sagte er. Aber das Kind regte sich nicht. »Du, drinnen essen sie Hefenkranz zum Leichmahl. Geh hinein, dann kriegst auch.« Es war wie in den Wind geredet. So grau und still und stumpf sah das Gesicht aus, der Bändelmann konnte es nicht aushalten. »Kätterle«, sagte er weich, »Kätterle, ist dir's denn so arg um die Bäurin?« Keine Antwort. Ging denn gar nichts vor hinter der niedrigen Stirn und den erloschenen Augen? Da fuhr er ganz sachte über das rauhe Haar, wie man ein krankes Vöglein streichelt, so sachte. Es ging ein Zittern durch das Kind hindurch, er spürte es deutlich. Da faßte er nach der Hand, die schlaff hinunterhing. Die war heiß, brennend heiß. Sie hatte eine harte Haut, fast wie Horn. »Es ist nicht, wie wenn es nichts geschafft hätte«, dachte er. Drinnen klopfte es, eilig, laut und stark. »Das ist krank, das Kind;« der Bändelmann war auf einmal nichts mehr als Teilnahme und Fürsorge. »So sag doch, was dir fehlt, tut's im Kopf weh oder sonst? Du frierst ja, siehst du, wie du zitterst? Aber darum steht man auch nicht tagelang da außen herum. – Obwohl, es ist ja warm, es ist nur krank, das Kind.« Er mußte es noch einmal streicheln, und da war das Zittern noch stärker, und auf einmal glitt das Kind neben dem Eckstein auf den Boden. »Da hat man's jetzt«, sagte der Bändelmann. »Da hat man's jetzt.« Aber er wußte gut, was er zu tun habe, er mußte sich gar nicht besinnen. Hinten hing ihm der Wachstuchpack, auf den Armen trug er das Kind die Anhöhe hinan. Das rührte sich nicht. Es war schwer, es lastete immer schwerer auf dem Bändelmann. Er spürte doch, daß er der Jüngste nicht mehr sei. Aber endlich war er droben. Er mußte das Kind auf den trockenen, besonnten Boden hinlegen, damit er die Hüttentür aufschließen konnte. Das hatte die Augen zu und rührte sich nicht, auch nicht, als er es auf sein Bett legte. Das Bett war offen und nicht gerade extra aufgeschüttelt, der Bändelmann trieb in solchen Sachen keinen Luxus, und ein weibliches Wesen, das etwa gesehen hätte, wo es fehle, kam nie da herein. Die Katze sprang auf das Bett und strich neugierig um die reglose Gestalt her, und der Bändelmann bettete das Kind, so gut er's vermochte, und legte fürs erste den Ranzen in eine Ecke, denn heute brauchte er ihn nicht mehr.

* * *

Dort in der Ecke blieb der Ranzen auch eine gute Zeitlang liegen, ohne daß der Bändelmann nach ihm hingesehen hätte. Wenn die Leute in den Dörfern ringsherum oder auf den Höfen seine Waren nötig hatten, so mußten sie entweder warten oder selber in den großen Laden nach Wilhelmsdorf gehen, in dem er einzukaufen pflegte. Vielleicht machte auch der neue, stelzfüßige Hausierer jetzt gute Geschäfte, das konnte wohl sein. Aber der Bändelmann konnte jetzt an das alles nicht denken. Denn er hatte bei sich im Haus die allerdringendste Arbeit, die es geben konnte. Da lag auf seinem Bett das arme Kind, das er selber auf seinen Armen dahin getragen hatte, und dem

Bändelmann fielen aus längst vergangenen Zeiten, in denen er seine kranke Mutter gepflegt hatte, alle Handreichungen wieder ein, keine Pflegerin hätte sorgsamer und mit geschickteren Händen alles tun können, was erforderlich war, als er's nun wieder ein wenig geübt hatte. Die Haustochter Apollonia war mit großem Geschrei vom Hof heraufgekommen und hatte die Arme in die Seite gestemmt. »Joachim, Ihr seid nicht recht gescheit«, hatte sie gesagt. »So einen Umstand mit so einem. Das wird bald wieder auf den Füßen sein, es ist nur so lahm im Kopf. Und im andern Fall, dem ging's ja nur gut, wenn es stürb'. Und dann möchte ich auch noch fragen, wer den Doktor zahlen soll und die Arznei? (Denn der Bändelmann hatte den Doktor zu dem kranken Kätterle holen lassen.) Einmal ich hab' kein Geld dazu, das sag' ich gleich. Da könnt' man vollends für die Zigeuner den Doktor holen, es ging in einem Übermut hin.«

Aber der Bändelmann stritt sich jetzt nicht lang mit der Apollonia herum. »Bscht«, sagte er, »seid auch still. Es hat das Nervenfieber, der Doktor hat's gesagt. Horch, es ruft seiner Mutter im Fieber. Ja, ja, der Doktor kriegt sein Sach, da dürfet ihr keine Angst haben da drunten. Darum wird man mir nicht gleich das Häusle pfänden.« Er dachte an sein geheimes Schächtelchen mit den Goldstücken, die einen so guten Zweck hatten. Aber nur geschwind, dazu war jetzt gerade nicht die Zeit.

Als die Apollonia das Wort Nervenfieber hörte, wich sie immer mehr zurück, bis an die Tür. Denn wie leicht könnte eins angesteckt werden, wenn es zu nah hinkam. »Ich muß hinunter, es gibt grausig viel zu schaffen«, sagte sie. »Wenn etwas fehlt, es ist dann auch nicht, daß man nichts herzugeben vermöchte, eine Milch oder so. Es hätt' auch gut in seiner Kammer liegen können über dem Stall, es hat einen guten Laubsack und eine Decke.« Damit ging sie hinaus, und atmete erst wieder recht, als sie draußen war in der frischen Luft.

Der Bändelmann setzte sich in seinen lederbezogenen Großvaterstuhl. Er war doch rechtschaffen müd' geworden die letzten Tage und Nächte daher. Es stand ein hölzerner Zuber mit Wasser in der Stube, in dem hatte er das Kind gebadet, so oft die Hitze gar zu hoch stieg. Aber es war ihm warm ums Herz, noch viel wärmer, als da er das kranke Lämmlein verbunden hatte. Es war fast, als ob das Kind da ihm gehöre. Es hatte, wie es so dalag mit geschlossenen Augen, ein fast liebliches Gesichtlein, oder kam es ihm nur so vor, weil er es ganz allein zu versorgen hatte? Da, jetzt rief es wieder »Mutter«. »Du Armes«, sagte er ganz weich, »du Armes, sie hört's nicht, daß du ihr rufst. Sei aber nur still, es gibt schon auch noch Leut' auf der Welt, die ein Herz haben.«

Und dann, als es ruhig wurde, schlief auch der Bändelmann eine Weile ein in seinem Stuhl. Die Schwarzwälderuhr tickte, die Katze schnurrte leise, das Lämmchen lag still vor der Tür auf seinem Strohlager, und der Star hüpfte hin und her und sah mit runden, gescheiten Augen über das Ganze hin. Drunten im Kirchdorf läutete die Betglocke, und der alte Mann und das Kind empfingen den Segen in ihren Schlaf hinein.

* * *

»Kätterle, komm, bring mir meinen Ranzen.« Der Bändelmann hätte sich den Ranzen gut selber holen können, denn er stand fast neben ihm; und das Kind war in der Kammer drinnen. Aber es gefiel ihm so gut, sich ein wenig bedienen zu lassen, daß er am liebsten immerfort etwas angeordnet hätte, das das Kätterle tun solle, nur um es auszuprobieren.

Das Kätterle kam aus der Kammer heraus und hob den Ranzen vom Stuhl in die Höhe, da nahm ihn der Bändelmann schnell aus ihren Händen und sagte: »Was denkst du auch? Er ist ja viel zu schwer für dich. Mußt auch Spaß verstehen.«

Spaß verstehen, das war nun allerdings etwas, was das Kätterle in seinem Leben noch nicht viel geübt hatte, es hatte nicht viel Veranlassung dazu gehabt, und dann war es auch von so bescheidenen Geistesgaben, daß es nur gerade immer das Einfachste dachte und tat. Aber das merkte es doch gut, daß es jetzt in guten, freundlichen Händen sei, so gut es ein Pflänzlein merkt, das die warme Sonne anscheint, wenn es vorher in einem dunklen Winkel gestanden ist.

Das Kätterle war nach Wochen wieder von seinem Kranksein aufgestanden, bleich und schwach und in einem immerwährenden stillen Staunen darüber, was auch mit ihm sei, da es gar nichts mehr von früher wußte. Aber so war es dem Bändelmann gerade recht. So konnte er es nun herauspflegen, ganz wie er wollte, und es an sich gewöhnen ohne viel Erklären und Worte. Denn er hatte nichts anderes im Sinn, als dieses zusammengedrückte Menschenpflänzlein für sich zu behalten und es bei sich daheim sein zu lassen, daß es neu erstarke und aufwache. Es war nicht so ganz leicht gegangen; denn er hatte sich schon solange an stillen Feierabenden ausgedacht, wie es denn nach seinem Tode sei, wenn der Pfarrer in der Kirche vorlese, was der weiland Joachim Haberer, Hausierer von Reutehof, hinterlassen habe: ein silbernes Taufbecken und einen jährlichen Festtag für die Schulkinder, da sie mit Wurst und Wecken beschenkt würden. Denn er war allgemach dahin gekommen, daß er beides hatte erlangen wollen und noch das Grabmal dazu, so sehr hatte er seine Gedanken in die Weite und Breite gesponnen. Er hatte dann schon die erstaunten Gesichter der Leute gesehen, wie sie einander ansahen und mit den Ellbogen anstießen und sagten: »Was, der Bändelmann? Ist das ein Tausendkerl. Das hätt' man auch nicht hinter ihm gesucht.« Und so mehr. Und es war ihm dann nur hier und da schmerzlich eingefallen, daß er das ja dann alles nicht mehr sehe und höre und also nichts mehr von dem Vergnügen habe, das er sich so sauer werden ließ.

Jetzt war dieses Feierabendgespinst von etwas anderem in den Hintergrund geschoben, und zwar von etwas, das der Bändelmann noch selber miterleben konnte, und das ihm darum schier ein bißchen eigensüchtig vorkam. Das war der neue, ungewohnte Gedanke an etwas eigenes Lebendiges, das ihm gehöre, das auf ihn warte, wenn er heimkomme, und das bei ihm sei, wenn er daheim bleibe. Denn er spürte es oft so deutlich, daß er Feierabend machen müsse, und das war ihm bisher immer grausig gewesen, wenn er an sein stilles Häuslein dachte. Er war den Verkehr mit Menschen so gewohnt geworden in den langen Jahren.

Derweil war nun so sachte das Kind wieder gesund geworden. Es aß, was der Bändelmann ihm kochte, und wenn abgegessen war, so fing es selber an, den Tisch abzuräumen und das Geschirr zu waschen. Als es einmal von selber den Überrest des Milchbreis in das Katzenschüsselchen füllte und die Katze herbeilockte, da stand der Bändelmann wie vor etwas Wunderbarem und brachte nur die Worte heraus: »Jetzt das auch. Jetzt das. Es wird noch recht, es wird.«

Gestern nun war der Bändelmann zum erstenmal wieder in Wilhelmsdorf gewesen. Der St. Niklastag kam heran, und es war ihm doch, als könne er nicht anders, als um diese Zeit mit Lebkuchen und mit Kindertrompeten und anderem billigen Spielzeug herumzuziehen. Was würden auch die Leute denken, wenn er gar nicht mehr kam?

So hatte er nun eingekauft, eine ganz große Traglast. Hatte er denn in den andern Jahren weniger gehabt? Oder spürte er das Alter so stark? Er war rechtschaffen müde heimgekommen. Auch hatte er in demselben Laden seinen Konkurrenten, den stelzfüßigen Hausierer, getroffen, der gleichfalls einkaufte, und den er lieber nicht gesehen hätte. Zwar wußte er, der andere hatte für Weib und Kinder zu sorgen. Aber dennoch, er ging ihm doch gern aus dem Weg. Als er heimgekommen war, hatte ihn das Kätterle so deutlich und freundlich angelacht, daß es ihm ganz warm geworden war. »Es ist doch am besten daheim«, hatte er gedacht. Das war früher nicht so gewesen.

Heute nun war ein schöner, klarer Vorwintertag, und der Bändelmann zog mit frisch ausgeruhten Kräften aus. Auf den fernen Bergen lag ein leichter Schnee, sie glänzten in der Morgensonne in schimmerndem Weiß. Bäume und Sträucher waren vom Reif angehaucht und sahen aus wie überzuckert. Das war das rechte Wetter, um Lebkuchen und Spielsachen zu verkaufen; denn der Bändelpack war heut Nebensache und hing nur so hinten dran wie etwas Unvermeidliches, die Hauptsache aber trug Joachim vor sich hin in einer leichten Kiste, die ihm an breiten Gurten von den Achseln herabhing. Er sah sich noch einmal um, ehe er um die Wegbiegung verschwand, da lief hinter ihm das Kätterle her mit so raschen Schritten, wie noch niemand auf dem Hof den »Garnichts« hatte laufen sehen. »Joachim, Joachim«, rief sie, »haltet, Ihr habt eure Dose vergessen.« Der Bändelmann lachte übers ganze Gesicht. Denn es war wohl schon öfter vorgekommen, daß er seine Schnupftabaksdose vergessen hatte, und daß er sie dann den ganzen Tag hatte vermissen müssen, aber noch nie, daß sie ihm jemand nachgetragen hätte. Hinter dem Kätterle drein lief in großen Sätzen das Lamm, und ein Stück weiter hinten kam die Katze, und so hatte er seine ganze Haushaltung hinter sich drein, es war schwer, vom Haus wegzukommen. Die Aplone stand am Hofeingang und sah ihnen allen miteinander zu, und jetzt, als das Kätterle herankam, sagte sie spöttisch: »Nimmt mich nur Wunder, ob ihr alle miteinander hausieren gehen wollet? Etwas anderes schaffst du ja doch nicht mit samt deinen zehn Jahren. Aber du bist immer der gleiche Garnichts.«

Das Kätterle fürchtete sich immer ein wenig vor der Aplone, die jedesmal, so oft sie es sah, etwas Spöttisches sagte, so wollte es stracks wieder umkehren, als es die Dose dem Bändelmann hingestreckt hatte. Aber der klopfte ihm ganz väterlich mit der Hand auf die Achsel und sagte: »Bist mein Braves, sei du nur zufrieden.« Und zu der gefürchteten Aplone sagte er: »Immer ein bißle herb, Aplone? Immer ein bißle ungut? Kaufet Ihr auch Lebkuchen? Das Kind muß daheim bleiben und haushüten, es ist mir lang recht, wie es ist, und es kommt immer noch besser.«

Da schluckte die Aplone ihren Ärger hinunter zum andern. Denn sie hatte fast immer einen; und seit sie das Kätterle sah, das so ein wenig auftaute und rote Bäckchen bekam, wußte sie auf einmal vielerlei Geschäfte, die der Garnichts gut hätte tun können, wenn sie ihn nur wieder gehabt hätte. Aber der Bändelmann hatte schon in den schweren Krankheitstagen mit dem Bauern ausgemacht, daß er für das Kätterle sorge, und damals hatte sie sich nicht um das Kind gerissen. So mußte sie es lassen, wo es war, und aller Ärger half nichts.

Es war ihnen aber beiden, dem Bändelmann und dem Kätterle, ein ganz neuer Gedanke aufgestiegen, und jetzt strebten sie eifrig danach, ihn zur Ausführung zu bringen, ein jedes den seinigen. Das Kätterle wollte heut etwas schaffen, daß dann selbst die Aplone nichts mehr zu spotten fände, es wollte zu Nacht kochen, bis der Bändelmann heimkäme, denn das hatte es ihm abgesehen, wie man eine dicke Brotsuppe kocht und Kartoffeln siedet. Weil es aber seine Sache gut machen wollte und auch nicht wußte, wie lang es daure, bis es Abend sei, fing es sogleich an, das Brot einzuweichen und Kartoffeln zu waschen, einen tüchtigen Topf voll von beidem, es wäre für acht Personen genug gewesen. Dann machte es ein Feuer an mit vieler Mühe und hängte das Essen darüber. Das fing auch nach einiger Zeit an zu kochen und kochte überlaut, als wider Erwarten schon lang vor Mittag der Bändelmann zur Tür hereinkam, schweratmend und müd' und gefolgt von dem Herrn Lehrer drunten im Kirchdorf. Er hatte sich gleich, als das Kätterle mit der Dose gekommen war, vorgenommen, gleich heute noch mit dem Herrn Lehrer zu reden seinetwegen. Denn wenn das Kind so überaus helle Gedanken hatte, so konnte man dann nicht wissen, ob es nicht doch auch fähig wäre, in die Schule zu gehen und etwas zu lernen. Das war nämlich im Hof drunten ein für allemal festgesetzt gewesen, daß das nie sein könne, weil es viel zu dumm dazu sei. Der Herr Lehrer aber hatte grad an diesem Morgen auch dran gedacht, einmal nach dem Kind zu sehen, und so waren beide Männer einander in ihrem Vorhaben begegnet. Der Bändelmann war aber so schnell müde geworden, daß er schon nach dem ersten Dorf, als er kaum ein Drittel von seiner Last verkauft hatte, müde auf einer Wagendeichsel gesessen war. Von da hatte ihn der Lehrer mitgenommen. »Es tut's nicht mehr«, sagte er zu sich selbst, »es ist Zeit zum Feierabendmachen.« Da hatte er schon unterwegs mit dem Lehrer, der noch jünger war und ein freundliches Gemüt hatte, seine Sorgen und Pläne wegen des Kindes beredet und auch mit ihm ausgemacht, daß einmal später, dann, wenn der Bändelmann nicht mehr lebe, der Lehrer sich um das Kätterle annehme, daß es in gute Hände komme. »Es ist dann schon noch etwas da, man wird's schon finden dann, nachher«, sagte er, und damit gab er dem Denkmalplan den letzten Stoß, »das soll dann für das Kind verwendet werden.« Unter diesen Gesprächen waren sie nahe an das Häuslein hingekommen, und der Bändelmann mußte ein paarmal stehenbleiben und sich auf seinen Stock stützen und schwer atmen. »Jetzt gönn' ich mir dann eine Ruh'«, dachte er. »Ich koch' etwas zu Mittag, und dann geh' ich heut nimmer fort.« Auf einmal sah er, daß eine schöne, gerade Rauchsäule aus seinem Schornstein emporstieg, und konnte sich nicht genug wundern, bis er vollends drinnen war. Da stand das Kind am Ofen und rührte aus Leibeskräften in der Suppe, die eben ein wenig anbrennen wollte, und hatte von all dem Geschäft rote, heiße Backen und schier lebhafte Augen. Der Bändelmann war sprachlos. Woher hatte dieses Kind, dieses gescheite Kind, denn gewußt, daß er schon am Mittag heimkomme? Und wer hatte es geheißen, zu kochen? Das Kätterle aber mußte ein wenig staunen, daß schon Abend sei, und sagte: »Es ist gleich vollends fertig, Joachim.« Der Bändelmann war im hellen Staunen. »Da braucht man sich, denk' wohl, nicht arg zu besinnen, Herr Lehrer«, sagte er stolz. Der Lehrer stellte nur seinen Stock und Hut weg, und hob zuerst den brodelnden Topf von der starken Glut. »Es brennt an«, sagte er, und dann mußte er zuerst ein wenig lachen, als er die Menge Suppe sah und noch den großen Topf voll Kartoffeln. »Das langt auf drei Tage«, sagte er. »Komm her, Kleines, laß dich ansehen. Was meinst, wenn du doch so kochen kannst, am Ende könntest du auch Lesen und Schreiben lernen?« Das Kätterle nickte nur. Es dachte, es werde dann schon stimmen, denn der Bändelmann hatte auch genickt, und der war ihm das beste Muster zu allem. »Ja, so wollen wir's denn probieren«, sagte der Lehrer, »es wird schon gehen, komm du nur.«

So war der Garnichts auf einmal ein Schulkind geworden, keins von den hellen, lebhaften, gescheiten. Das Kätterle hatte schwache Gaben, und das wurde nicht anders. Aber kein stolzer Vater hat mit größerer Freude zugehört, wie sein begabtes Kind schwere Aufgaben löst, als der Bändelmann, wie das Kätterle zum erstenmal einen Vers aus dem Gesangbuch vorlas. Es war ihm schier, als ob das Kätterle den Vers selber gemacht hätte, und er strich ihm über sein rauhes Haar. »So ist's brav. Wer hätt' auch das gedacht?« Das Kind war jetzt zwei Jahr bei dem Bändelmann, und wenn es auch nicht versprach, ein Gelehrtes zu werden, so gab es doch etwas wie ein Hausmütterlein hin, das emsig herumschaffte und sich nicht einmal mehr vor der Apollonia fürchtete, denn diese konnte jetzt nicht mehr sagen, daß es nichts mehr schaffe. Sobald es aus der Schule kam, fing es an, in dem Häuslein herumzuschaffen, und die Suppen ließ es ganz selten mehr anbrennen. Der Bändelmann ging jetzt nie mehr fort. Er war doch allmählich zu müd' und alt dazu geworden. Das Liebste war ihm, wenn das Kätterle sich zu ihm hinsetzte und dann die Katze und das Schaf, das inzwischen groß und stark geworden war, sich auch herzudrängte und der Star auf des Kätterles Achsel saß. Dann hatte er alles Lebendige, das er besaß, beieinander. Aber das Kind war doch das beste davon. »Da hat man können schon das andere drangeben«, sagte er hier und da zu dem Lehrer, wenn er kam und ihn besuchte und ihm immer versprach, daß er dann einmal für das Kätterle Sorge tragen wolle. Aber der Bändelmann braucht nicht zu sorgen, daß er so schnell vergessen werde, auch ohne die Stiftung nicht.

Denn wer Liebe gepflanzt hat in seinem Leben, dem wachsen Blümlein auf seinem Grab, und wenn sie nur ein einfältiges Kätterle pflegt, und das ist doch besser als der allergrößte Marmorblock.

Bethesda

So, von mir aus können sie kommen«, sagte die Badmarie zu ihrem Mann, dem Badaugust. Der Badaugust hatte einen gepolsterten Fahrstuhl unter den Händen und schmierte dessen knarrende Räder. »Von mir aus auch«, sagte er und lachte ein wenig vor sich hin, denn es war ihm recht, daß der lange Winter vorbei war und daß das leere

Haus sich wieder füllen wollte. Er zog eine große silberne Uhr aus der Tasche, und als er daraufsah, wie spät es schon sei, wurde er sofort wieder ernst; denn das verlangte eigentlich seine Würde. »August«, rief es von dem Balkon des Hauses in den Garten herunter, in dem das Ehepaar hantierte. Dort droben stand die Vorsteherin, Fräulein Grosse. Der helle Maisonnenschein lag auf ihr, und sie schien sich gleichfalls über etwas zu freuen, denn sie lachte mit Mund und Augen. Das sah man nicht sehr oft an ihr, August kannte sie nun schon lang, sie schien nicht in der Sonne aufgewachsen zu sein. Es war ja aber um so erfreulicher, sie jetzt so zu sehen, das Strenge in ihrem Gesicht machte sie oft unbeliebt, und sie meinte es doch nicht böse. »August«, rief sie noch einmal, »wir müssen an die Bahn, es ist Zeit. Sind die Wagen bereit? Marie soll auch mitfahren, es kommen gleich viele.« Und dabei verschwand sie auch schon von dem Balkon, und das Ehepaar führte einen Fahrstuhl um den andern über den knirschenden Kies des Gartenweges bis an das Eingangstor, das nach der Straße führte. Da kam es vom Hause her mit raschen Schritten. »Mir auch einen Stuhl.« »Mir auch einen.« Es waren fünf junge Mädchen, alle mit hellen, eifrigen Gesichtern, man sah, sie hatten sich heut schon tüchtig geregt. Das hatten sie auch. Über fünfzig Betten waren überzogen, im Speisesaal lange Tische gedeckt, alles war rein, gelüftet, gesonnt, abgestäubt im ganzen Hause. So blieb es nicht lang, das wußten sie. Aber es tat nichts, man konnte ja jeden Tag aufs neue damit anfangen.

»Her mit dem.« Fräulein Pia war allen voraus und ergriff einen leichten, langgestreckten Korbstuhl. »Dahinein kommt der lahme Albert; der gehört mir noch vom vorigen Jahr her. Auf den freu' ich mich am meisten.« Alle lachten. Sie hatte sich im Lauf des Vormittags schon auf sechserlei Kinder am meisten gefreut. Aber sie lachte tapfer mit. Rotes, krauses Haar hatte sie und eine etwas aufgestülpte Nase, lustige, blaue Augen dazu; sie kutschierte allen voran. Fräulein Grosse war eigentlich hier und da unzufrieden, es dünkte sie nicht ganz passend, daß Pia so übermütig sei, das Leben war zu ernst dazu. Indessen, wenn man es recht überlegte, so konnte sie ihren Frohsinn gut gebrauchen, das wird man schon noch zu sehen bekommen. Fräulein Grosse hatte allein keinen Stuhl zu schieben; das verbot ihre Stellung als Vorsteherin. Sie hätte aber gern einen gehabt, sie war oft so verlegen, immer vorn dranstehen und repräsentieren zu müssen;

das verbarg sie dann unter einer strengen Miene. Eigentlich wollte sie lieber die einfachste Arbeit tun, aber da war nun nichts zu machen. Der Zug brauste herein, es hatte gerade noch an den Bahnhof gereicht. Aber, hilf Himmel, was wurde da alles herausgeschoben, getragen, geführt! »Hierher, August!« Schwester Eva, die allen wohlbekannt war, sie hatte schon manchen Wagen voll kranker Kinder und Leute hierhergebracht, stand auf dem Trittbrett. »Jetzt greifen Sie fest an, fest und sachte zugleich – vorsichtig.« Da hoben sie miteinander eine Frauengestalt aus dem Wagen. »Die Krücken besonders – so – jetzt ganz nah her mit dem Fahrstuhl«, da saß sie schon drin, ein wenig stöhnend zwar, aber doch mit unzerbrochenen Gliedern. Das hatte sie auf der langen Fahrt nicht mehr geglaubt. Es rief schon wieder auf einer anderen Seite nach August. Jetzt, da Jungfer Sophie, so hieß die Reisende, allein saß, kam Fräulein Grosse zu ihr heran. »Grüß Gott, Sophie, das ist schön, daß Sie wiederkommen.« Sie streckte ihr die Hand hin. Aber da kam sie schlecht an. »Schön ist das? So? Wenn eins ein solches Leben führen muß? Aber es gibt Leute, für die ist alles gut genug.« Ja, so hatte es Fräulein Grosse freilich nicht gemeint. »Wir wollen unser möglichstes tun, Sophie«, sagte sie. »Ach, ich habe mich unterwegs geärgert.« Sophie hatte ein gelbes, grämliches Gesicht. »Sollte man's glauben, daß Schwester Eva mit den Kindern gesungen hat? ›Der Lenz ist angekommen‹ und so Sachen. Man hätte meinen können, es sei ein Vergnügungszug.« »Das ist es auch für viele.« Fräulein Pia rief es herüber. Sie bettete soeben den lahmen Albert, auf den sie sich so gefreut hatte, in seinen Stuhl. Das war ein zwölfjähriger Knabe mit blassen, spitzigen Zügen, aber leuchtenden Augen. »Einmal für mich«, sagte er. »Ich hab's schier nicht erwarten können, bis es endlich Mai war.« Ein buntes Gewimmel war ringsherum. Einmal gab es ein Gelächter. Alle sahen hin. Da stand Fräulein Amalie mit erstaunten Augen vor einem lachenden Kind, das wie zur Probe von einem Fuß auf den andern trat. Sie hatte es vorsichtig aus dem Wagen gehoben und in den Stuhl setzen wollen, da war es ihr unter den Händen weggelaufen. »Ja, so, du hast gehen gelernt? Keine Krücken mehr? Keinen Stock? Das laß ich mir gefallen, Mariele.« Mariele hinkte noch ein wenig, man hatte ihm voriges Jahr ein Stück vom Hüftknochen herausgenommen, und es hatte auch noch eine Wunde, aber was tat das? Es konnte doch wieder ohne Stock gehen. »Ja, dann lauf nur.« Es kam ein anderer Insasse in den Stuhl, und endlich waren alle untergebracht. Sechs Stühle, die andere Schar ging zu Fuß. »Stütze dich fest auf mich, Pauline.« Fräulein Dorothea bot ihren Arm einem elend aussehenden jungen Mädchen. »Hast du keinen guten Winter gehabt?« »Ach nein, ich bin fast immer gelegen.« »Jetzt wollen wir nicht mehr daran denken. Sieh, da ist schon das Haus. Der Weg ist nur jetzt, nach der Reise, so weit. So, da sind wir.«

Das Haus sah den Ankömmlingen aus hellen Fenstern freundlich entgegen. Mitten im Garten stand es, trug ein Schild mit großen goldenen Buchstaben über der Tür: Bethesda. Ja, möchte hier auch der Engel kommen und das Wasser heilsam erregen; an Händen, die die Kranken hineintrugen, fehlte es hier wahrlich nicht.

Der Garten stand im schönsten Schmuck. Tulpen und Kaiserkronen in den Beeten, blühendes Jelängerjelieber umspann eine große Laube, ein paar mächtige Apfelbäume sahen aus wie große, rötlich schimmernde Blumensträuße.

Vor dem Haus ein kiesiger Platz, Bänke der Wand entlang. Aber jetzt ging es zuerst ins Haus hinein.

»Ah, das riecht fein. Das dort muß die Küche sein, nicht?« Eine Frau kam heraus, sie trug eine große, weiße Schürze und hatte ein freundliches Gesicht. »Klang, klang, klang«, sie schlug mit dem Hammer an die Glocke, die dicht neben der Küchentür hing, das hallte durchs ganze Haus. Es wäre heute nicht nötig gewesen; denn es waren alle versammelt, die mit zu Tisch gehen sollten, aber sie hatten sogleich erfahren sollen, welchen Klang die Essenglocke habe. Das war so eine Art von Begrüßung, die Kathrine, die Köchin, den Ankömmlingen darbrachte.

»Ich will nicht hoffen, daß hier umsonst gedeckt und gekocht ist«, sagte Fräulein Grosse. Das Tischgebet war gesprochen, und alle saßen an ihren Plätzen. Nein, es war nicht umsonst gekocht worden, das konnte man nicht sagen. Im Nu waren die Suppenteller leer, es war aber auch eine Suppe danach. Nicht bei allen ging es so schnell; manche Kinder sollten erst wieder essen lernen, besonders solche, die aus den Elternhäusern kamen; die, die schon vorher in einem Krankenhaus gewesen waren, konnten es besser. Wo viele sind, stecken sie einander an, das gilt auch vom Essen oder vielmehr von der Lust dazu. Manch ein Mutterkind hatte daheim gesagt: »Ich kann keine Suppe essen, ich kann nicht.« Nun sah es mit Staunen, wie das bei den andern ging, ein Löffel voll um den andern. Und siehe da, es ging auch bei ihm. Das war noch gut; denn jetzt kam Braten und Salat. Der ging denselben Weg. »Seid ihr alle satt?« Dann kam das Tischgebet, und dann durften sie alle in den Garten hinaus. »Aber nicht so weit weglaufen, bleibt nah am Haus, daß man euch mit Namen rufen kann.« Fräulein Pia kam auch mit heraus. »Nachher spielen wir miteinander«, sagte sie, »ihr müsset euch einstweilen besinnen, was wir zuerst nehmen wollen.« Da kam ein schwarzgekleideter Herr mit einem Bart und einer Brille durchs Eingangstor auf das Haus zu. Es war ein Doktor, das war gar keine Frage, soviel Erfahrung hatten diese Kinder alle. Richtig, Jungfer Sophie lag in ihrem Fahrstuhl dicht am Weg, die begrüßte er, sie war voriges Jahr auch hier gewesen. »Grüß Gott, Herr Doktor«, sagte sie. Er mußte also nicht bös sein, denn selbst ihr grämliches Gesicht verzog sich zum Lächeln, als er ihr die Hand gab, das war den Neuen tröstlich.

»So, jetzt kommt eins ums andere ins Haus hinein, wie ich es mit Namen rufe«, sagte Fräulein Pia, und dann lief sie schnell dem Doktor nach, denn sie mußte ihm helfen. Also Fräulein Pia war auch dabei, es war überhaupt nicht so arg, wie es die ängstlichen Gemüter befürchteten. Jungfer Sophie erzählte nämlich den draußen Wartenden, daß jetzt alle ihre Verbände aufgemacht und alle ihre Wunden untersucht würden, und daß da alles Heulen und Schreien nichts helfe. Die Kinder hatten bis jetzt nicht an Heulen und Schreien gedacht, aber auf das hin wurden sie doch bedenklich. Jungfer Sophie lag etwas unbehaglich da, denn schon fing das eine und andere an zu weinen, bis Fräulein Amalie aus dem Haus kam und wieder Frieden in die Gemüter brachte. Das war ihre Art so; man brauchte nur in ihr ruhigfreundliches Gesicht zu sehen, so wurde man schon bedeutend sicherer. Sie wußte auch das Interesse für die Doktorsstube zu wecken, indem sie erzählte, daß sie dort drinnen alle auf die Wage gestellt würden, eins ums andere. »Und«, setzte sie hinzu, »dann wird man schon sehen, wer am meisten Brot und Suppe und Spätzle ißt und am meisten Milch trinkt, denn an den wächst ein Pfund ums andere hin, das sieht man dann das nächstemal.« Es war ein Büblein dabei, das kam von der Alb herunter und gehörte armen Häfnersleuten, dem schoß das Blut ins Gesicht, als es das hörte: »Wer am meisten essen kann.« Das hatte es noch nie erlebt, daß man so sagte. Daheim galt immer der am meisten, der das kleinste Stücklein Brot brauchte. Hier schien es ein Verdienst zu sein, wenn man viel essen konnte, daß »ein Pfund ums andere an einen hinwächst«. Das Büblein wußte noch nicht, wieviel gutes Blut die Krankheit fraß und wie nötig man für neues sorgen mußte. So sagte es nur mit einem staunenden Atemzug: »Dem Hüllenbauern seine Sau hat man auch gewogen, die ist über zwei Zentner schwer gewesen.« Da lachten sie alle, und Fräulein Amalie konnte wieder ins Haus gehen, denn dort gab es auszupacken und einzuräumen genug. Und drunterhinein mußte sie hier und da einen Blick aus dem Fenster werfen und froh sein, daß sie wieder hier war. Denn im Winter war das Haus geschlossen, da lebte sie daheim bei den Ihrigen. Das war auch schön; aber sobald der Frühling kam, zog es sie wieder zu den kranken Kindern, die soviel Liebe und Pflege brauchten, und denen sie so gern das beides gab.

Draußen floß, dicht am Garten, der Neckar vorbei. Auf den ziehenden Wellen lag die Sonne, da glitzerten sie tausendfältig. Drüben über dem Tal hoben sich Berge empor; Wimpfen auf der Höh' grüßte herunter, samt seinen Kirchlein. »Dorthin gehn wir am Sonntag mit den Kindern, die gut zu Fuß sind«, dachte sie und freute sich drauf, und freute sich auf die Überfahrt mit der Fähre über den Neckar, freute sich der Kinder und ihrer Arbeit an ihnen. Die Kinder sahen es ihr an; manche von ihnen, die von daheim gekommen waren und sich ein wenig gefürchtet hatten vor der Fremde, atmeten befreit auf. Denn hier umgab sie Liebe, da war nichts zu fürchten. Fräulein Amalie hatte Mädchen zu versorgen, drüben im großen Bubensaal waltete Fräulein Pia. Dort ging es laut und lebhaft zu; jeder hatte ein Fach, in das er seine Habseligkeiten legen konnte; allzuviele hatte keiner. Ein paar Hemden und Strümpfe und einen zweiten Anzug, falls es gut ging. Als alles in Ordnung war, fielen schon die Strahlen der sinkenden Sonne schräg durch die Fenster. Der große Saal war voll goldenen Lichtes. Laute, starke Töne hallten von unten herauf. Die Buben kannten sie schon: »Das ist die Eßglocke«, die hatten sie heut mittag kennen gelernt, sie gingen dem Schall gern nach, denn sie hatten heut doch viel erlebt, gereist, untersucht, ausgepackt, im Garten gespielt, sie hatten Hunger.

Als alle satt waren, kam der Abendsegen. »Ja, fürwahr, uns führt mit sanfter Hand ein Hirt durchs Pilgerland der dunkeln Erde, uns, seine kleine Herde, Halleluja!« So sangen sie. Nicht alle konnten das Lied, aber es klang doch stark aus vielen Kehlen. Dann das Vaterunser, Fräulein Grosses Stimme zitterte ein wenig dabei; nun waren ihr so viele Kinder anvertraut; sie nahm es ernst und schwer mit ihrer Aufgabe, aber so recht froh daran wurde sie nur selten.

Als aber jetzt alle die Kinder zum Gutenachtsagen an ihr vorübergingen und jedes ihr die Hand reichte, da wurde es ihr warm ums Herz: »Du bist der rechte Vater über alles, was da Kinder heißt, im Himmel und auf Erden.« Nein, sie brauchte nicht allein für alles aufzukommen, was hier geschah, es wäre doch zu schwer für sie gewesen. Ein blauäugiges Kind kam zuletzt nach allen, das sah aus einem schmalen Gesichtchen rührend vertraulich zu ihr hinauf. »Möchtest du etwas?« sagte Fräulein Grosse. Es kam weicher heraus, als sie selbst es gewohnt war. Das Kind nickte. »Was denn? wie heißt du denn?« »Dorle.« »Was möchtest du denn, Dorle?« »I möcht' wieder heim zu meiner Mutter.« Da hob sie das leichte Gestaltlein zu sich herauf und küßte das Kind auf sein bittendes Mäulchen. Es war niemand sonst mehr im Saal, sonst hätte sie es wohl nicht getan. »Du darfst auch wieder heim zu deiner Mutter«, sagte sie. »Aber vorher mußt du wieder gesund werden, daß deine Mutter eine Freud' an dir hat, wenn du kommst. Gelt?« Das Kind sah aufmerksam in das Frauengesicht. Dann nickte es entschlossen. Es hatte eigentlich heut wieder heimgehen wollen, aber am Ende konnte es auch noch ein wenig warten. »Komm, ich zeig' dir den Weg in deine Stube. Sie heißt Jericho. Guck, jetzt wird's Nacht, da kann man doch nicht mehr verreisen, da ist man froh an seinem guten Bettlein.«

Da kam auch schon die Pflegerin, Fräulein Dorothea, zur Tür herein. »Es fehlt mir ein« – sie staunte, das Kind so zutraulich an Fräulein Grosses Hand zu finden. Sie sah jetzt nicht gestreng aus, sie hatte ein weiches, bewegtes Gesicht. Da ging das Dorle aus einer beschützenden Hand in die andere und barg sich ohne großes Heimweh mit den anderen Vöglein im weichen Nest, und Liebe wachte über ihnen allen.

Es war früh am andern Morgen. Da fing erst recht das Amt des Badaugusts und seiner Frau, der Badmarie, an. Im Garten sangen die Vögel, und auf den Neckarwiesen wogten die weißen Morgennebel, da kamen sie schon aus ihrer sauberen Stube und verschwanden unten im Haus in den Baderäumen. An ihnen sollte es nicht fehlen, wenn die Kranken nicht gesund würden, das stand einmal fest. Klinglingling, erscholl es bald. Und Augusts Stimme tönte hintendrein: »Nebelhöhle – Wildbad – Teinach.« Wer fremd im Hause war, der mußte zuerst staunen. Was sollte das bedeuten? Aber das erfuhr er dann bald. Alle

Räume im ganzen Haus hatten ihren Namen – dies nun waren die Namen der Baderäume, wo schon in den Wannen die heilsamen Wasser warteten. Oben im Haus war es auch schon lebendig. Wer nicht gehen konnte, wurde getragen, was gut zu Fuß war, das huschte in flüchtiger Morgentoilette die Treppen herunter. Und ins Wasser. Die Pflegerinnen halfen den Kindern hinein. Huh – da gab es manches Sträuben, wenn die Soole so ungewohnt juckende, prickelnde Gefühle auf der zarten Haut erzeugte, wenn eins seine Wunden vor dem Wasser schützen wollte und schreiend und zappelnd vor der Wanne stand. Aber zuletzt saßen sie alle drin – es war nicht so arg, wie es von weitem aussah, und das Beispiel der »Alten«, derer, die schon öfters dagewesen waren, wirkte auch ansteckend. Ja, nun konnte sich Jungfer Sophie wieder ärgern, wenn sie wollte. Denn aus den unteren Räumen drang heller Gesang in den Garten heraus. Das waren die Kinder, die im Bade saßen. »Kennt ihr das Land in deutschen Gauen, das schönste dort am Neckarstrand?« und: »Preisend mit viel schönen Reden« und andere mehr. Da verging die Zeit, da man still im Wasser sitzen sollte, am schnellsten. Aber Jungfer Sophie ärgerte sich heute nicht. Sie war schon wieder ein wenig in den Geist des Hauses eingetaucht, der im ganzen doch ein friedlicher und fröhlicher war. Ja, je mehr Krankheit hier beisammen war, Wunden und Beulen und auch Schmerzen, je mehr mußte man aufs Fröhlichsein denken. Auch hatte Sophie bereits einen guten Morgenkaffee ans Bett bekommen, und eben jetzt half ihr ihre Pflegerin in die Kleider und dann in den Fahrstuhl. Dort konnte sie den ganzen Tag im Freien liegen, nein, sie konnte sich nicht so ärgern, wie sie eigentlich zu müssen meinte. Das Ärgern, das vergaß sie in den folgenden Wochen noch mehr und mehr. Ja, nach einiger Zeit fing sie an, mit geschickten Fingern kleine Püppchen anzuziehen, damit beglückte sie die, die ihren Stuhl am öftesten aus der Sonne in den Schatten schoben. Nur gar zu weit von den andern sollte er auch nicht entfernt sein. Wenn Fräulein Dorothea mit im Garten war und die Kinder der Kreisspiele müde wurden, dann versammelte sie so gern die ganze Schar um sich und erzählte den aufhorchenden Kindern Geschichten, merkwürdige zum Teil. »Sie sind gewiß großenteils erdichtet«, sagte Jungfer Sophie etwas grämlich, »und man sollte den Kindern nichts dergleichen erzählen«, aber sie selber mochte gar zu gern zuhören, wenn sie es auch nicht gerade zugab. »Mir schadet es nichts mehr«, sagte sie. »Aber was sollen die Kinder mit so Geschichten? In meiner Jugend ist es niemand eingefallen, dergleichen zu tun.« Da lachten sie alle, und wollten nur immer noch mehr hören.

Ich wollte, ich könnte sie alle herzählen, die da im Kreis herum saßen, lagen und standen. Wie viele waren dabei, denen die vier Wochen in Bethesda Sonne und Wärme für das ganze Jahr, ja für noch viel länger geben mußten.

Da war der lahme Albert, auf den sich Fräulein Pia so sehr gefreut hatte. Der war noch viel kränker als voriges Jahr, mußte gehoben und getragen werden und hatte viele Schmerzen. Von dem allein könnte man ein Büchlein füllen, und es wäre mancher frische, starke Knabe, der sich etwas von ihm merken könnte. Denn er hatte den Mut, die Zähne zusammenzubeißen, wenn man seine tiefen Wunden untersuchte und verband, und die Tapferkeit, lächelnd zu sagen: »Es geht gut«, wenn man ihn nach seinem Befinden fragte, obgleich seine blassen Züge anders redeten. Auch konnte er das Klagen lassen, wenn die gesunderen Genossen an schönen Nachmittagen in den Wald durften und so lustig an ihm vorbeizogen zu frohen Spielen, er aber still daheimbleiben mußte. Manchmal durfte er mit, dann fuhr ihn seine Pflegerin, die lebhafte, heitere Pia, sachte – sachte – daß es nicht schütterte, aber es gab dennoch manchen Stoß, und ihm tat der kleinste weh. Dann sahen sie einander an und versuchten zu lachen. Immer ging es nicht, aber doch so gut als möglich – mit dem Lachen nämlich.

Im Wald aber, wenn der Stuhl unter einer dichten Eiche stand, zwischen deren grünem Geäst kleine, goldene Sonnenfunken und blaue Himmelslichter hereinschienen, wenn die andern, je nach ihrem Können, sich zu heiteren Spielen verteilten, dann führten seine feinen, mageren Hände den Stift und zeichneten Bäume, Büsche, Blumen und Moose auf ein Blatt Papier. Wenn, was von ihm zu erzählen wäre, allein ein Büchlein füllen könnte, so könnte er selber Blatt um Blatt mit zarten Bildchen schmücken.

Und da war Charlotte, das Königskind, von dem an anderer Stelle schon erzählt ist, der Findling, der vor der Türe der Kinderheilanstalt lag und der herangewachsen war zu einem leidenden Leben, mit verkrüppelten Händen, denen der und jener Finger fehlte. Aber aus den schwarzen Augen sah ein fröhliches Herzlein in die Welt hinein, und jeder Tag brachte etwas zum Freuen. Sie kam sich nicht als ein verkürztes Kind des lieben Gottes vor. So kamen sie sich hier alle nicht vor. Sie hatten alle schon mit Wunden und Schmerzen Bekanntschaft gemacht und hatten alle etwas zu tragen, manche viel, manche auch weniger, und alle freuten sich auf die Zeit, »wann ich wieder gesund bin«. Daß diese Zeit bei vielen in weiter Ferne lag, daß sie bei manchen erst dort kam, wo man's gar nicht mehr Zeit heißt, sondern Ewigkeit, das focht sie heute nicht an. Das Heute, das brachte Spiele im Garten, oder ein Päcklein von daheim, oder einen Waldspaziergang, oder das Aufbrechen eines bösen Geschwürs, das von da an nicht mehr weh tat, oder ein Leibessen. O ja, das Heute war schön.

Und da war der kleine Thedi mit dem kurzen Fuß, dem man die Kniescheibe herausgenommen hatte, und der umherhüpfte wie ein junger Spatz, und die lange, magere Pauline mit dem grünen Augenschild, die immer im Schatten sitzen mußte, und das feine, zarte Dorle, dem gar nichts fehlte als die Lebenskraft, und das am allerliebsten ganz still neben seiner Pflegerin saß und glücklich war, wenn es seine Händlein in die große Hand schieben konnte. Da waren noch viele, viele, die man den gesunden Kindern zeigen möchte: »Seht ihr's, wie gut ihr's habt? Seht ihr's, wie fröhlich und dankbar sie sind?«

Und es vergingen ihnen – essend, badend, spielend, schlafend, Tage und Wochen. Man konnte bereits sehen, wer am meisten »Milch und Brot, Fleisch und Spätzle« gegessen hatte und davon schwerer geworden war. Und auch das konnte man sehen, wer trotz der guten Pflege elend blieb und wer, zur Freude derer, die ihn pflegten, an Kraft und Blüte zugenommen hatte. Hier und da heilte eine Wunde, hier und da brach eine neue auf, hier und da kamen Eltern, ihr Kind zu besuchen, und staunten, daß es kein Heimweh habe. Es kamen Regentage, die endlos lang waren und die man im Saal verspielen mußte, und es kamen schöne Sonntagsgänge nach Wimpfen in das hochgelegene Kirchlein oder nach Kochendorf für die, die gut marschieren konnten. Und eines Tages kam ein Brief aus Nürnberg, daß eine ganze Anzahl Nürnberger Kinder von einer Ferienkolonie hier eintreffen sollten. »Ja, wo schlafen denn dann die?« fragte eins der Kinder, das etwas davon aufgeschnappt hatte. »Die? schlafen in euren Betten.« Fräulein Pia sagte es, aber sie machte kein so lustiges Gesicht dazu wie sonst manchmal. Denn nun ging es ans Abschiednehmen, und Abschiednehmen war eins von den Dingen, die ihre hellen Augen am leichtesten trüben konnten. Das ging ihr nicht allein so. Nun waren sie so miteinander eingelebt, Pflegende und Pfleglinge. »In unseren Betten?« Die Kinder sagten es einander nach. »Dann müssen wir fort?« »Dann dürfet ihr wieder heim«, sagte Fräulein Amalie. »Das wird schön, da kann man sich doch drauf freuen.« Ja, das war freilich auch eine Ansicht von der Sache, da konnte denn schon wieder das Freuen angehen, es war ja nicht auszuhalten ohne das. Es war aber bei einigen noch nicht so ganz echt, es hatten nicht alle eine *schöne* Heimat, in die sie zurückkehren konnten. Da ging die Gartentür auf – sie waren alle miteinander auf dem freien Platz vor dem Hause –, und herein kam der Badaugust mit seiner Frau, der Badmarie, die trugen einen großen, braunen Weidenkorb voll Kirschen und setzten sie mitten unter die Kinder hinein. »Ach, Kirschen, wem gehören die?« »Die schickt euch der Herr Doktor.« Der Badaugust lachte übers ganze Gesicht, und seine Frau auch. Denn wenn den Kindern etwas Gutes widerfuhr, so war es fast noch besser, als wenn es ihnen selbst geschah. Das war nun ein gutes Mittel gegen den Abschiedsschmerz, der ohnehin noch nicht ganz Gegenwart war. Man sieht, der Herr Doktor stand sich nicht schlecht mit seinen kleinen Patienten. Kirschen, und gleich einen halben Zentner, das stiftet keiner, der einem nicht wohl will. Das wußten sie aber auch schon lange und ohne die Kirschen, daß er es gut mit ihnen meinte. »Wollt ihr wohl die Steine heraustun, ihr Racker?« Sieh, da kam er gerade dazu, als sie alle schnabulierten. Er tat sehr bärbeißig, aber hinter der Brille leuchteten ihm die Augen vor Vergnügen. »Das könnt' ich gerade noch brauchen, daß ihr euch krank esset an den Kirschensteinen. Bin froh, wenn ihr glücklich gesund fort seid.« Jungfer Sophie hatte auch ihren Teil auf dem Schoß, aber sie bezog dieses Frohsein nicht auf sich, denn sie gehörte zu denen, die noch einmal einige Wochen dableiben sollten. Der lahme Albert gehörte auch zu ihnen und dann das kleine Dorle. Das war immerhin ein Trost, daß nicht alles auf einmal schied.

Es dauerte nicht lang, so brach der bewußte Morgen an. Die Fahrstühle fuhren wieder vor, die Bündel waren gepackt. Ade, ade, behüt' euch Gott, die ihr nun wieder hinaus müsset. Die Köchin Kathrine hatte beständig den Schürzenzipfel an den Augen, Jungfer Sophie schenkte noch einige Püppchen her, ade, ade.

Da fuhren sie hin, die nicht gehen gelernt hatten, da schritten die andern, dicht um ihre Fräulein gedrängt, da ging Fräulein Grosse und machte vor lauter innerer Bewegung ein grimmiges Gesicht. Dann entschwand der Zug der Scheidenden auf der weißen Straße, Jungfer Sophie lehnte sich in ihren Stuhl zurück, sie hatte ihnen bis jetzt nachgesehen. »Da.« Kathrine kam und brachte ihr einige Erdbeeren. Sie war für eine halbe Stunde Hausverwalterin, da konnte sie sich schon eine solche Schenkung erlauben. »Wenn man bedenkt, was aus allen wird« – da rief sie ein starkes Zischen in die Küche zurück; dort kochte wohl das Fleisch über? Es nützte ja auch doch nichts, sich auszudenken, was aus allen werde.

Bald kam der Zug gefahren, er donnerte über die Neckarbrücke; nachher sah man ihn nochmals für einen Augenblick, als er landabwärts fuhr, weiße Tücher flatterten vor den Fenstern, ade, ade. Dann kamen die Begleitenden zurück, die Fahrstühle waren aber nur mit Gepäck beladen, alle, bis auf einen. Darin saß ein blondlockiges Mädchen, ein feines, schönes Kind mit strahlenden blauen Augen, etwa sechsjährig, es hatte zarte, rosige Wangen. »Aber es ist sehr krank«, flüsterte die begleitende Schwester, die es aus einem Krankenhause gebracht hatte, Fräulein Dorothea zu. »Der ganze Unterkörper steckt in einem Gipsverband.« Es war aber jetzt nicht Zeit zu ausführlichem Bericht, denn es ging lebhaft genug zu. Die Nürnberger waren offenbar nicht schwerkrank, das gab ein Geschwirre und Geschnatter. Es war eine andere Art von Kindern, als die waren, die soeben Abschied genommen hatten, das war sicher. Indessen waren sie auf ihre Art auch hilfsbedürftig, und das genügte ja. Das war die Hauptsache, nach anderem fragte man hier nicht. Ach ja, wohl waren sie hilfsbedürftig, mehr als man ihnen auf den ersten Blick ansah. Hatten denn keine Mutterhände diese Haare gekämmt, die in verfilzten Zöpfen rauh und wirr lagen? Und mehr als das, die ganzen Kinder – »müssen zuerst ins Bad«, sagte der Doktor, als er sie nach dem Essen sah. »Und die Haare?« »Wo's nicht anders geht, herunter damit.« Das war eine große Betrübnis, und es gab Tränen, indessen war nichts anderes zu machen, es ging allzu lebendig zu in diesen dichten Wäldern.

Eins davon wollte der Doktor wieder heimschicken, es hatte eine böse Hautkrankheit, eine solche, die man nur von großer Unsauberkeit bekommt. Es war ein bräunliches, neunjähriges Dirnlein, mit einem schwarzen Lockenwald und hellen, schwarzen Augen. »Hat dich denn deine Mutter nie gewaschen?« »Doch, eh' sie ins Spital kam, sie ist schon lang fort.«

Da sahen sich die beiden an, der Doktor und die Pflegerin; das Ende vom Lied war, daß das Kind dablieb. »Aber aufpassen heißt's, sonst steckt sie uns das ganze Haus an.«

Das wollte Fräulein Dorothea gern tun, das und alles Nötige. Und als vierzehn Tage um waren, da war des Lisabethleins Haut jung und neu, und das ganze Kind wie ein geschorenes, gebadetes Lämmlein. Und wie ein Lämmlein trottete es auch hinter seiner Pflegerin drein, da die andern ihre Liebe mehr verteilten und jauchzend in Haus und Garten spielten. »Es schlägt an, es schlägt an.« Kathrine konnte fast nicht genug kochen, *diese* Kinder gediehen zusehends; es war ein Genuß, es mitanzusehen. Ach, daß sie wieder in ihre alten Verhältnisse zurück sollten; hier konnte man es nur schwer übers Herz bringen, sie ziehen zu lassen. Aber es war noch nicht ganz so weit, zuerst durften sie noch sonnige Tage erleben, Liebe und Freude genießen. Das Haus war nun voll bis aufs letzte Eckchen, in den Städten hatten die großen Ferien begonnen, da waren viele Stadtkinder gekommen, bleichsüchtige Mägdlein und lernmüde, schnellwachsende Buben; es war eine andere Art zu leben als am Anfang. Die schwerer Kranken waren nun abgereist, auch der lahme Albert, auch Jungfer Sophie. Sie sah nicht mehr so grämlich aus wie bei ihrer Ankunft. Es ging ihr ein wenig besser, und sie hatte viel Liebe genossen und hatte gesehen, daß ihr Elend nicht das einzige sei. Die Vakanzkinder konnte sie nicht recht vertragen. Sie nahm es ihnen übel, daß sie keine Wunden und Schmerzen hatten und daß manche von ihnen hübsche, buntfarbige Kleidchen trugen. Es kam ihr nicht recht verteilt vor.

Da war es vielleicht besser, daß ihre Zeit jetzt gerade abgelaufen war. Sie nahm nun dennoch ein wenig Sonne und Wärme mit sich nach Hause, in das enge Stüblein, das sie bei einer Schwester bewohnte.

Das »Prinzeßchen«, wie das kleine, blondlockige Mädchen, das zugleich mit den Nürnberger Kindern angekommen war, bald im Hause hieß, das war schon lang vor allen andern wieder abgereist. Es war ein so sonniges, liebliches Kind, alle hatten es schnell ins Herz geschlossen. Da fing es einmal mitten in der Nacht an, aus der Nase zu bluten, so stark und so anhaltend, nichts half dauernd, es kam immer wieder. Als der Morgen kam, lag ein blasses, elendes Geschöpfchen da. »Es stirbt uns«, sagte der Doktor. Man brachte es ins Spital zurück, aber dort erholte es sich wieder.

Kinder weinen einem Kamerädlein nicht lange nach. Am selben Tag, da das Prinzeßchen auf der Tragbahre an die Bahn gebracht worden war, kam ein leichter Wagen an der Gartentür vorgefahren und ein freudebringender Besuch entstieg demselben. »Kinder«, sagte Fräulein Grosse, als die beiden Damen, die so unsäglich vornehm aussahen und die Haus und Garten besichtigten, wieder eingestiegen waren, »Kinder, das gibt ein Fest! Ihr seid alle eingeladen auf den Lautenbacher Hof!«

»Ah!« die schon hier gewesen waren, wußten viel zu erzählen, wie schön es dort sei; denn diese Einladung kam jedes Jahr. Alle, alle durften da mitfahren, auch die an Krücken, auch die allerärmsten. Solcher waren jetzt gerade nur wenige da, aber sie, denen nicht so viele Freuden blühten, freuten sich denn auch am allermeisten.

Vier bekränzte Leiterwagen hielten am Gartentor. Dahinein wurde alles gepackt, was Kinder hieß, und zuletzt stiegen die Pflegerinnen ein. Diesmal hätte sich Jungfer Sophie lang ärgern können, denn sie sangen und sangen aus vollen, fröhlichen Herzen heraus. Die Wagen holperten, sie wurden durch und durch geschüttelt, aber das tat der Freude keinen Eintrag. Die festen, starken Gäule spitzten die Ohren und trabten um so fröhlicher dahin, je voller die frohen Lieder ertönten. Dies war ja eine Vergnügungsfahrt, nicht nur für einige, nein, für alle.

Für alle? Vier hatten zurückbleiben müssen, flüchtig streiften die Gedanken der Fröhlichen das ganz verdunkelte Zimmer, in dem vier Mädchen mit entzündeten Augen lagen, die keinerlei Helle ertragen konnten. Sie hatten die Genossen abfahren gehört, hatten Peitschenknall und Abschiedsrufe vernommen und hatten die schmerzenden Augen in die Kissen gedrückt, denn es wollte etwas Salziges, Bitteres da herauskommen, und das tat den Augen noch weher als den Herzen, die auf die Freude verzichten mußten. Da ging die Tür. Leise kam Fräulein Grosse herein, die daheim geblieben war. Fräulein Grosse? Was würde sie wollen? Sie pflegte ja nicht. »Wir haben schon Tropfen in die Augen bekommen«, sagte Lore, die Älteste. Die Tropfen taten weh, sie wollten sie lieber nicht zweimal bekommen. »Ich bring' euch keine Tropfen, ich habe euch etwas Gutes.« Da fühlten sie alle etwas Rundes, Samtiges in der Hand. Ah, Pfirsiche! »Den Weg zum Mund findet ihr doch im Dunkeln?« Ach ja, den fanden sie, fanden ihn auch für den zweiten und dritten Pfirsich. »Und jetzt will ich euch eine schöne Geschichte erzählen, ich habe sie extra für euch gelesen. Heut habe ich Zeit für euch.« Wie sie staunten! Das konnte man sich schon gefallen lassen. Fräulein Grosse war im Dunkeln so viel unbefangener und lieber, als wenn man sie ansah. Aus der einen Geschichte wurden drei, und schließlich sangen auch die vier im verdunkelten Zimmer, sangen, alle Schmerzen vergessend, als ihre glücklichen Kameraden eben in den Torbogen des Lautenbacher Hofes einfuhren. Ja, da war es freilich schön. Da war ein Garten mit Blumenbeeten, die an Schönheit alles Gesehene übertrafen, da war ein Park mit langen, gedeckten Tischen. Da waren zahme Rehe und ein Hirsch mit stolzem Geweih in einer Umfriedigung, da waren Pfauen und Truthähne, Pfauen, die ein Rad schlagen, und Truthähne, die dunkelrot werden und kollern konnten, wenn sie etwas Rotes sahen. Da gab es Schokolade und Kuchen und Obst, und eine Schaukel gab es und einen Teich mit Goldfischen. Ach ja, es war schön. Es war wohl gut, daß Fräulein Grosse die Zurückbleibenden nicht vergaß, die Reisenden hatten keine Zeit, an sie zu denken. Doch ja, am Abend, als sie unter Singen und Jauchzen angefahren und ausgestiegen waren, kam das eine oder andere zu ihnen hinein: »Wie ist's euch gegangen? Oh – bei uns ist's schön gewesen.« Sie erwarteten wohl, daß die Zurückgebliebenen traurig oder neidisch die Frohen empfangen würden? Aber das geschah nicht, dazu war kein rechter Grund vorhanden. Es war auch bei ihnen schön gewesen. Das war unbegreiflich, aber darum war es doch so. Ganz voll Duft war das Zimmer, ein Rosensträußchen stand an jedem Bett, ein Täfelchen Schokolade lag daneben, und die Herzen waren hell und warm. Sollte man's denken? Fräulein Grosse? Sie war so ernst und würdig an der Haustür gestanden, als die frohe Schar zurückkam, und hatte alle ermahnt, die Schuhe zu reinigen, es sei frisch geputzt. Da war es am Ende – am Ende ein Vorzug, daheim bleiben – zu müssen? Da lag am Ende ein Glück im Kranksein, im Entbehrenmüssen? wenn man dann soviel Liebe erfährt? Wer konnte es wissen? Am übernächsten Tag reisten die Nürnberger ab. Es war jedesmal ein Vom-Herzen-Weggeben für die Pflegenden und ein Vom-Herzen-Weggehen für die Kinder. Aber so geht es ja durch das Leben hindurch. Ein Häuflein ums andere kam und ging, bis der Herbstwind die Bäume rüttelte, bis die Dahlien im ersten Reif die Köpfe hängten. Da reiste auch Fräulein Grosse mit ihren jungen Stützen wieder ab. Hinter sich ließen sie das liebe Haus. Es war leer und dunkel in den

Räumen, die Läden geschlossen, kalter Wind rüttelte daran. Nur der Badaugust mit seiner Frau, der Badmarie, war noch da. Nicht mehr lang, da gingen auch sie. »Von mir aus könnten sie gleich wieder von vorn anfangen«, sagte er zu ihr. »Von mir aus auch«, sagte sie. Das war das letzte, was die Abreisenden hörten. Es war ihnen auch so. Nun kam der Winter und ließ das Leben erstarren. Nein, er schloß es nur ein, daß es aufgehoben war für den künftigen Frühling. Und da konnte es wieder neu beginnen, beides, das Leben und die Liebe.

Das braune Krüglein

Ein freundlicheres Haus als das des Töpfermeisters Hähnle gab es im ganzen Städtchen nicht. Es gab viel größere, schönere Häuser, das ist wahr. Da war das Pfarrhaus, das weiß angestrichen war und grüne Läden hatte und sogar eine Veranda, und die Apotheke, zu der eine breite, steinerne Treppe mit einem eisernen Geländer dran hinaufführte, und noch manches andere stattliche Haus. Und Hähnles Haus war eigentlich nur ein Häuslein. Es lag in der Zwieselgasse, dicht am Stadtbach, gerade da, wo der hölzerne Steg hinüberführt zu den wenigen Häusern, die dort am Ende des Städtchens stehen, und die man miteinander »die Armutei« nennt. Aber wenn die Leute aus der Armutei über den Steg herüberkamen, dann sahen sie wie in ein freundliches, lachendes Menschenangesicht hinein, so lachte das Häuslein sie an. Vor allen Fenstern waren Blumenbretter bis hinauf an das kleine, dreieckige Dachfensterlein, das ganz im spitzen Giebel steckte. Und auf den Blumenbrettern glühte und blühte es zusammen, vom ersten Frühling an bis in den späten Herbst hinein. Da hingen weiße und rote Nelken herunter in so üppiger Fülle, wie man sie sonst fast nirgends finden konnte, und standen vornehm aufrecht die prächtigsten Levkojen, lila und weiße, rosa und rote, und steckten die Geranien ihre Blütenbüschel zusammen, daß es einen großen, brennenden Strauß gab, und je nach der Jahreszeit gab es da rankende Kapuziner und Winden, und Gelbveigelein und andere fröhliche Blumenkinder, die durcheinander hin blühten, daß es eine Freude war. Das konnte man den Blumenbrettern und den hellen Fenstern dahinter, so niedrig auch die Scheiben waren, und dem ganzen Haus ansehen, daß sie alle in einer guten, pflegenden Hand standen. Selbst die grauen, verwitterten Fensterläden sahen fröhlich aus, denn es waren ihnen rote Herzen aufgemalt; einige von den Herzen waren etwas schief geraten, aber das tat der Freude keinen Eintrag. Die roten Herzen hatte ihnen Konrad aufgemalt, das war der älteste Sohn des Hauses und schon zwölf Jahre alt. Unter ihm kamen noch sieben kleine Hähnlein, eins davon lag noch in dem großen, alten Kinderwagen, der aus des Vaters Kindheit stammte. Aber sah man es den Blumenbrettern und dem ganzen Hause an, daß sie in guter Pflege standen, so sah man es am allerbesten den Hähnleskindern an. Einige von ihnen waren gewöhnlich vor dem Haus zu sehen. Links von der Ladentür, dicht unter dem kleinen Fenster, das ein Schaufenster vorstellen sollte, stand ein niedriges Bänklein, das der Vater selbst gezimmert hatte; daran spielten sie mit Steinchen, Sand und Gräsern, aber am liebsten spielten sie mit Lehm; daraus bildeten sie Schüsseln und Krüge, und dann eröffneten sie gleichfalls einen Laden und kauften einander ab, was sie gemacht hatten. Steine waren Geld, und grüne Blättchen waren Butter und Eier; denn die Bauernfrauen aus der Umgegend gaben am liebsten Butter oder Eier an Zahlungs Statt, wenn sie irdene Schüsseln oder Milchtöpfe kauften, und darum machten es die Kinder auch so.

Sie hatten alle runde, rotbackige Gesichter, die Hähnleskinder, blond waren sie und blauaugig. Alle nicht, Konrad, der Älteste, und Peterlein, der Zweitjüngste, der erst seit einem halben Jahr gehen konnte, geradeso lang, als das Jüngste auf der Welt war, hatten krause, dunkelbraune Haare und braune Augen, aber rund und rotbackig waren sie auch. Sie sahen der Mutter ähnlich, während die Blonden nach dem Vater geartet waren.

Wenn sie auf dem Bänklein spielten, dann kam immer wieder auf einen Augenblick die Mutter heraus und nickte ihnen allen heiter zu, oder sie nahm das allerjüngste aus dem Korbwagen und verschwand mit ihm ins Haus. Ja, die Mutter, die war das Beste, Freundlichste vom ganzen Haus. Darüber waren sich alle einig: die Leute aus der Armutei und die Leute aus dem Städtchen, sowohl die vornehmen als die geringeren, und die Kinder und der Lehrjunge, das kleine Laufmägdlein und der Vater. Der Vater am allermeisten. Sie hatte nicht viel Zeit übrig, sie hatte so viel zu schaffen, daß es einen nur wundern mußte, wie es zu allem reichte. »Aber«, pflegte sie zu sagen,

»das ist bei den Müttern so. Das ist bei mir nichts Besonderes. Da tut der liebe Gott ein Extrawunder, und dann reicht es.«

Denn sie hatte nicht allein das Haus rein zu halten und den Mann und die acht Kinder zu versorgen mit Nahrung und Kleidung und noch ein liebreiches Auge auf die Blumenbretter zu haben und dem und jenem alten Weiblein oder armen Kindlein aus der Armutei ein wenig wohlzutun – sie war auch noch eine Künstlerin und führte den Malpinsel, und wenn die Familie Hähnle auf etwas stolz war, dann war sie darauf stolz. Das andere, das verstand sich mehr von selber. Den Malpinsel handhabte sie auf den Schüsseln und Tellern, den Tassen und Krügen, die ihr Mann formte. Und es war den Hähnleskindern ein seltenes Vergnügen, dabei zuzusehen. Jetzt gerade hatte sie ein neues Muster, das hatte sie selbst erfunden. Es war eine Schwarzwaldlandschaft mit drei Tannen: ein breiter, brauner, welliger Querstrich mit dem Pinsel, das war das Erdreich; dann etwas Blaugrünes, drei oder vier Hügel in Abstufungen, das war der Hintergrund, sozusagen die Fernsicht; dann kamen die Tannen, braune Stämme und grüne Zweige. Es ging wie gehext. Das war aber auch gut, denn gerade dieses Muster wollten sie nun alle haben: die Geschirrhändler, die auf Messen und Märkte gingen, die Leute, die mit »Andenken« handelten und ihre Buden an Badeorten aufschlugen, und die wenigen Fremden, die in das Städtlein kamen. Es war auch sonst gut, daß es der Mutter so flink von der Hand ging. Denn da nun allmählich acht Hähnleskinder da waren, so wollte es nicht so recht hinreichen zu all den Höslein und Röckchen, Schuhen, Strümpfen und Hemden. Und obgleich der Vater die Schüsseln und Teller selber machte, so wollten sie doch auch alle Tage gefüllt sein, und sie waren immer leichter geleert als gefüllt. Auch hatte der Vater ein sorgliches Gemüt und seufzte oft, wenn er nicht recht hinaussah, wie es in der Zukunft werden sollte. Und flink war er auch nicht; er mußte so vieles bedenken unter seine Arbeit hinein, da geschah es oft, daß seine Hände wie selbstvergessen mitten im Werk ruhten. Wenn das die Mutter sah, dann trieb es sie, immer noch fleißiger die Hände zu regen; denn gleichfalls sorglich werden, das wollte sie nicht gern, da ihr der liebe Gott ein so freudiges Herz mit auf die Welt gegeben hatte, daß es für die ganze Familie zu einem Freudenquell ausreichte. Nicht für die Familie allein. Davon konnten die Leute aus der Armutei reden. Die Mutter hatte nicht viel zu verschenken; aber sie hatte, was mehr ist als Gold, sie hatte ein Herz für die andern. »Das darf ich wohl haben«, sagte sie, »nicht jedes wird einen so freundlichen Weg geführt in eine Heimat hinein.« »In eine Heimat hinein? Wie ist denn das? Man wird doch in seiner Heimat drin geboren?« Konrad und Annelene streckten miteinander den Kopf zu dem kleinen dreieckigen Fensterlein der Dachkammer heraus und sahen zu, wie drunten vor dem Haus die Mutter mit dem Kleinsten auf dem Arm, das gerade seinen Schoppen getrunken hatte, stand und seine Bäckchen an ihr Gesicht hin drückte in großer Zärtlichkeit. Es war Sonntag nachmittag, und darum feierten sie alle, die Kinder hier oben und die Mutter da drunten. Annelene war das zweite von den Hähnleskindern, zehnjährig. Sie hatte lange, blonde Zöpfe und blaue Augen, und sie war Konrads Vertraute. Sie wußte, daß er modellieren und malen lernen wollte und daß er dann die allerschönsten Gefäße machen wollte, viel schöner, als der Vater konnte, und eine Fabrik errichten und noch vieles tun. Sie glaubte auch, daß er es tun würde; denn der Konrad war ein Geschickter, und zudem konnte man noch gar nicht wissen, wieviel Schönes in der Zukunft geschah. Jetzt gerade besah sie angelegentlich den weißen Nelkenstock, der auf dem Blumenbrett stand und von dem die Mutter heute eine ganze Menge Blüten abgeschnitten hatte. Sie hatte zusammen mit dunklem Immergrün ein Kreuzlein daraus gemacht, und Annelene hatte es mit der kleinen Schwester Lies in die Armutei tragen müssen. Dort war ein kleines Kindlein gestorben. Vorhin hatte man es begraben. Die Leichenträgerin hatte das weiß angestrichene Särglein auf dem Kopf getragen, da war als einziger Schmuck das Kreuzlein drauf gelegen. Annelene war ein klein bißchen hochmütig und Konrad eigentlich auch. Sie konnten beide nicht recht begreifen, warum die Mutter sich so besonders freundschaftlich mit den Allergeringsten abgab. Sie war doch eine ganz rechte Bürgersfrau, und dann – die Kinder strebten vielmehr danach, mit den »Herrenkindern« auf dem Marktplatz zu spielen, als in die elenden Häuslein über dem Bach drüben zu gehen. »Ein Seil hat die Stiege gehabt statt einem Geländer«, sagte Annelene zu Konrad, »und das tote Kindlein ist nur so auf einer Bank gelegen, weil sie sein Bettlein für das Größere gebraucht haben. Und als ich's der Mutter erzählt habe, da hat sie so vor sich hin gesehen und hat erst nach einer Weile gesagt: »Ich hab' einmal eins gesehen, ein so herziges, das ist nur auf dem Waldboden gelegen auf einem alten Tüchlein, und man hat es auch im Wald begraben.« – Annelene sah zu Konrad hinüber, der mit einem Bleistift auf einem Stücklein Papier hantierte und jetzt nur sagte: »Ach, das ist eins. Da, guck einmal, das gibt eine Blumenvase mit zwei Henkeln. Die probier' ich einmal zu formen, ganz heimlich, und wenn sie mir gerät, dann schenk' ich sie der Mutter zum Christtag. Dann kann sie sie auf das Eckbrett stellen mit einem Strauß drin, und das alte, braune Krüglein kann man dann forttun, das immer dort steht.« Da ging jetzt gerade die Tür auf und die Mutter kam herein. Sie hatte nach ihren zwei Großen sehen wollen und hatte gerade noch die letzten Worte gehört. »Was ist's mit dem Krüglein?« sagte sie. »Das Krüglein, das ist mir lieb und wert, das bleibt an seinem Ehrenplatz. Aber kommet jetzt herunter, Kinder. Wir wollen noch eine Weile zusammensitzen vor dem Haus, und mich dünkt, ich müsse euch eine Geschichte erzählen, die mir grad heut im Kopf herumgeht.« Eine Geschichte? Ja, da waren die Großen gleich dabei, nicht nur die Kleinen.

Als sie hinunter kamen vor das Haus, da saß schon der Vater auf dem Bänklein und hatte seine Sonntagspfeife angezündet. Er sah ganz froh und aufgeräumt aus, denn nun lagen einmal die Werktagssorgen und -gedanken hinter ihm für ein paar Stunden, und er konnte sich an seinem Weib und seinen Kindern freuen in der Ruhe des Sonntagnachmittags. Die Kleinen spielten um ihn herum, und auf der Hausstaffel saßen drei von den größeren und vergnügten sich auf ihre Weise, indem sie aus einem großen Vorrat von Löwenzahnstielen Ketten machten. Aber alle kamen sie nah zusammen, als die Mutter sich zum Vater auf das Bänklein setzte und heiter sagte: »Was meinst, Vater, mich dünkt, ich müsse den Kindern einmal die Geschichte von dem braunen Krüglein erzählen, es wird Zeit dazu, sonst wollen mir's meine Großen nicht mehr an seinem Platz lassen.« »Das wäre! Die kämen mir an.« Der Vater nahm die Pfeife aus dem Mund und wollte noch mehr sagen, aber die Mutter legte ihm die Hand auf den Arm: »Sei nur still, es kommt dann schon anders«, und dann fing sie an:

»Es sind einmal Geschirrleute gewesen, Vater und Mutter und ein Häuflein Kinder, die haben kein Haus gehabt zum Wohnen und zum Schlafen, nur einen Wagen, der auf vier Rädern stand und den ein mageres Rößlein zog. Damit sind sie dahin und dorthin gefahren, wie es das tägliche Brot wollte, das sie sich so unterwegs suchen mußten auf Messen und Märkten und in den Dörfern oder auf den einsamen Schwarzwaldhöfen. Früher, da hatten sie einmal in einem eigenen Häuslein gewohnt, weit weg von da, droben auf der Schwäbischen Alb. Dort hatte der Vater sein Geschirr selber gemacht, allerlei irdenes, wie man's ins Haus braucht, und er hatte das Rößlein nur angeschirrt, wenn allemal die großen Märkte waren in den Städten. Da fuhr er mit der Mutter hin und mit einem tüchtigen Wagen voll Schüsseln, Kasserollen und Töpfen, die er alle selber gemacht hatte und die sie nun dort verkaufen wollten. Reich sind sie nicht geworden dabei, aber es hat doch immer zum Leben gereicht. Und wenn die Kinder beim Heimkommen der Eltern erwartungsvolle Gesichter gemacht haben, so ist's nie ganz umsonst gewesen. Es ist immer etwa eine Brezel oder ein farbiges Taschentüchlein für ein jedes im Reisesack gewesen, auch einmal ein schönes, buntes Bild in einem Goldrähmchen, darauf der gute Hirte mit einem Schäflein auf der Achsel abgebildet war. Zu diesem Bild hat die Mutter ein schönes Lied gewußt, das hat sie den Kindern oft gesungen am Sonntagabend, wenn sie schon in ihren Betten lagen. Damals war eine schöne Zeit. Aber dann ist einmal ein böses, schweres Jahr gekommen. Mit einem Hagelschlag hat es angefangen. Der ging auf der großen Messe nieder, als die Eltern gerade ihr schönes, gutes Geschirr ausgebreitet hatten zum Verkauf. Nie vorher und nie nachher hat eins von ihnen ein Gewitter so schnell aufziehen sehen und so schnell und schwer sich entladen in großen zackigen Eisstücken. Da ist nachher nur ein Scherbenhaufen gewesen, wo das glänzende Geschirr gestanden war; den mußten sie noch aufladen und fortführen. Und dann kehrten sie heim auf ihre Alb. Diesmal gab es nichts Mitgebrachtes; denn das Geld, das sie hatten lösen sollen, das war fast für ein halbes Jahr der Arbeitslohn gewesen. Aber schwerer als das lag es auf der Mutter, das hat sie nachmals oft erzählt, daß der Vater von da an ein schweres, bedrücktes Gemüt mit sich herumtrug. ›Du wirst sehen, es kommt noch mehr‹, sagte er immer; ›das ist nur ein Vorbote gewesen, das mit dem Hagel. So schlägt's uns vollends alles zusammen, denk an mich.‹

Die Mutter tröstete ihn, so gut sie konnte. ›Das wird ja nicht sein müssen‹, sagte sie. ›Anderen Leuten ist auch schon ihr Feld verhagelt worden, darum sind sie noch nicht zugrund gegangen. Das kommt auf uns an, wie wir's tragen, ob es gut oder bös für uns ist? Komm‹, sagte sie heiter, ›jetzt gehen wir wieder frisch an die Arbeit. Bis zur

Ulmer Messe müssen wir noch einmal so viel Ware beieinander haben. Verhungern müssen wir noch nicht. Mußt auch ein Vertrauen fassen. Das ist nicht schwer, so lang es einem gut geht, aber jetzt, jetzt gilt's.‹

Aber es hat alles nichts geholfen. Es ist wohl eine Krankheit gewesen, daß der Vater nicht anders hat können als jammern, und das ist ja dann freilich das größere Unglück schon von selber gewesen. Öfter als sonst hat die Mutter in diesem Sommer und Herbst den Kindern und sich selber ein Abendlied gesungen und hat ihre Sorgen damit wegsingen wollen. Das Lied: ›Befiehl du deine Wege‹, das haben die Kinder damals allein vom Zuhören gelernt. Aber der Vater hat nie mitgesungen, wenn auch die Mutter meinte, es täte ihm gut.

Als die Ulmer Messe kam, war fast kein Geschirr da; es verlohnte sich gar nicht, hin zu fahren. Und da kam dann eins aus dem andern. Zuerst konnte man den Zins nicht zahlen für die Schuld, die noch auf dem Häuslein stand, und mußte neue Schulden machen. Dann, im Winter, wurde der Vater recht krank und eins ums andere von den Kindern. ›Ich hab's ja gesagt‹, sagte der Vater, so oft sich wieder eins legte, ›es kommt immer noch mehr.‹ Und da ging nun auch wirklich noch einmal ein Hagelwetter über das Haus nieder. Aber diesmal traf es kein irdenes Geschirr, diesmal traf es die zwei frischen, netten Buben, die an der Halsbräune erkrankt waren. Man hatte zuerst Hausmittel angewendet, weil man meinte, man könne den Doktor sparen; und als er dann kam, war es zu spät. Da wollte es der Mutter auch fast das Herz brechen in Leid und Jammer. Aber es kam wieder eine Hilfe. Das kleine Unglück hatte den Vater niedergeworfen; das große, das ihn im tiefsten Herzen packte, das machte sein Gemüt wieder still und fromm. Da sind sie beide miteinander am ersten schönen Frühlingstag auf die Gräber ihrer Kinder gegangen, der Vater mußte sich auf die Mutter stützen, weil er noch schwach war von der Krankheit. Aber sie machten's miteinander aus, daß sie tragen wollen, was komme, und denken, es sei so gut für sie und vom lieben Gott geschickt; und die Mutter dünkte es nun alles nur halb so schwer zu sein. Sie hat es wohl brauchen können, daß sie nicht mehr allein war zum Tragen, denn es kam noch viel dazu.«

»Ja, ja, ich mach' das lieber kurz«, unterbrach sich die erzählende Mutter; denn ihr Mann hatte ihr leise die Hand gedrückt und auf die horchenden Kindergesichter gezeigt. »Ich weiß wohl, sie verstehen's noch nicht so, ich bin nur ganz in die alten Zeiten gekommen in meinen Gedanken.« Und sie drückte ihr Kleinstes liebreich an sich, strich dem Peterlein über sein dunkles Kraushaar und fuhr fort:

»Sie sind nämlich das Geld auf ihrem Häuslein einem Menschen schuldig gewesen, der es nicht gut mit ihnen gemeint hat. Und eines Tags haben sie draus ausziehen müssen und sind arm und heimatlos gewesen, denn es hat ihnen nichts mehr von allem gehört, was sie vorhin besessen haben, als das Rößlein, ein paar Betten, Tische und Stühle und etliches irdene Geschirr, mit dem der Vater einen Handel beginnen wollte drunten im Land. Es ist kurz zuvor ein alter Freund von ihm gestorben gewesen, der einen grünen Wagen besessen hat, der Hafenmarte, wie man ihn in seiner Heimat geheißen hat, weil er im Land umher mit irdenen, in Draht gebundenen Kochgeschirren gehandelt hat. Der hat noch vor seinem Tod gesagt, daß sein Wagen den armen, heimatlosen Leuten gehören soll. Als sie aber mit schwerem Herzen ihr bißchen Hausrat hineinräumen wollten, da fanden sie an die Wand geheftet ein Stück Papier, darauf stand in großen, ungefügen Buchstaben:

›Da, wo ich wollt' zu Hause sein, da hat man mich verjaget,
Jetzt wandre ich landaus, landein, solang es für mich taget.
Es ist die Welt ein Wanderszelt, wohin man auch geloffen;
Erst dem, der geht aus dieser Welt, dem steht die Heimat offen.‹

Da sah die Mutter den Vater herzlich an und sagte: ›So wollen wir denn auch getroste Wandersleut sein, wie es der Hafenmarte war und wie es ja die andern auch sind, die in den Häusern wohnen, gelt, Vater?‹ Der nickte nur, denn leicht gefallen ist es ihnen beiden nicht, aber sie haben sich drein geschickt mit ehrlichem Herzen und das ist ihnen nicht unbelohnt geblieben. Unter den Spruch des Hafenmarte aber ist noch einmal ein Stücklein Papier geheftet worden, darauf stand: ›Wir haben hier keine bleibende Statt, sondern die zukünftige suchen wir.‹

Die Kinder freilich, die haben das Wanderleben leichter genommen, besonders die Kleinen. Drei hatten sie noch, zwei Buben von vier und fünf Jahren, und ein Töchterlein, das schon neunjährig war, das älteste von allen Kindern, dem die verstorbenen Brüder im Alter am nächsten gestanden waren. Die Kleinen jauchzten, als sie fahren durften, so in den frischen Morgen hinein, und es gefiel ihnen auch, bald da, bald dort zu wohnen. Wenn man sein Haus so hinstellen kann, wo man will, bald in ein schönes, schattiges Wiesen- oder Waldtal, bald auf eine Anhöhe, von der man weit ins Land hineinsieht, bald an ein Dorf hin oder in eine Stadt hinein, das sieht ja freilich vergnüglich aus, und es war schon eine Wohltat, daß es die Kinder freute. Freilich, es war nicht lauter Lust. Manchmal waren die Brotstücklein arg klein, die die Mutter austeilen konnte, und in dem Kessel, der auf dreifüßigem Gestell hinter dem Wagen stand über dem Feuer, kochte oft wenig genug für die hungrigen Mäuler. Und doch ist's oft schön gewesen, wenigstens kam es den Kindern so vor. Man zog mehr und mehr gegen den Schwarzwald hin und blieb endlich ganz darin. ›Das ist das allerbeste für unsern Vater‹, sagte die Mutter heiter. ›Manche reiche Leute wären froh, wenn sie's hätten wie wir und könnten hinziehen, wo es so gesund ist.‹ Denn der Vater hatte von jener Winterkrankheit her einen bösen Husten behalten, der wollte gar nicht mehr weichen. ›Da, so riech nur einmal‹, sagte die Mutter, wenn sie den Wagen in eine Lichtung gestellt hatten, von wo aus sie die umliegenden Höfe heimsuchen wollten. ›Wenn es auf die Tannen geregnet hat und dann wieder die Sonne drauf scheint, das gibt eine Luft, die ist wie die lautere Gesundheit.‹ Der Vater probierte es auch, die ›lautere Gesundheit‹ recht tief einzuatmen, und die Kinder taten zur Gesellschaft mit, so konnten sie die Gesundheit gleich im Vorrat in sich aufnehmen. Nur daß der Vater dann noch stärker husten mußte als vorher und ganz müde und angegriffen auf einem Baumstumpf sitzen mußte. ›Das ist nur, bis du's gewöhnt bist‹, tröstete die Mutter. ›Ich hab' schon sagen hören, das sei ein gutes Zeichen, wenn einen die Luft so angreife, dann komme es bald besser.‹ Wenn das die Kinder hörten, so waren sie ganz überzeugt, daß es bald besser kommen werde; die Mutter, die mußte es ja wissen. Derweil genossen sie, was es jetzt schon Schönes gab. Im Wald wuchsen Erd- und Heidelbeeren, später auch Himbeeren und Brombeeren. Da gab es immer etwas zu schmausen als Zugabe zum trockenen Brot. Und alles das geheimnisvolle Leben im Wald, das nur der kennen lernt, der seine Heimat darin hat, das tat sich den fahrenden Kindern auf. Die ersten Maiblumen, und einmal eine Wiese, auf der die seltensten Orchideen in ihrer fremdartigen Schönheit standen, und ein verlassener Steinbruch, in dem es rot glühte von einem ganzen Teppich, aus den reifsten Erdbeeren gewoben. Und da ein Vogelnest mit jungen, zwitschernden

Vöglein in einem wilden Rosenbusch, und dort ein Rehlein, das mit seinen Jungen ganz nah herankam und sich nicht fürchtete, als ob es wisse, daß Schonzeit sei. Ja, es war schön; die kleinen Buben merkten nicht, daß der Vater immer mühseliger unter seinem Tragkorb daherkeuchte, sie sahen nur, daß ihn die Mutter viel öfter als sonst ablöste, wenn es auf Wegen ging, da man nicht mit dem Rößlein hin fahren konnte. Das Töchterlein, das Luischen, das wußte mehr von der dunklen Wolke, die immer zu ihren Häuptern mitzog, denn es lebte mit der Mutter, und wenn es ihr seine Sprüche und Lieder hersagte, dann sah es, wie die Mutter oft tief aufatmete, wie eins, das eine schwere Last trägt. ›Mutter, was hast du?‹ fragte es dann manchmal, und die Mutter sagte: ›Kind, es ist, weil der Vater so elend ist. Aber wir wollen nicht hinaussorgen. Komm, sag mir deinen Spruch noch einmal, er hat mir wohlgetan.‹ So lernte das Luischen mit der Mutter den Ernst teilen, den das Leben über seine jungen Jahre schon gebracht hatte. Und bald lernte es auch noch mehr; denn es mußte eine Hausfrau sein und ein Mütterlein, als drinnen im tiefen Wald ein kleines Kindlein geboren wurde und die Mutter im Bett bleiben mußte manchen Tag lang. Da mußte das große Töchterlein kochen und die Brüder versorgen und den Vater und die Mutter in ihrem Bett, es hatte genug zu laufen den ganzen Tag, das dürfet ihr mir glauben. Als aber das Kindlein getauft war, drunten im nächsten Dorf, und die Mutter wieder auf die Handelschaft gehen mußte, da hatte das Luischen das kleine Schwesterlein zu versorgen, ganz allein. Und das war ihm das größte Glück und eine tägliche Freude, wenn es draußen unter den Tannen saß auf einem Schemelchen, und das kleine Kindlein lag ihm auf dem Schoß und machte die blauen Äuglein auf und spielte mit den winzigen Fingerlein.

Aber einmal, da hatte das Kleine sein Gesichtlein so kurios verzogen und dann auch die Händlein verdreht, ein oder zweimal, und dann hat es die Äuglein zugemacht und ist ganz still dagelegen. Der Vater lag drin im Wagen zu Bett und hustete schrecklich. Und das kleine Mütterlein hatte eine große Angst im Herzen und wagte sich nicht zu rühren. Die Brüder hatten heute mit der Mutter ausziehen dürfen; ein jeder hatte eine Schnur mit daran angefaßten Krüglein über die Achsel hängen. Wollten sie denn gar nicht mehr kommen? Doch, endlich kamen sie. Aber als die Mutter sich über das Kleinste beugte, da wurde ihr Gesicht ganz ernst und still, und sie küßte es leise in sein bleiches Gesichtlein hinein und sagte: ›Es wacht nicht mehr auf, Luischen. Es ist ganz eingeschlafen, der liebe Gott hat es zu sich genommen in seinen Himmel.‹ Und dann weinten sie miteinander. Das Luischen konnte es gar nicht fassen, daß das Schwesterlein nur so still da in seinen Armen gestorben sei. Aber die Mutter zog es still zu sich her und sagte: ›Es ist ihm gut gegangen, Kind. Es muß nicht aufwachsen in so viel Leid und Sorgen hinein, es hat es gut bei den Engelein, wir wollen es ihm gönnen.‹

Dann haben sie es begraben auf einem kleinen Kirchhof, der lag mitten im Wald um ein Kapellchen herum und gehörte zu einem armen Dörflein; und dann sind sie weitergezogen. Lang hat es nicht mehr gedauert mit dem Herumziehen. Der Vater wurde so krank, daß er das Fahren gar nicht mehr ertragen konnte, und als sie einmal in ein kleines Städtlein kamen, da mußten sie froh sein, daß sie ein Unterkommen fanden in einem Haus, das der Gemeinde gehörte. Man nannte es das Armeleuthaus; denn es war für arme, obdachlose Leute bestimmt, und die Gegend, in der das Haus mit einigen andern armseligen Häuslein stand, nannte man die Armutei.

Das waren schwere Tage und doch auch wieder schöne. Denn dem Vater war es auf einmal, als ob alle Sorgenlasten von seiner Seele abgenommen seien, so friedlich und fröhlich wurde es ihm ums Herz. Er lag in seinem Bett und atmete schwer, und drunterhinein sagte er zur Mutter: ›Es ist mir, es müsse euch noch gut gehen auf der Welt. Und mir, mir geht's auch gut.‹

Und es ging ihm auch gut. Einmal in der Nacht wachte das Luischen auf an einem leisen Gesang und wunderte sich, daß die Mutter auf sei und daß sie mitten in der Nacht singe. Es war ein schönes Lied, das Luischen wußte am andern Tag noch die Worte daraus:

›Da will ich sicher wohnen und nicht mehr als ein Gast
Bei denen, die mit Kronen du ausgeschmücket hast.‹

Aber es war wieder eingeschlafen gewesen, eh' das Lied zu Ende war. Und am Morgen lag der Vater ganz still da und mußte nicht mehr schwer atmen und nicht mehr husten, und die Mutter saß an seinem Bett in der Morgensonne und hatte auch ein stilles Gesicht und sagte zu den Kindern: ›Jetzt müssen wir ohne den Vater sein, so lang wir leben. Aber der liebe Gott will noch unser Vater sein, und der stirbt nicht.‹

Als nun der Vater draußen lag auf dem Kirchhof, da fing die Mutter aufs neue an, mit dem Tragkorb auf dem Rücken in den Dörfern umherzugehen, um das tägliche Brot für sich und die Kinder zu erwerben. Das Rößlein und den Wagen hatte sie verkaufen müssen, es hatte nicht viel Geld gegeben, denn sie waren beide alt und klapperig, aber es reichte zu den Krankheits- und Begräbniskosten. Und zum eigentlichen Hungerleiden ist's nicht gekommen.« So weit hatte die Mutter erzählt. Da steckte auf einmal der Vater seine Pfeife, die ihm schon lange ausgegangen war, in die Tasche und sagte: »Von jetzt an will ich's vollends sagen.«

»Die drei Kinder aus der Armutei gingen von da an im Städtchen in die Schule; denn die Mutter hatte sich in einem der armseligen Häuslein, die dort stehen, um ein Billiges eingemietet. Eng war es da und niedrig; das schmale, dunkle Treppchen hatte nur ein Seil statt eines Geländers. Aber freundlich war es doch. Die Mutter zog überall Blumen an den Fenstern, und wer da am Abend vorüberging, der konnte meinen, es wohnen die allerfröhlichsten Menschen in dem Häuslein; denn da tönte ihm ein Gesang entgegen von einer schönen Frauenstimme und von drei Kinderstimmen.

Die zwei Buben, die gewöhnten sich nicht so leicht an das seßhafte Leben, in der Schule und im Haus, und manchen Tag mußte der Lehrer vergeblich nach ihren Plätzen hinblicken, die blieben unzweifelhaft leer. Aber wenn sie dann kamen, dann sahen sie so frisch drein und hatten immer den Finger in der Höhe zum Antworten. So recht böse konnte man ihnen doch nicht sein.

Aber das Luischen, das war erst recht ein Feines. Blond und hell von Gesichtsfarbe war es und immer freundlich und so sauber, daß man's gar nicht merkte, wie arg zusammengeflickt sein Röcklein war. Und singen konnte es, man hörte es aus allen heraus. Da war auch in der Schule ein Bub, ein wenig älter als das Luischen, der sah immer ein wenig trübselig drein, wenn er auch schon gute Kleider anhatte und niemals im Sommer barfüßig ging wie die Kinder aus der Armutei. Er war schmal von Gestalt und ein wenig kränklich und kleiner als die andern Buben seines Alters. Sein Vater war ein Hufschmied gewesen und hatte sich jetzt zur Ruhe gesetzt in dem kleinen Hause, das ihm noch gehörte, nachdem er dem ältesten Sohn das Haus und

Gewerbe am andern Ende des Städtleins übergeben hatte. Denn er war schon ein alter Mann, als der Heiner erst geboren wurde, und seine Frau starb ihm, als das Büblein kaum den Mutternamen sagen konnte. Der Vater und die Brüder, das waren lauter große, starke Leute; sie wußten gar nicht recht, wie sie zu dem zarten Pflänzlein kamen in ihrer stattlichen Familie. ›Das ist man gar nicht gewöhnt bei uns‹, sagten sie, ›aber es wird denk' wohl bald der Mutter nachsterben.‹ Gret, die alte Magd, die den Witwer und seinen Buben versorgte, sagte es auch. ›O Büble‹, sagte sie, ›ich ging gern in meine Heimat, wenn nur du nicht wärst. Ich hab' einen Hausanteil daheim, ich hätt' schon zu leben. Aber sei nur ruhig, solang du noch lebst, bleib' ich vollends da.‹

Aber der Heiner wuchs dennoch auf, wenn auch als ein Schattenpflänzlein. Da kam eines Tags, als er allein vor dem Schulhaus stand, das Luischen auf ihn zu und sagte: ›Warum tust du gar nie mit, wenn die andern spielen?‹ Der Heiner wurde blutrot; denn er war es nicht gewöhnt, daß man ihn darum fragte. Er war fast immer allein, aber das war eben so. Er hätte sagen können, daß er fast immer müde sei. Aber er sagte nichts, er schob nur hilflos beide Hände in die Hosentaschen. Aber das Luischen ließ sich nicht so schnell draus bringen. ›Du‹, sagte es, ›meine Buben haben Krebse gefangen im Bach. Jetzt hat einer den Jörg gezwickt mit seiner Schere, tüchtig. Der hat anders geschrien. Die Mutter hat aber gesagt, das tut dem Jörg nichts, er soll die Krebse in Ruh' lassen.‹ Auf diesen Bericht wußte der Heiner wieder nichts zu erwidern. Er spürte aber doch, daß er jetzt auch etwas sagen müsse. Da nahm er einen Anlauf und sagte: ›Wir haben reife Jakobiäpfel, einen ganzen Baum voll.‹ Da war das Staunen am Luischen. Einen ganzen Baum voll! ›Daheim in Neuhausen haben wir auch einen Apfelbaum gehabt‹, sagte es. ›Die Mutter sagt, so gut gebe es sonst gar keine Äpfel im ganzen Land.‹ ›Deine Mutter weiß etwas Rechtes, die wär' froh, wenn sie hätt'‹, platzte der Heiner heraus; denn die Jakobiäpfel waren das Allerbedeutendste, das er aufzuzeigen hatte, die durfte man ihm nicht angreifen. Aber das Luischen hatte noch etwas viel Größeres aufzuzeigen als Äpfel, das war die Mutter. ›Meine Mutter weiß wohl etwas Rechtes‹, flammte es auf, ›die ist schon so weit herumgekommen, vielleicht weiter als die deine.‹

Da wurde es dem Heiner wind und weh; er hätte aber nicht sagen können, warum. Er sagte nur ganz still für sich hin: ›Ich hab' ja gar keine.‹ Da wurde das Luischen auch still. Es war so unbegreiflich, daß es das geben sollte, daß ein Kind keine Mutter habe. Und der rasch aufflammende Zorn ging ebenso schnell in das tiefste Mitleid über.

Von da an war eine feste Freundschaft zwischen den zwei Kindern. Sie kamen nicht zueinander ins Haus, aber sie hielten doch zusammen, in der Schule und in den Freistunden. Der Heiner brachte dem Luischen in seinen Hosentaschen von den strittigen Jakobiäpfeln mit, und das Luischen erzählte ihm am andern Tag, die Mutter habe gesagt, sie seien fast so gut wie die von Neuhausen. Die Mutter kam überhaupt fast in allem vor, was das Luischen zu sagen und zu erzählen hatte, es merkte aber, daß der Heiner dann immer noch stiller wurde, wenn es die Mutter so recht gerühmt hatte.

Da fehlte der Heiner einmal in der Schule, es war an einem Wintertag, und dann noch viele Tage hintereinander. Und es hieß, er sei sehr krank am Fieber und ob er wieder aufkomme, das könne noch kein Mensch sagen. Das Luischen aber strich um das Haus herum mit einem immerwährenden Verlangen, hineinzukommen und den Heiner zu sehen. Da kam einmal die alte Gret unter die Tür und sagte ganz gnädig: ›Du darfst schon geschwind herein; er hat schon oft nach dir gefragt, wenn er wach gewesen ist. Er macht's nicht mehr lang, glaub' ich. Er redet immer von einer Mutter, das muß die seinige sein, die wird ihn holen wollen.‹ Aber das Luischen dachte, es tue es vielleicht auch eine andere Mutter bei dem Heiner. Und eine bessere als die seine konnte ja nirgends sein. So lief es denn heim und sagte flehentlich: ›Mutter, du mußt zu dem Heiner gehen, sicher, er muß nur eine Mutter haben, dann wird er wieder gesund.‹ Und, so sind die rechten Mütter, sie besann sich gar nicht lang. Ein Fläschchen von dem guten Himbeersaft, dazu die Kinder die Beeren droben im Schwarzwald selber gesammelt hatten, nahm sie mit, und aus ihrem bescheidenen Warenvorrat ein braunes, irdenes Krüglein, darauf stand in hellen Buchstaben: ›Aus Liebe.‹ Das wollte sie dem mutterlosen Kinde schenken. Als sie in die Kammer trat, lag der Heiner mit weit offenen, heißen Augen da, warf sich unruhig hin und her und stöhnte leise. Die Gret aber sagte: ›So ist es jetzt immer, ich weiß mir in so Sachen nicht zu helfen.‹ Und der Vater streckte auch den Kopf zur Tür herein und sagte: ›Da kann eins nicht viel dabei tun.‹ Aber die Mutter hatte schon mehr kranke Kinder besorgt, der Heiner war nicht das erste. Ganz ruhig und liebreich ging sie auf das kranke

Büblein zu und sagte: ›Grüß Gott, Heiner, ich hab' dich einmal besuchen wollen‹, und legte ihre kühle Hand auf seine heiße Stirn. Dem Heiner wurde es wie noch nie vorher in seinem Leben, das weiß er heute noch. Wie es einem Vögelein im Nest sein muß, wenn es die Mutter zudeckt. ›Guck, was ich dir Gutes mitgebracht habe‹, sagte die Mutter. Da hatte sie das Krüglein in der Hand, darin funkelte der schöne, rote Saft, den sie mit frischem Wasser gemischt hatte. ›Jetzt mußt du trinken und dann schlafen, dann wirst du wieder gesund.‹ Da faßte der Heiner das Krüglein mit seinen beiden Händen, und trank in langen Zügen und sah drunter hinein die mütterliche Frau an, die vor ihm stand. Dann legte er sich matt zurück. ›Bist du dem Luischen seine Mutter?‹ fragte er. ›Ja, Büblein, und wenn du gesund bist, dann mußt du zu uns kommen, dann kannst du auch Mutter zu mir sagen, wenn du willst.‹ ›Bleib da‹, sagte der Heiner und hielt die kühle Hand fest, die die seinige hielt; die andere lag auf seiner Stirn. Dann fiel er in einen langen, tiefen Schlaf.

Was soll ich weiter erzählen? Der Heiner ist wieder gesund geworden, nicht auf einmal, aber nach und nach. Als er wieder aufwachte, stand das Krüglein neben ihm und war leer. Und die freundliche Frau war fort. Die Gret aber gab ihm wieder zu trinken, und es schmeckte dem Heiner aus dem Krüglein, als ob er die lautere Gesundheit tränke. ›Sie soll wiederkommen‹, sonst hatte er keinen Wunsch. Aber die Mutter war auf der Wanderschaft mit ihrem Geschirr und kam erst spät am Abend heim. Da stand der alte Hufschmied vor dem Häuslein und sagte: ›Wenn es zu machen wär', daß die Frau zu meinem Buben käm' eine Weile, es soll mich kein Geld reuen.‹ Und es ist dabei doch auch eine Zärtlichkeit und eine Angst in seiner Stimme gelegen. Da ist die Mutter mit ihm gegangen und hat die Nacht an des kranken Bübleins Bett zugebracht und hat ihm mit leiser Stimme ein schönes Lied gesungen, wenn es unruhig wurde, und hat es ganz mit Liebe zugedeckt. Diese Nacht und noch so manche. Denn die Gret war wirklich altersschwach und konnte nicht mehr so recht.

Als aber der Heiner gesund geworden war in der mütterlichen Pflege, da spürten sie's beide, der alte Vater und der Bub, daß sie noch weiter aus dem Krüglein trinken müssen, auf dem ›aus Liebe‹ steht. Und sie haben darum angehalten, daß die Leute aus der Armutei miteinander in ihr Haus kommen; denn da war Platz für alle, und in dem Herzen der Mutter, das wußten sie, da war auch Platz für alle.

Und so haben sie's gehalten, und es hat sie nie gereut, keins von ihnen. Die Gret ist in ihr Altenstübchen und in ihre Heimat zurückgekehrt, und die Mutter hat mit rüstiger Kraft das Haus versorgt und die Leute drin, und den armen Kindern ist's wohl geworden in der neuen Heimat, aber am allerwohlsten ist's doch dem Heiner gewesen. Der fing jetzt jeden Satz mit ›Mutter‹ an. Sogar sein alter, grauhaariger Vater nannte sie so, sie hat gar nicht anders heißen können als Mutter.«

Der Sonntagnachmittag neigte sich zum Abend. Die Hähnleskinder schmiegten sich eng um Vater und Mutter. Sie meinten's noch nie so recht gespürt zu haben, wie gut sie es hatten.

»Vater, gelt, der Heiner bist du? Und das Luischen die Mutter?« Annelene sagte es fast schüchtern; es war soviel Neues durch sie hindurchgegangen an diesem Nachmittag. Die Mutter strich ihr von hinten her sachte über das weiche Haar. »So, hast du das herausgefunden, Kind? Und was meinst, lassen wir das braune Krüglein stehen? Es hat uns viel Gutes gebracht.« Sie schwieg eine Weile, als ob sie in die alten Zeiten zurücksähe. Dann sagte sie: »Als wir Hochzeit hatten, der Vater und ich – der Heiner und das Luischen –, da hat unsere Mutter noch gelebt, und wir haben zu dritt einen guten Wein aus dem Krüglein getrunken, und die Mutter hat als Trinkspruch gesagt, und das sag' ich jetzt auch:

›Jungsein, Schönsein, Ehr' und Gut, das muß vergehen,
Aber was die Liebe tut, das bleibt bestehen.‹

Und jetzt wollen wir ins Haus gehen. Es ist kühl geworden.«

Dort unten am blauen Meer

Das Meer lag still im Glanz der Mittagssonne, und der Himmel über dem Meer stand so hoch und weit und tiefblau, als ob es noch nie etwas wie Wolken gegeben hätte in seiner unermeßlichen Weite. Leise nur, wie träumend, kamen die Wellen ans Ufer von Portofino her und schlugen mit sanftem Gesang an die felsige Küste an. Sonst kein Laut, auch das Städtlein schien zu schlafen, so viel man davon vom Ufer aus sehen konnte: die weiße, glänzende Kirche auf der

Anhöhe, und die Villen, die da und dort zwischen hohen, dunkelgrünen Bäumen versteckt lagen, das Schloß mit seinen vornehmen Zinnen und Türmen, das weit übers Meer hinaussah, und die großen, weiten Gärten und Weinberge, die alle im hellen, heißen Schein der Sonne lagen. Weithinaus lag auch das Meer so blau und ruhig, es war, als ob es schlafe.

Da kam von ferne her mit hellen, fröhlichen Wimpeln ein Dampfer gezogen. Eine breite, silberne Furche ließ er hinter sich, wenn die Fluten, die er geteilt hatte, sich wieder zusammenschlossen. Fröhliche Musik von Flöten und Geigen erschallte auf dem Verdeck, und eine bunte, heitere Gesellschaft regte sich im Tanz nach den Klängen oder stimmte singend mit ein: festlich gekleidete Frauen und Mädchen und Männer. Es war eine Gesellschaft aus Genua, die sich heute einen frohen Tag machen wollte.

Nun fuhr das Schiff in die stille Bucht ein, und dann belebte sich zusehends das schlafende Städtchen. Es hatte aber nicht überall geschlafen. In den engen Gassen und auf dem Marktplatz saßen überall fleißige Frauen und junge Mädchen vor den Türen und klöppelten schöne Spitzen, Decken und Tücher, die sie nachher für gutes Geld an Fremde verkaufen wollten. Schwarzlockige Kinder spielten um sie herum, und als sie die Gäste sahen, die nun vom Strand heraufkamen, liefen sie ihnen lärmend nach und bettelten ihnen kleine Geldstücke ab. Das ist dort unten nichts Besonderes, es ist ihnen wie eine Steuer, die die Reisenden zahlen müssen dafür, daß sie dahin kommen dürfen, wo es so schön ist.

Vor einem schmalen, hohen steinernen Haus saß eine Frau, die auch klöppelte wie die andern. Neben ihr stand ein Kinderwagen, aus rohen Brettern zusammengenagelt, darin saßen gleich zwei bräunliche Buben, ein zweijähriger und ein einjähriger. Sie spielten mit Steinchen und Muscheln, wie man sie am Strande findet, und horchten daneben auf das Lied, das ein paar größere Geschwister miteinander sangen, die lustige, schwarzlockige Marietta und der um ein weniges ältere Manuelo. Die beiden hatten nicht mitgebettelt, die Mutter litt es nicht, sonst wären sie schon auch gern mit den andern Kindern hinter den Fremden hergelaufen mit lustigem Schreien. Die Mutter war ein wenig anders als die Frauen da herum. Das machte, daß sie jahrelang in der Fremde gewesen war, da hatte sie vieles gesehen und gelernt, das man draußen anders machte. Und das, was ihr davon gefiel, das setzte sie nun zu Hause fort. Sie hielt auch das Haus und die Kinder so sauber, daß man überall hinsehen durfte, es war alles erfreulich anzuschauen. Die Vorderseite des Hauses war mit einem uralten Rosenstrauch fast ganz übersponnen; da hingen nun die weißen Rosen in dichten Büscheln herunter, in alle Fenster hinein und über die Mauer hin, und noch eine ganze Welle davon hing über die Türöffnung herunter. Hinter dem Haus aber da war ein Garten, der zog sich bis an den Strand hinunter in staffeligen Absätzen. Da ragten ein paar hohe Nußbäume auf und nahmen das ganze Haus in die Arme mit ihren dichten, grünen Ästen, und dann kamen die schönen Gemüsebeete, aus denen die Mutter viel Geld löste in den Hotels, und die farbig blühenden Blumenrabatten, in denen es schimmerte und leuchtete von dunkelroten, gelben und rosafarbigen Nelken, von Rosen auf hohen Stämmen, und dazwischen standen, wie ernst aufgehobene Finger, die schlanken, dunkeln Zypressen.

Wie die Mutter das alles fertigbringen konnte, das Haus und die Kinder und den Garten, und noch Spitzen klöppeln zum Verkauf, das machte immer alle Leute staunen, und das gefiel ihr nicht übel. Sie sollten es nur sehen, daß der Mann nicht schlecht gefahren sei mit ihr, wenn sie schon nicht von Portofino gebürtig und lang in der Fremde gewesen war.

Jetzt war die fröhliche Gesellschaft vorbeigezogen, und es war wieder in der Gasse wie vorher, da kam noch eine schwarzgekleidete Frau vom Landungsplatz her. Sie schien nicht zu den festlichen Leuten zu gehören, so sah sie nicht aus. An der Hand führte sie ein kleines Mädchen, es konnte ungefähr neunjährig sein, das hatte ein weißes Kleid an und eine schwarze Schärpe darum geschlungen, und unter dem großen Strohhut fielen lange, hellbraune Locken auf das Kleid herab, und ein frisches, weiß und rotes Gesichtlein sah fröhlich in die Welt hinein. Hinter den beiden drein kam ein Lastträger, der trug einen schweren Koffer auf den Schultern und keuchte ein wenig dabei. Nun stellte er den Koffer unversehens vor dem Rosenhaus nieder und sagte gelassen: »Da sind wir am Platz. Das ist die Frau Manzoni, und wenn die euch aufnimmt, dann seid ihr nicht schlecht aufgehoben. Das weiß man in der Stadt und im Hotel drunten.« Frau Manzoni nickte sehr einverstanden zu diesen Worten, als wolle sie sagen: Der da ist recht berichtet, wenn er von mir redet. Jetzt fing die fremde Frau auch an, zu reden. Sie sagte, daß sie eine Wohnung suche mit guter Verpflegung für sich und das Kind für einige Monate; große Ansprüche mache sie nicht, es müsse nur ein stilles, freundliches Plätzchen sein zum Ausruhen, denn sie sei krank gewesen und habe Schweres durchgemacht.

»Da ist die Dame vor die rechte Tür gekommen«, sagte Frau Manzoni wohlgefällig. »Heute noch hab' ich's zu meinem Mann gesagt – er ist draußen auf dem Meer mit den Fischern –, Giovanni, hab' ich gesagt, wie im Paradiese ist's droben in den zwei Stuben, die ganz neu gerichtet sind. Da sehe die Dame nur«, und sie führte die Fremde unter dem Rosenvorhang durch ins Haus und hindurch in den Garten, »es führt ein Treppchen von droben herunter direkt in den Garten; und vom Fenster aus sieht man das Meer, fast mit der Hand kann man's greifen. Und was das Essen betrifft, da lasse die Dame nur Maria Manzoni sorgen, die wird schon« – sie wurde in ihrem Redestrom unterbrochen durch den lauten Jubel, in den das kleine Mädchen ausbrach: »Mama, o sieh, wie schön! Das Haus sieht man fast gar nicht, es ist mit lauter Rosen überzogen. Müssen wir da oben schlafen, Mama, da, wo das Treppchen hinaufgeht? Soll ich gleich hinaufgehen und sehen?« »Das Kind hat Augen im Kopf, das sieht's, was schön ist«, sagte Frau Manzoni kopfnickend. »Es kann ihm auch gefallen hier, man darf ihn ansehen, den Garten, mein' ich.« Die Mutter des Kindes sagte nicht viel zu dem allem. Sie hatte ein liebliches, aber blasses Gesicht und sah müde aus, so, als ob sie Ruhe und ein Weilchen ungestörte Einsamkeit allem andern vorgezogen hätte. So stieg sie nur hinter der voranschreitenden Hausfrau drein. Das Kind hüpfte voraus und tat fortwährend Ausrufe des Entzückens bei allem, was es sah. »Mama, o Mama, da hängt ein Schiff von der Decke herunter, ein ganz echtes, es ist wie lebendig, es ist wie das, mit dem wir gekommen sind. Oh, oh, und der Fußboden ist von Stein, Mama, und das sind geflochtene Teppiche, aus Binsen, Mama.« Es war alles schön und gut, die Frau Manzoni mußte fortwährend mit dem Kopf nicken vor Vergnügen über das Kind; nun zog sie sich zurück, um gleich etwas zu kochen für die beiden Reisenden, daß diese sehen konnten, sie seien hier bei ihr vor die rechte Tür gekommen.

Nun packte die Mutter einiges aus, das sie in einer kleinen Handtasche bei sich trug, da der große Koffer noch nicht heraufgekommen war, ein paar Bücher und ein wenig Schreibgerät und ein blaues Schürzchen für das Kind. Zu unterst nahm sie ein Bild in schwarzem

Rahmen heraus, das sie in ein Tuch gewickelt hatte, und stellte es auf das Tischchen zwischen den beiden Fenstern. Es war ein schönes, freundliches Männergesicht, das um den Mund und die Augen her etwas so Sonniges, Heiteres hatte, daß man es immer wieder anschauen mußte.

»Sieh, Agnes, da sind wir nun eine Zeitlang daheim miteinander«, sagte sie, »und ohne unsern lieben Papa. Er hat immer die Reise mit uns machen wollen, er hat so oft gesagt, wie wunderschön es hier sei. Nun hat er uns ganz allein gelassen und hat eine andere Reise gemacht, in den Himmel hinauf.« Das Kind hatte aufmerksam zugehört, aber nun sagte es schnell, als ob es etwas Ungutes wegschaffen müsse: »Ganz allein sind wir auch nicht, Mama. Du hast doch mich und ich dich, und wenn der Papa immer gesagt hat, daß es schön sei hier, so kann man das jetzt auch sehen, nicht, Mama, es ist auch schön? Sei du nur ganz fröhlich, Mama, du hast doch immer gesagt, der Papa könne ganz gut vom Himmel heruntersehen, wie wir's haben.« Agnes hatte das gleiche helle, heitere Gesicht wie der Vater, und die Mutter wollte es nicht trüb machen durch ihren Schmerz. So zwang sie sich, freundlich zu sagen: »Willst du ein wenig in den schönen Garten hinuntergehen, Kind? Vielleicht gibt dir die Frau ein paar von ihren Blumen, die stellen wir dann zu unsres Papas Bild hin, dann ist die Stube ganz schön.«

Das war nun so recht nach Agnes Geschmack. Sie brannte vor Begierde, alles das Neue zu sehen, das es da unten gab, und auch mit den Kindern Bekanntschaft zu machen, die sie vor dem Haus gesehen hatte. So sprang sie fröhlich das hölzerne Treppchen hinunter, das außen am Haus in den Garten hinunterführte, und die Mutter sah ihr nach, bis sie hinter einer Hecke von Taxusgesträuch verschwunden war. Jetzt erst durfte sie sich ein wenig nachgeben. Sie setzte sich in den Korbstuhl, der an dem einen Fenster stand, und sah lang hinaus über das weite Meer und den hohen Himmel, und eine große, große Sehnsucht stieg übermächtig in ihr auf, dort hinauszuschiffen, weit, weit. Aber sie wußte schon, dorthin, wo ihr Herz hinwollte, führte kein Schiff. Das konnte man nur durch Warten erreichen, nicht durch Drängen und nicht durch Reisen. Fern am Horizont zog ein Schiff seine ruhige Bahn. Leise sagte sie:

> »Ich zöge gar zu gern hinaus,
> Ins große, weite Vaterhaus,
> Doch halt in Seiner Kraft ich still,
> Bis Er, bis Er mich lösen will.«

Derweil hatte Agnes ihre Entdeckungsreise angetreten. Drunten im Garten standen schon Manuelo und Marietta auf der Warte, ob sich nun etwas Neues ereignen werde mit den Fremden. Sie hatten nicht lange auszuschauen gehabt, da stand schon das kleine Mädchen vor ihnen. Es hatte nun die blaue Schürze über das weiße Kleid angezogen, und die Locken flogen ihm beim raschen Gehen ums Gesicht.

»Gehört euch das alles, der Garten und die Blumen und das Haus?« fing Agnes an. Aber darauf konnten die beiden nicht antworten. Sie verstanden schon ein paar deutsche Worte, aber nicht sehr viele, so schnell ging das nicht. »Wie heißt ihr denn?« Das verstanden sie so ungefähr. »Das ist Manuelo, und ich bin Marietta«, sagte das Mädchen. Ja so, nun fiel es Agnes wieder ein, wie sie hier reden mußte, die Mama hatte ihr italienische Stunden gegeben eine Zeitlang vor der Reise. Sehr viel war aber auch nicht erreicht worden. »Meine Mama kann gut so reden, wie man hier redet, sie ist einmal in Rom gewesen, schon lang, da habe ich noch nicht gelebt.« So, nun ging es schon besser. Sie halfen einander gegenseitig aus. »Die Mutter kann auch Deutsch«, sagten sie. »Gut kann sie's. Sie mag es nur nicht gern, der Vater will's nicht hören von ihr. Er sagt: ›Du bist eine Italienerin, das andere mußt du vergessen.‹« »Warum muß sie es vergessen?« wollte Agnes wissen. »Weil der Vater lieber wollte, daß sie gar nicht fort gewesen wäre.« »Warum wollte er das lieber?« »Weil er sie immer bei sich haben wollte, sein Leben lang, und weil er so lang warten mußte, bis sie wiedergekommen und seine Frau geworden ist, und weil sie die Katharina mitgebracht hat. Das ist eine Häßliche und eine Dumme und eine Faule.« Das erzählte Marietta alles hintereinander, ohne abzusetzen, und nun sah sie den Bruder an, daß der auch etwas sagen sollte, denn nun hatte sie genug geredet. Manuelo nickte aber nur stark mit dem Kopf, denn es schien ihm nun alles gesagt zu sein. Aber nun war Agnes erst recht begierig geworden. »Warum hat sie sie mitgebracht? Wo ist Katharina? Ist sie so groß wie wir? Warum ist sie dumm und faul und häßlich?«

Sie sah sich suchend um, ob nicht irgendwo etwas ungeheuer Häßliches zum Vorschein komme, denn sie wußte eigentlich nicht recht, was das sei. Aber es kam nur ein Mädchen den Gartensteig herauf, das einen großen Korb voll Gemüse vor sich her trug. Es war viel größer als Marietta, und Marietta war die größte von den dreien, die beisammen standen. Das Mädchen sah anders aus, als die Leute dazulande sonst aussehen, es hatte glattes, rötliches Haar, das straff zurückgekämmt war, und hatte ein blasses, trauriges Gesicht. Über die Stirn aber und die linke Wange lief ein flammend roter Streifen, und der machte das Gesicht freilich nicht schön. »Ist sie das? Ist das die Katharina?« fragte Agnes. Es hatte leise sein sollen, aber es war doch noch laut genug, daß es das Mädchen, das noch in der Nähe war, hören konnte. Agnes hatte im Eifer Deutsch gesprochen, und da wandte sich Katharina – denn sie war es wirklich – schnell um, und es stieg ihr eine helle Röte ins Gesicht. Dabei stieß sie aber stark gegen einen Baum, und dann ließ sie vor Schrecken den Korb fallen, daß alles, was darin war, Gurken, Rüben und Tomaten, auf den Boden fiel und fort rollte. »Oh, oh, seht, nun läßt sie alles fallen. Siehst du nun, daß sie eine Dumme ist? Kannst du den Korb nicht festhalten, Faule?« riefen die Kinder, und Katharina bückte sich in großer Verlegenheit, um alles wieder aufzusammeln. Agnes stand dabei, und es war ihr nicht recht wohl zumute. Katharina sah so traurig aus und redete kein Wort, und als sie den Korb wieder gefüllt hatte, ging sie ins Haus, ohne sich noch einmal umzusehen.

Ob wohl die Mutter oben am Fenster stand und zugesehen hatte? Agnes wußte wohl, sie hätte gern gesehen, wenn ihr Kind dem Mädchen geholfen hätte, die Früchte aufzusammeln, und sie hätte nicht gern gehört, was die andern sagten. Aber das Fenster war leer, und Manuelo sagte: »Sie ist immer so. Die Mutter muß das Deutsche mit ihr reden, sie kann nicht Italienisch lernen, sie ist zu dumm dazu. Dann schilt der Vater und sagt, sie solle nach Deutschland gehen, denn dort gehöre sie hin. Dann sagt die Mutter, nein, es ist der Schwester Kind, und ich habe es der Schwester versprochen, eh' sie gestorben ist, daß ich sie mit nach Italien nehme in die Heimat. Dann sagt der Vater: ›Wäre die Schwester nicht nach Deutschland gegangen und du nicht, dann wäre es anders.‹«

Marietta dauerte der Bericht zu lang. Sie war schon vorausgelaufen, hinunter den Staffelweg, der auf den langen, niedrigen Uferklippen endigte. Nun rief sie von drunten herauf: »Kommet hierher, es ist ein Seestern da, den haben die Wellen hereingeworfen, er lebt noch.« Und die beiden liefen ihr nach, um die Merkwürdigkeit zu besehen, und für jetzt war Katharina und ihre Geschichte vergessen.

Nun waren die beiden, die Mutter und das Kind, schon wochenlang in dem Hause mit dem weißen Rosenüberzug.

Das Kind hatte nicht lang gebraucht, um sich völlig einzuleben. Es machte reißende Fortschritte im Italienischen und die Manzoniskinder im Deutschen. Sie waren fast beständig miteinander im Freien. Agnes blühte wie ein Röslein, das sah die Mutter mit stiller Freude. Sie war jetzt auch viel mit den Kindern zusammen. Denn wenn sie auch am liebsten stundenlang drunten auf den Uferklippen saß und über das Meer hinaussah, so wollte sie doch nicht mehr nur an sich und ihr großes Leid denken, wie sie es in der langen Krankheitszeit hatte tun müssen. Sie wollte gern das Leben, das nun vor ihr lag, ausfüllen mit Arbeit und mit Liebe, so gut sie konnte. Nun fing sie damit an, mit den Kindern Lieder zu singen und auf ihre Spiele und Reden zu achten. Frau Manzoni freute sich, daß die blassen, schmalen Wangen der fremden Frau sich ein klein wenig röten wollten. »Versteht sich«, sagte sie zu den Nachbarinnen, »ich pflege sie aber auch gut. Ah, der Mann, wenn er heimkommt, schnalzt nur mit der Zunge, so gut riecht es von der Küche her.« Und die Nachbarinnen zogen die Nasen in die Höhe, ob nicht der Duft bis her zu ihnen dringe. Sie sahen alle gern nach der deutschen Frau, wenn sie durch die Gasse ging. Sie hatte ein so freundliches Grüßen für Große und Kleine, und obgleich sie den bettelnden Kindern nie eine Münze gab, legten sie doch alle gern ihre braunen Händlein in die feine, weiße Hand von Manzonis Signora, wie sie sie alle hießen – unter sich. Eine war, die hing mehr als alle andern an dem lieblichen Gesicht der Signora. Das war Katharina, deren leb- und freudeloses Wesen der mütterlichen Frau gleich ins Herz gegangen war. Von Agnes hatte sie das Urteil der Manzonikinder erfahren, und seitdem hatte sie ein liebevolles Auge auf Katharina gehabt. Eines Tages hatte diese die Treppe gefegt, als die Signora nach Hause kam und hinaufsteigen wollte. Da hatte sich das Mädchen ganz nah an die Wand gedrückt und sein Gesicht recht in den Schatten gerückt, denn so tat sie es immer, wenn jemand kam. Aber die Signora war nicht gewillt, nur so vorüberzugehen. »Komm, komm«, sagte sie, »du brauchst dich nicht so wegzudrücken, wir haben beide Platz nebeneinander. So sieh mich doch nur einmal an, Kind.«

Aber Katharina drückte sich nur noch fester an die Wand und hielt noch die Hände vors Gesicht, und es war etwas so Angstvolles in ihrem Tun, daß es der mütterlichen Freundin ganz durchs Herz ging.

Sie wußte, jetzt durfte sie nichts erzwingen. So sagte sie nur freundlich: »Willst du mir nachher, wenn du mit der Treppe fertig bist, einen Krug frisches Wasser in mein Zimmer hinaufbringen? Sieh, ich habe so schöne Blumen, die müssen zu trinken haben.« Katharina drehte ein wenig den Kopf herum, dann fuhr sie schnell mit der Schürze über das Gesicht und sagte hinter derselben hervor: »Die Marietta muß. Ich darf nicht in das Zimmer der Signora gehen, die Mutter hat's gesagt.« Sie hatte den Satz deutsch angefangen, dann war sie plötzlich erschrocken und hatte vollends italienisch fertig geredet, es war aber nicht so gut gegangen wie das Deutsche. »Du redest Deutsch?« fragte Frau Hiller, denn so hieß Agnes Mutter. »Und bist ein deutsches Mädchen? Aber die schwarzen Augen der Italiener, die hast du doch. Komm, nun mußt du dich nicht vor mir verstecken, denn wir sind ja Landsleute, die müssen zusammenhalten. Du sagst aber Mutter zu Frau Manzoni? Du wirst vielleicht ihre Pflegetochter sein, nicht?« Katharina hatte unter diesen Worten, die Frau Hiller auch in deutscher Sprache redete, wie in Gedanken die Schürze vom Gesicht getan und selbstvergessen in das liebreiche Gesicht der Signora gesehen. Jetzt ging wieder ein plötzliches Erschrecken über ihr Gesicht, und sie verhüllte es schnell und lief davon, wie gejagt. Frau Hiller hatte aber schon gemerkt, wie es mit dem ängstlichen Wesen beschaffen sei. So sagte sie am andern Tag zu der Frau Manzoni: »Wie ist's, könnte mir vielleicht das deutsche Mädchen, das Sie im Hause haben, von jetzt an hier und da die Dienste im Zimmer tun? Es freut sich vielleicht ein wenig, mit Landsleuten zusammen zu kommen, und ich freue mich auch über solche.« Aber da brach Frau Manzoni in ungeahnter Erregung los: »Ja, ja, wenn die Signora nur wüßte, was man mit dem Mädchen aussteht, dann würde sie seine Dienste nicht begehren. ›Gott hat es gezeichnet im Gesicht mit dem roten Mal, und vor solchen soll man sich hüten.‹ Das sagt mein Mann alle Tage, die Gott werden läßt. ›Du hättest es sollen in Deutschland lassen‹, sagt er, ›und wenn es schon das Kind deiner Schwester, der leichtsinnigen Maddalena, ist, so hätte es, denk' ich, dort auch noch Leute gegeben, die zu ihm gehören, auch wenn schon seine Eltern gestorben sind dort draußen.«" Man sah es, Frau Manzoni mußte sich einmal Luft machen. Und so fuhr sie fort: »Vierzehnjährig ist nun das Mädchen, und neun Jahre hat es gehabt, als ich mit ihr durch den Gotthard fuhr. Madonna! hätt' ich's doch draußen gelassen; den Unfrieden hab' ich nun im Hause, und verstecken muß ich's mit dem Gesicht vor den Fremden. Wird es etwa besser? Schlimmer wird es, obgleich ich drei Kerzen geopfert habe auf dem Altar; sie lernt die Sprache nicht und ist störrisch wie ein Maultier und langsam wie eine Schnecke und scheu wie eine Fledermaus.«

So, nun hatte Frau Manzoni einmal ihr Herz ausgeleert, nun fuhr sie fort, Artischocken in Öl zu rösten, nun konnte die Signora tun, was sie wollte. Aber die Signora sagte nur: »So kann sie dann gleich heute abend anfangen und mir das Essen bringen. Es nimmt mich nicht so stark wunder, daß sie ein wenig scheu ist. Vielleicht wird das auch noch besser.«

Es war am Abend. Der Mond schien hell in das Zimmer, in dem Frau Hiller mit ihrem Töchterlein saß. Wenn man durchs Fenster hinaussah, konnte man den schönen Garten sehen, in dem die Bäume lange Schatten warfen, und in dem die Blumen matt beglänzt waren von dem geheimnisvollen Licht, und weiterhin das Meer, das flimmerte und schimmerte und dessen tausend Wellen blitzende Krönelein trugen. Und darüber stand der Himmel hoch und weit.

Die Mutter hatte dem Kind von seinem Vater erzählt, wie er so liebreich und so gut gewesen sei, und wie er für ein jedes ein freundliches, herzliches Wort gehabt habe. Es war ihnen beiden, als ob er unter ihnen sei. »Mama«, sagte das Kind, wie aus einem Gedankengang heraus, »Mama, aber für die Katharina, hätte er da auch eins gehabt?« »Ach ja«, sagte die Mutter, »für sie ganz besonders. Er hat einmal gesagt: ›Vor denen, denen der liebe Gott ein besonderes Kreuz aufgelegt hat, müssen wir ganz besonderen Respekt haben. Denn aus denen will er etwas Schönes machen.‹«

Es klirrte etwas von unten her auf der Treppe. Es wurden stolpernde Schritte laut, die kamen langsam näher.

»Mama, hat er der Katharina ein besonderes Kreuz aufgelegt? Mama, aber er hat nichts Schönes aus ihr gemacht.« Agnes sagte es sehr dringlich, aber es war keine Zeit mehr, zu antworten; denn es pumperte ein Ellbogen gegen die Tür. Das sollte ein Anklopfen bedeuten, und als das Herein erfolgt war, da stand Katharina mit einem Brett beladen unter der Tür. Das Mondlicht floß in die hintersten Winkel des Zimmers, es schien auch auf das hilflose, verlegene Gesicht, das sich jetzt nicht verbergen konnte. »Soll ich die Lampe anzünden, Mama?« Aber die Mutter hatte einen guten Grund, ohne die Lampe auskommen zu wollen. »Komm nur da her, Katharina«, sagte sie. »Du mußt jetzt unser Mägdlein sein, wir wollen gern ein deutsches haben, so im fremden Lande. Sieh, ich will dir zeigen, wie man's macht, du kannst es bald, es ist nicht schwer.« Katharina sagte nichts. Das waren so ungeahnte Töne, die da zu ihr sprachen, und dazu das halbdunkle Zimmer, in dem man dann vielleicht nicht so deutlich sah, wie ihr Gesicht beschaffen sei. Das beides machte ihr ein ungekanntes Wohlsein. »Siehst du, wie nett du decken kannst. Und wie gut das alles riecht, was in den Schüsseln ist. So mußt du auch einmal kochen lernen, wenn du noch größer bist«, sagte die Mutter. Da nahm das Mädchen einen großen Anlauf. »Die Mutter hat Zahnweh«, sagte es. »Ich habe die Makkaroni gekocht und die Tomaten.« Dann, als ob es selber erschrecke über seine große Kühnheit, nahm es schnell die Schürze vors Gesicht, denn nun hatte es die Hände wieder frei.

Aber es legte sich ein Arm um seine Schultern. Und eine liebreiche Hand zog die Schürze weg. »Nun mußt du dich nicht mehr vor uns verstecken, Katharina«, sagte die Signora. »Sieh, ich weiß, du meinst, du müssest es, weil du in deinem Gesicht etwas hast, das nicht alle Leute haben. Und weil du dann meinst, man könne dich nicht liebhaben, wenn man es sehe, darum bist du immer in Angst, und kannst gar nicht recht leben und lernen und arbeiten vor lauter Scheu. Nun sieh mich einmal an und glaube mir, was ich dir sage: das Mal in deinem Gesicht, das hat der liebe Gott gemacht, und er hat es gut mit dir im Sinn, das darfst du wissen. Jetzt hat er schon zu uns gesagt: ›Die Katharina, die habe ich ein wenig angezeichnet, daß du auf sie achten sollst, sonst siehst du am Ende gar nicht, daß sie da ist; du sollst sie aber liebhaben.‹ Und das tue ich auch, ich habe dich jetzt schon lieb.«

Das Mädchen machte seine großen, schwarzen Augen immer noch weiter auf, so, als ob sie das alles in sich hineintrinken wollte, was es da Gutes hörte. Es vergaß ganz für den Augenblick, daß es gar nichts Gutes an sich hatte, wie es so oft hören mußte. Ganz von ferne stiegen ihm Bilder auf aus den schönen Tagen seiner ersten Kinderjahre. Da war eine Frau gewesen mit schönen, schwarzen Locken und Augen, die hatte es auf dem Schoß gehalten und gesagt: »*Povera piccola mia!*« »Meine arme Kleine.« Aber sie war dann fort gegangen, und dann war Katharina bei einer alten Frau gewesen, die hatte sie Ahne genannt. Die war auch gut gewesen, aber sie hatte oft gesagt: »Es ist eine Strafe von Gott, daß mein Daniel die schwarze Zigeunerin geheiratet hat.« Denn sie konnte Zigeuner und Italiener nicht gut auseinander halten. So war sich Katharina immer als etwas vorgekommen, das eigentlich gar nicht sein sollte. Dann war die schöne Mutter eines Tages wiedergekommen, und ihr Mann auch mit, der hatte rote Haare, wie das Kind auch. Sie waren aber beide krank gewesen und kurz darauf gestorben, und vorher hatte die Mutter, die immer an verzehrendem Heimweh nach Italien gelitten hatte, der Schwester, die auf einmal auch da war, das Versprechen abgenommen, daß sie das Kind mit nach Hause nehme und versorge. Denn die Ahne war altersschwach und konnte jeden Tag sterben, und dann hatte die »*povera piccola*« niemand, der sich um sie annahm.

Das alles ging ihr jetzt durch den Sinn. Draußen in Deutschland, da hatte sie doch manches Gute erfahren, auch von der Ahne trotz ihrem Seufzen. Hier aber, in dem schönen Lande, da war sie immer fremd geblieben. War es, weil die Menschen hier und ihr Land und alles, worauf ihr Auge fiel, selber so schön waren? Hier war es immer wie eine Sünde, daß sie war, wie sie war. Und nun kam die Signora und sprach auf deutsch so gute Worte und hatte ein so liebreiches Gesicht. Dem armen Mädchen war es, als ob sich ein schwerer Stein, der immer wie ein Felsblock auf ihm gelegen war, löse, und als ob es sich auch für Katharina verlohne, zu leben. Von da an sah die »*cattiva Manzoni*«, die Häßliche von Manzonis, wie sie in der ganzen Gasse und in ganz Portofino hieß, nach der Signora hin, wie eine Sonnenblume nach der Sonne. Sie empfing ja alle Tage ein Grüßen und ein gutes Wort und durfte unter ihren Augen allerlei arbeiten und brauchte sich nicht zu verstecken wie etwas Böses.

Vor der lustigen Agnes hatte sie immer noch eine leise Scheu. Daß es das gab, so etwas immer Fröhliches, Taghelles, so rosig und so frisch. Da war gar nichts Gedrücktes, Unfreies, alles lauter Sonne und Fröhlichkeit. Das staunte Katharina an, es mußte so schön sein, so zu leben, aber wie armselig war sie daneben. Die Mutter, die wußte selber, was es ist, wenn immer eine Last auf einem liegt, das spürte sie wohl. Und in dem stumpfen, zusammengedrückten Gemüt des armen Mädchens wachte ein Wunsch auf, der wurde stark und stärker: »Oh, wenn ich ihr einmal etwas zulieb tun könnte. Etwas, das sie dann freuen müßte.« Sie erschrak zuerst vor ihrer eigenen Kühnheit, wie konnte sie das tun, sie, die zu ungeschickt zu allem war. Und die Signora war so fein und vornehm und so hoch. Aber es kam wieder und wieder: »Oh, wenn ich ihr nur einmal etwas tun könnte!«

Die Zeit verging, und eines Tages hörte Katharina, wie Agnes zu Marietta und Manuelo sagte: »Jetzt sind noch zwei Wochen, dann gehen wir wieder heim. Oh, bei uns ist es auch schön. Das Meer ist nicht da, aber der Neckar, das ist ein schöner, grüner Fluß, und mein Großvater hat einen Nachen, da kann man den Fluß hinab und hinauf rudern. Das tut mir der Matthes, so oft ich will. Der Matthes ist Knecht bei meinem Großvater. Und Wiesen sind da, und so viele Apfelbäume, und ein Wald, da wohnt der Osterhase drin. Und noch vieles.«

Die Kinder staunten über den Bericht, Katharina aber, die hinter einem Gebüsch verborgen saß und Unkraut ausjätete, erschrak, als ob ihr jemand gesagt hätte, die Sonne werde jetzt dann nicht mehr aufgehen. So würden sie jetzt dann fortgehen, und dann war alles aus. Erst heute morgen noch hatte die Signora zu ihr gesagt: »Es kommt alles noch gut, Katharina. Siehst du, es ist schon manches besser geworden.« Denn die Mutter Manzoni hatte zu der Signora gesagt: »Eine dicke Kerze wollte ich der Madonna stiften auf den Altar, wenn nur das Mädchen anders würde, daß man es einmal in einen Dienst schicken könnte; meint nicht die Signora, es wache ein wenig auf die Zeit daher?« Aber wenn sie nun fortging, dann kam nichts mehr besser, dann war alles vorbei.

Die Kinder wußten nicht, daß Katharina in ihrer Nähe sei. Sie plauderten weiter von Deutschland und wie es da sei, und Katharina sah auf einmal alles vor sich: das Dörflein am Fuß der Weinberge und den Fluß und Wiesen und Wald, und es kam ein brennendes Heimweh über sie, dahin mitgehen zu können und immer, immer um die liebe Frau sein zu können und ihr zu dienen, alle, alle Tage. Jetzt sagte Agnes: »Und weiße Lilien haben wir im Garten, und auf meines Papas Grab sind auch weiße Lilien, und das gibt's bei euch nicht. Und meine Mama hat gesagt, wenn sie dann nur einmal wieder die weißen Lilien sehen könnte. Solche Blumen haben die Engel in den Händen in meinem großen Bilderbuch.« »Weiße Lilien gibt's hier auch«, sagte Manuelo, »draußen auf dem steilen Felsen, über dem die Kirche steht. Ganz weit hinaus hängen sie, übers Meer hin, es ist ein ganzer Busch davon.« Agnes sprang auf. »So wollen wir gleich gehen und sie holen«, sagte sie eifrig. »Kommt, wir wollen dort hinabsteigen, ich weiß schon, wo.« Aber Manuelo blieb auf den Ellbogen aufgestützt liegen, wie er lag, und Marietta ließ die zwei kleinen Buben auf sich herumpurzeln, und beide sagten: »Ja, ja, das geht nicht nur so. Man kann hinunterfallen, und dann bricht man ein Bein oder beide. Und man darf auch nicht die Hosen zerreißen, sonst setzt's etwas.« Denn die Mutter war darin sehr genau, und das war ihr Stolz, daß ihre Kinder nie zerrissen herumliefen wie die andern Kinder von Portofino. Aber Agnes war nun ganz entbrannt für die Lilien. Ganz deutlich sah sie die weißen, schimmernden Blüten aus dem Felsen heraus und über das Meer hinhängen, wo kein Mensch sie pflückte. Oh, wenn sie den ganzen Strauß der Mama hinstellen könnte neben das Bild des Vaters hin. Dann würde die Mama sagen: Du bist mein Goldkind, und würde sich freuen, noch viel mehr als über Katharina, wenn diese einmal ein wenig lachte oder redete oder kein Geschirr zerbrach. So sagte sie nur zu den Gespielen: »Ich hole sie aber doch, denn ich muß sie haben.« Die lachten ungläubig: »Ja, du wirst sie holen. Die Signora wird's schön erlauben, das kann man schon wissen.« Aber Agnes dachte: »Nachher, da werdet ihr staunen, wenn ich sie habe, und nun sage ich gar nichts mehr.«

Die Sonne sank ins Meer, und das weite Wasser lag in lauter Gold und Purpur da. Da kam ein kleines Mädchen in raschem Lauf den Berg herauf, auf dem das weiße Kirchlein lag. Es sah sich hier und da um, ob ihm niemand nachfolge. Aber es war kein Mensch ringsum zu sehen. Die Mama machte einen einsamen Spaziergang, Santa Margherita zu, und Agnes hatte die Erlaubnis, noch bis zu ihrer Rückkehr mit den Gespielen draußen zu sein. Das war die rechte Stunde, nun konnte sie schnell ihr Vorhaben ausführen. Wenn dann die Mama kam und den herrlichen Strauß im Glase fand und wundern und staunen mußte, das konnte sich Agnes gar nicht fröhlich genug ausdenken. Ein wenig bedenklich war es nun freilich, so hinunterzublicken in die Tiefe. Da unten rauschte das Meer, es wehte kühl von da herauf, und schon begannen die Purpurstreifen auf den Wassern sich zu verdunkeln. Aber da leuchteten auch die Lilien herauf, und nun war nur noch das Verlangen da, sie zu holen. Agnes war daheim schon oft auf Bäume geklettert, und dann hatte der alte Matthes immer gesagt: »Sie kann's wie ein Bub.« Das war das höchste Lob gewesen, und damals war Agnes erst siebenjährig gewesen, nun aber war sie acht. Es war wohl auch nicht so schwierig, wenn man es recht betrachtete. Der Felsen war nicht glatt, es sah aus, als ob Stufen darein gehauen wären, und hier und da drängte sich Gesträuch zwischen den Steinen heraus, daran konnte man sich halten. Ach, wie leicht war es, es ging hinunter, hinunter. Man mußte nur nicht so feig sein wie Marietta und Manuelo. Faul waren die, Agnes aber wollte ihrer Mama eine Freude machen, darum stieg sie hier herum. So, noch eine kleine, junge Pinie mit der Hand fassen; die wuchs ganz geschickt gerade hier aus einer Ritze heraus, und dann konnte man sich mit der einen Hand halten und mit der andern die Lilien erreichen. Wie herrlich weiß sie da standen, aus den tiefen Kelchen leuchtete es golden heraus. Zwei hatte Agnes schon in der Hand, drei, da spürte sie plötzlich einen Ruck, und dann begann sie zu gleiten. Die Pinie hatte sie noch in der Hand. Das junge Pflänzlein hatte noch keine tiefen Wurzeln in das Felsgestein hineingeschlagen. Es hatte sich losgelöst. Eine Sekunde lang schoß ihr das Grauen durchs Hirn: jetzt falle ich ins Meer, dann – und eine wilde Angst. Dann glitt sie langsam hinunter und blieb auf einem kleinen Felsvorsprung liegen, unversehrt. Unter ihr rauschte das Meer, hier und da spritzte leichter Schaum von einer Welle bis hierher, über ihr gingen die Felsen in die Höhe. Und dort leuchteten noch die Lilien im letzten Abendlicht.

Agnes hatte lange gerufen, wieder und wieder, nun war ihre Stimme heiser geworden. Sie hatte auch geweint, weil nun die Nacht kam und sie allein hier liegen mußte, ganz allein als ein verlorenes Kind. Nun war die Mama nach Hause gekommen und hatte vergeblich gefragt, wo ihr Töchterlein sei. Es wußte niemand. Die andern meinten, sie sei mit der Mama gegangen, denn sie war gleich nach dieser fortgestürzt, sie konnten sich wohl denken, sie habe die Mutter noch einholen wollen. Und nun suchten sie und riefen allenthalben, und gingen an die Uferklippen und an den Landungsplatz, und nirgends, nirgends war ein Kind zu finden. Und die Mama würde meinen, es liege im Meer und sei ertrunken, und dann würde sie furchtbar weinen und gar nicht mehr fröhlich sein können, nie mehr. Agnes versuchte emporzuklimmen, aber das ging gar nicht. Denn hier unten waren die Felsen noch viel glatter, man konnte sich nirgends halten und nirgends den Fuß aufsetzen.

Es war vollends Nacht geworden, nur die Sterne leuchteten in großer Klarheit vom Himmel herunter auf ein ängstlich rufendes Menschenkind. Dem kamen allerhand Gedanken. »Ich hätt's der Mama sagen sollen. Nein, sie hätte es nicht erlaubt, gewiß nicht.« Erst gestern hatte sie noch gesagt: »Wenn du gehorsam bist, das ist mir die größte Freude, daran seh' ich auch, daß du mich lieb hast.« Denn Agnes wollte immer gern große Dinge ausführen, lieber als so in kleinen Sachen ganz einfach gehorsam sein. Das war ihr leicht ein bißchen langweilig. – Ob es wohl der Papa nun auch vom Himmel aus sah, daß das Kind hier unten lag? Vielleicht, die Sterne scheinen ja. Aber der liebe Gott, der sah es ja jedenfalls, der konnte es doch machen, daß jemand kam und sie holte. Es war alles so still, so ganz still, und das Meer rauschte. Da ertönte von oben her eine Stimme: »Agnes, bist du da?« Ach, nun kam jemand. Aber das Rufen ging nicht mehr, ihre Stimme tat so heiser. Oben rief es wieder. Wer konnte es wohl sein? Da, nun sah Agnes, wie sich eine Gestalt herunterbeugte. Es war Katharina! »Wie weiß sie es denn, daß ich da bin?« dachte Agnes, und dann fing sie wieder an, Antwort zu geben mit ihrem heiseren Stimmlein und dazu zu winken mit der weißen Schürze, die sie anhatte. Ob sie es gemerkt hatte da oben? Ach nein, nun war sie wieder fort. So lang auch Agnes emporsah, der Uferrand dort oben war leer. »Es ist eben nur Katharina gewesen«, dachte Agnes, und nun nannte sie sie auch mit den bösen Namen, die ihr die andern gaben. Warum hat sie mich denn nicht gesehen und gehört und läuft wieder fort in der Nacht? Nun bin ich wieder ganz allein. Und wieder verstrich eine Zeit, und alles blieb still. Hierher kamen sie nicht, die Suchenden.

Da näherten sich leise Ruderschläge, ja, ja, es war deutlich genug. Noch sah man kein Schiff, aber es währte nicht lange, so kam es um die Biegung, die die Felsen da machen, geschwommen. Ein kleiner Kahn, so einen haben sie beim Wirt in der Osteria neben dem Landungsplatz. Agnes war einmal darin gefahren mit dem Vater Manzoni und den Manzoniskindern. »Agnes«, rief es wieder. »Bist du da?« War es ein Engel, den der liebe Gott schickte? Ach nein, es war die dumme Katharina, die *cattiva di Manzoni*.

Die Sternennächte sind dort unten in Italien viel heller als bei uns. Und in ihrem milden Glanz leuchtete Katharinas Gesicht in einer hellen Freude. »Mama, der liebe Gott hat aber nichts Schönes aus ihr gemacht«, hatte Agnes gesagt. So sagte sie nun nicht mehr. »Bist du es und hast mich gefunden?« Sie streckte ihre Arme aus nach der, die so durch die Nacht daherkam und sie heimholte, und nun kam noch einmal das überstandene Elend herauf, und sie fing an, bitterlich zu weinen; es war Freude und erlittene Angst durcheinander. »Sei nur ruhig, ich bringe dich zu ihr, zur Signora.« Was hatte Katharina für eine tröstliche Stimme. Wie hob sie das schluchzende Kind ins Schifflein und war gar nicht scheu und nicht gedrückt, war nur erhellt von einer großen Freude. Aber was war das? Auf einmal fühlte sie ein paar weiche Arme um den Hals und einen Kuß auf ihren Mund, den nie ein Mensch geküßt hatte, seit die Mutter »*povera piccola*« zu ihr gesagt hatte. Da war es Katharina, als müsse sie nun auch anfangen zu weinen, so unaussprechlich weh und wohl zugleich war es ihr. Aber sie mußte auf das Schifflein achtgeben, das war so ein schwankes Ding über der Tiefe, und sie war keine geübte Schifferin.

Plötzlich lachte sie leise. »Er wird mich schlagen«, sagte sie. »Wer?« »Der Wirt, ich habe den Kahn losgemacht, es war niemand zur Hand, und ich habe mich so gefürchtet vor den Leuten in der Osteria.« »Und vor dem Meer, da hast du dich nicht gefürchtet, Katharina? Du bist eine Gute«, sagte Agnes. Das war wieder so eine Glückswelle, solch ein Wort von dem bewunderten Kinde. Sie verlor alle Scheu. Sie erzählte, daß sie es heute mittag mitangehört habe, daß Agnes die Lilien holen wollte. »Und als sie dich alle suchten weit herum, da ist mir's eingefallen. Da hab' ich gesagt: ›Lieber Gott, sie gehört der Signora, und die Signora ist die beste von allen.‹ Und da hab' ich dich gesehen da unten, und niemand war sonst da.« Sie schauerte leise: »Die Leute in der Osteria schimpfen mich so viel. Und morgen werden sie mich schlagen. Aber die Signora wird lachen und wird froh sein. Da bin ich hergerudert, aber ich kann es nicht gut. Aber ich habe dich gefunden.«

»Sie sollen dich nicht schlagen, und niemand soll dich mehr schelten, meine Mama beschützt dich schon, sei nur fröhlich«, sagte Agnes. Da sahen sie Lichter am Ufer und suchende Menschen und hörten viele Stimmen. Und noch ein paar Ruderschläge, noch ein ganz kleines Weilchen, dann lag Agnes in den Armen ihrer Mutter, so fest, als ob sie nie mehr herausgehen wollte.

* * *

»Es kommt noch alles gut«, hatte die Signora einst zu der armen Signora gesagt. »Es ist alles gut geworden«, sagt Katharina jetzt. Sie ist nicht mehr dort unten, wo sie sich mehr vor den Menschen gefürchtet hat als vor dem wilden Meer. Wenn ihr sie besuchen wollt, müßt ihr in den Garten auf Gut Finkenhof gehen oder in die Nähstube oder in das freundliche Giebelstübchen, wohin man die Kranken bettet, wenn es solche hat. Da findet ihr sie bei den Pflanzen oder sonst bei einer Arbeit, und sie hat Kinder um sich, wo sie geht und steht. Am liebsten kommen die Kinder von Frau Agnes zu ihr, und dann muß sie immer wieder erzählen, wie sie das Kind in den Felsen fand und wie die beiden, Mutter und Kind, sie mit heimgenommen haben. Das ist schon lange her. Es gibt schon wieder eine kleine Agnes, die will immer wieder wissen, wie schön es war, als sie miteinander abreisten auf dem Dampfschiff und wie die Leute von Portofino staunten, daß die arme Katharina so ein glückliches Gesicht und so ein glückliches Los bekommen habe.

Aber dann kommt Frau Agnes selbst und führt ihre Mutter am Arm. Und dann geht erst der helle Freudenschein auf Katharinas Angesicht auf, so daß man nicht mehr sieht, daß sie etwas im Gesicht hat, das andere Leute nicht haben. Denn das andere, die Sonne, die ihr von innen herausscheint, das haben auch nicht alle Leute, im Gesicht und im Herzen.

In der Sägmühle

Es war ein schöner Junimorgen in einem engen Schwarzwaldtal. Die Sonne war noch nicht so hoch gestiegen, daß sie sehen konnte, was unten in der Sägmühle vor sich ging. Sie vergoldete erst die hohen Wipfel der Tannen, die oben zu beiden Seiten der engen Schlucht standen, an deren Ausgang die Sägmühle lag, aber man konnte wohl sehen, daß ein schöner, lichter Tag heraufzog.

In der Sägmühle war schon alles lebendig. Das Wasser des Flüßchens, das die Mühle trieb, schoß rauschend und schäumend über das Wehr hinunter und drehte das Rad herum, und die Säge schlug ihre scharfen Zähne in einen großen Baumstamm, der zu Brettern zerschnitten werden sollte. Der Sägmüller und sein ältester Sohn, der vierzehnjährige Adam, schleppten schon wieder einen neuen Stamm herbei. Aber sie ließen ihn gleich wieder liegen, als aus dem Küchenfenster eine Stimme rief: »Kommt auch zum Morgenessen.« Denn sie waren schon eine gute Zeit an der Arbeit und spürten jetzt plötzlich einen guten Hunger. An der grasigen Böschung unter dem Flüßchen waren zwei lustige, braune Geißen schon am Frühstück, aber der zwölfjährige Andres, der sie herausgeführt hatte, warf seine Weidengerte ins lange Gras und strebte auch auf das Haus zu. Aus dem schmalen Blumengärtlein über der Straße drüben kamen zwei, das Gretle und das Agnesle, und beide hatten Sträuße von feuerroten und weißen Nelken in der Hand, die sie jetzt gerade gepflückt hatten. Drinnen im Haus aber, da krabbelten und purzelten noch allerlei kleine Sägmüllerlein umeinander. Denn es war ein kinderreiches Haus, es konnte einem nur wundernehmen, wo sie alle schlafen und sich aufhalten konnten. Wer nicht wußte, wie es in der Sägmühle war, der mußte nun freilich meinen, daß jetzt gleich die Mutter, die zu einem solchen Haus gehören mußte, aus der Küche treten und alle an dem gedeckten Tisch versammeln müsse.

Aber es trat nur ein fünfzehnjähriges Mädchen heraus, das sah ein wenig verkümmert aus seinem jungen Gesicht heraus und trug eine schwarze Schürze und ein schwarzes Halstuch. Es war das Annemeile, das älteste von den Sägmüllerskindern, und die Mutter war nicht mehr im Haus, die lag mit dem Allerkleinsten im Arm drunten auf dem Kirchhof im vorderen Tal und hörte nichts mehr von all dem lustigen Lärmen, der in der Sägmühle von den vielen Kindern vollbracht wurde. Sie hatte ein fröhliches Gemüt gehabt und hatte es immer für alle so sonnig und freundlich als möglich gemacht, und jetzt fehlte sie auf allen Schritten und Tritten.

Zwar das Annemeile tat, was es nur konnte. Aber es war schon von Haus aus ein wenig still und ernst, das hatte es vom Vater ererbt, und jetzt sah es so aus, als ob alle Freude für immer aus seinem Gesicht weggewischt sei und nur noch Dunkles und Schweres auf der Welt.

Der Vater sah es wohl; er warf einen kummerhaften Blick auf seine Große, aber er konnte nichts Tröstliches sagen; es war ihm selber schwer genug. Jetzt sammelten sich alle Kinder um den Tisch zu der Morgensuppe, und sie war gut gekocht; das Annemeile war gut angelernt, das sah man gleich; es schmeckte allen gut.

Am unteren Ende des Tisches, da, wo die beiden Mädchen mit den großen Blumensträußen und der Geißbub Andres saßen, ging es lebhaft zu. Die drei mußten jetzt gleich aufbrechen, um in die Schule zu gehen, die auch draußen im Vortal war, und man konnte wohl sehen, daß sie noch etwas Besonderes im Sinn hatten, etwas, das nicht alle Tage geschah, denn sie hatten es wichtig mit irgend einer Ausmachung. Die Mädchen hielten die Sträuße in der einen Hand und führten mit der anderen den Löffel hin und her vom Teller zum Mund und umgekehrt. »Die strecken wir ihr gleich von weitem hin«, sagte Gretle, »daß sie dann sieht, daß alles wieder ganz gleich ist im Garten, wie voriges Jahr.« »Ja und die Nelken, die hat sie am allerliebsten gehabt«, sagte Agnesle. »Sie hat gesagt, das ist wie Arznei, wenn man dran riecht.« »Ja, ja, und dann sind sie welk bis heut mittag um zwölfe, und ihr könnet ihr nur das Heu hinhalten, zum Dranriechen«, sagte der große Bruder Adam; »und es ist, denk' wohl, nicht alles gleich wie voriges Jahr, das wird sie schon merken.«

Aber die Mädchen hatten nicht im Sinn, ihre Empfangsfeierlichkeiten abzustellen. Sie machten, daß sie mit ihren Sträußen zur Tür hinauskamen, und Andres kam hinter ihnen drein, sobald er den letzten Löffel voll von seiner Suppe verschluckt hatte. Sie waren alle barfüßig, und sie kamen leicht vorwärts auf der glatten, guten Straße, die ins Vortal führte. Schräg über von der Sägmühle lag auf der andern Seite des Wassers, ein klein wenig an den Berg hinausgebaut, ein hübsches Häuschen, mit braunem Balkenwerk und grünen Läden. Es war nicht viel anders gebaut als die Bauernhäuser da herum, nur zierlicher. Die Läden und Fenster standen offen, und die drei warfen fröhliche Blicke dort hinauf, als sie vorüberkamen. Denn sie waren gut bekannt in dem Häuschen, noch vom vorigen Sommer her, und jetzt war es wieder geöffnet, nachdem es den ganzen Herbst und Winter hindurch fest zugeschlossen dagestanden hatte. Ein zierliches Brücklein führte über das Wasser zu dem Häuschen hinüber, da waren die Sägmüllerskinder jeden Tag herüber und hinüber gerannt und hatten den lustigen Rolf, den elfjährigen Sohn der Frau Hory, der das Häuschen gehörte, mit sich geführt.

Und am Abend war die Frau Hory oft mit den Kindern allen auf den Stämmen vor der Sägmühle gesessen, bis die Sonne hinter den Bergen hinuntersank, und sie hatten alle miteinander gesungen. Dann war auch die Mutter aus dem Haus gekommen mit dem Jörgle, der jetzt gerad laufen gelernt hatte, auf dem Arm, und es war ein schönes Dabeisein gewesen. So schöne Geschichten konnte aber auch sonst niemand erzählen als die Mutter des lustigen Rolf, die das ganz gleiche krause Haar und die gleichen braunen Augen hatte wie ihr Bub, und die alle Menschen liebhaben mußten. Das würde nun alles wiederkommen wie voriges Jahr. Die drei, die miteinander in die Schule gingen, gehörten zu der lustigen Hälfte der Familie, die nach der Mutter artete; sie konnten nicht immerfort daran denken, daß daheim alles anders sei, wie es das Annemeile tat und der Adam und der Vater. Sie wollten soviel als möglich wieder aufrichten von dem fröhlichen Leben des ganzen Sommers.

Darum stellten sie sich auch mit ihren Sträußen ganz vorne hin an die Straße, auf der der Wagen von der Bahn herkommen mußte, das Tal herauf. Die Schule war aus, und jetzt mußte es Zeit dazu sei. Da kam auch der Wagen, aber er fuhr ganz langsam daher, gar nicht wie zu einem Freudenfest, und es waren doch die beiden festen Schimmel des Sonnenwirts davor gespannt. »Der fährt wie ein Schneck im langen Gras, so langsam«, sagte verächtlich der Andres. »Da wollt' ich anders fahren, wenn ich solche Gäule im Geschirr hätte.«

Aber als der Wagen nahekam, da sahen die drei freilich wohl, warum er so langsam fahren mußte. Denn der lustige Rolf, den sie immer nur mit lachenden Augen gesehen hatten, und der so flink und gewandt wie ein Eichhörnchen hatte springen und klettern können, der lag ganz erschreckend bleich und in Kissen gebettet im Wagen, und seine Mutter stützte und umfaßte ihn, daß er die Stöße nicht spüren sollte, die es beim Fahren gab.

Aber alle beide, die Mutter und der Sohn, erhellten ihre Gesichter in der alten, fröhlichen Weise, als sie ihre Nachbarskinder vom vorigen Jahr dastehen sahen; und es konnte sich nun gleich wieder zeigen, daß die Nelken schon beim Sehen und Riechen wie Arznei wirken, denn über die bleichen Wangen des kranken Buben flog eine helle Röte, als er den einen, flammenroten Strauß in den Händen hielt und seinen Duft einsog. »Hier muß man doch gesund werden, Mutter«, sagte er, und seine Augen leuchteten, daß man sah, es war doch noch der alte Rolf, wenn man ihn schon beim ersten Sehen fast nicht mehr erkannte.

* * *

Es war am späten Abend. Die Säge stand still, und auch im Haus waren die vielen, lärmenden Kinderstimmen verstummt. Hoch am Himmel standen schon die Sterne und sahen in das tiefe Waldtal herunter; droben am Berg wehte der Nachtwind in den Tannenwipfeln, und ihr leises Sausen mischte sich mit dem Rauschen des Waldwassers, das jetzt in der Nacht noch viel vernehmlicher war als am Tage.

Da kam von dem Landhäuschen her Rolfs Mutter über das Brücklein herüber, und auf der anderen Seite stand schon das Annemeile und sah ihr entgegen. Sie hatte gewartet, bis drüben das Licht erlösche, denn sie hatte ja wohl gewußt, daß Frau Hory heute noch zu ihnen komme, und sie konnte kaum erwarten, bis es geschah. Denn das Annemeile und die feine, liebe, mütterliche Frau hatten immer eine besondere Freundschaft miteinander gehabt, und sie hatten im vorigen Jahr einen wunderschönen Plan miteinander gemacht, der lag nun zerbrochen am Boden. Das Annemeile hatte von jeher eine besondere Freude am Lesen und Lernen gehabt, an feinen, schönen Handarbeiten und allerlei Beschäftigungen, zu denen es in der Sägmühle nicht recht Zeit und Gelegenheit gab. Frau Hory hatte einmal mit der Mutter gesprochen, die rasch und rüstig und lebenstüchtig war und das Töchterlein wohl glaubte entbehren zu können, und sie hatten miteinander beschlossen, daß das Annemeile diesen Herbst mit in die Stadt gehen solle, um unter Frau Horys Anleitung noch vieles zu lernen und in allerlei Dingen tüchtig zu werden, die da draußen in dem stillen, abgeschlossenen Tal nicht zu finden waren, und die dem Annemeile helfen sollten, einen Weg zu gehen, das seiner Gemütsart und seinen Gaben entspreche.

Aber davon konnte nun keine Rede mehr sein, denn das Annemeile war auf viele Jahre hinaus ganz unentbehrlich daheim, ja, wenn es sich hätte verdoppeln können, dann hätten immer noch beide Teile genug zu schaffen gehabt, damit nur jeden Tag alles Nötige geschehe, wie es sein mußte. So war das Wiederfinden mit der mütterlichen

Freundin ein bewegtes. Denn auch Frau Hory hatte inzwischen Schweres erlebt und brachte es mit sich in den Wald heraus, da ihr fröhlicher, gesunder Knabe so traurig verändert war und man doch gar nicht absehen konnte, wie es mit ihm weiter werden solle.

Er hatte im Winter einen bösen Fall getan und sich das Rückgrat verletzt und viele Wochen lang hatte die Mutter in der Angst gelebt, daß sie ihr Kind hergeben müsse, das doch ihr einziger Besitz war, seit sie den Gatten nicht mehr hatte.

»Aber jetzt ist er wieder in der Besserung«, sagte die Mutter, als sie mit Annemeile auf einem Bretterstoß saß; denn da hatten sie sich in alter Weise niedergelassen, da die Nacht so schön und mild war. »Er ist heut abend so schnell und so tief eingeschlafen, wie schon lange, lange Zeit nicht mehr. Das machte die reine, frische Luft und der Duft von den Tannen und das Abendlied, das die Amsel auf dem Birnbaum vor unserem Häuschen sang. Mutter, da muß man ja gesund werden, sagte er noch, fast im Einschlafen, und jetzt sieht er im Schlaf ganz glücklich aus.«

»Ja, und wenn er aufwacht, dann ist er doch noch krank und kann gar nie mehr ganz gesund und stark werden«, brach Annemeile los. »Und wenn er noch so gern Offizier werden wollte, so kann er doch nicht. Und alles kommt immer wieder anders, als man will, und die Mutter ist auch nicht mehr da, und ich kann alles nicht halb so gut als sie, das weiß ich gut; das kommt auch nie anders. Und nie kann ich etwas lernen, und alles ist aus.«

Frau Hory hatte das Annemeile ganz ruhig ausreden lassen, denn sie wußte schon, daß sich das alles angesammelt hatte und vom Herzen herunter wollte. Sie sagte auch nachher nicht viel. Es war eine so schöne, friedliche Nacht, man konnte wohl still zusammensitzen; so faßte sie nur die hartgeschaffte Hand des Mädchens und behielt sie eine Weile in der ihrigen. Man war ja jetzt noch lange beisammen, man konnte noch oft reden, es pressierte nicht so sehr damit.

Aber als das Annemeile nachher in sein Schlafkämmerlein hinaufging, da spürte es seit langer Zeit zum erstenmal wieder etwas wie Fröhlichkeit in seinem Herzen, und für jetzt einmal erschien ihm das Leben nicht so unerträglich schwer.

Nun waren die alten Beziehungen wieder neu angeknüpft, herüber und hinüber, von einem Haus ins andere. Frau Hory hatte das Haus und die Säge, den Geißenstall und das Gärtlein drüben genau betrachtet, sie hatte alle Fortschritte gesehen, die die Kleinen gemacht hatten, der Jörgle und das Lisebetle und der Hannesle, sie wußte alle wichtigen Dinge, die das Gretle und das Agnesle und der Andres im Vortal draußen in der Schule und sonst erlebten, und sie hatte es alles ihrem Rolf erzählt, der nun nicht wie sonst mit den Kameraden vom vorigen Sommer herumspringen konnte.

Er lag an guten Tagen draußen vor dem Haus auf seinem bequemen Liegstuhl, und er hatte es am allerliebsten, wenn die Mutter mit einem Buch oder einer Handarbeit neben ihm saß.

Dann rauschte der Waldbach in seinem engen Bett zu ihren Füßen unten, und die hohen Tannen schauten von links und rechts von den Höhen herunter und am Waldrand standen Glockenblumen und Farnkräuter, und der kranke Knabe sagte immer wieder aufs neue: »O Mutter, hier muß man gesund werden.« Und die Mutter sagte dann immer: »Für jetzt wollen wir einmal dankbar sein, daß es dir soviel wohler ist als in der Stadt, und daß du essen und schlafen kannst, mein lieber Bub«, denn sie wußte wohl, daß es mit dem fröhlichen Laufen und Springen auf lange hinaus vorbei sei für ihren Sohn, vielleicht für immer. Und so stark sie auch im Herzen hoffte, daß es einmal noch besser komme, so wußte sie doch, daß es nicht immer nur so geht, wie wir möchten, sondern daß die Menschen auch manchmal etwas aufgelegt bekommen, das sie ihr Leben lang tragen müssen; und sie hatte schwer daran zu lernen, für sich und für ihr Kind, wenn sie auch nicht viel davon merken ließ. Das mußten ja nun die Sägmüllerskinder merken, daß man es nicht erzwingen kann, eine vergangene schöne Zeit ganz gleich wieder heraufzuholen, wenn man auch noch so gern will; der heurige Sommer wurde anders als der vorige. Aber er hatte auch sein Schönes. Sie gewöhnten sich daran, daß Rolf und seine Mutter immer zu finden waren, und sie schleppten alles Schöne, das sie fanden, an diesem Platz zusammen: Erdbeeren und grüngoldige Käfer, Nelkensträuße aus dem Garten und glatte, runde Quarzkiesel, die der Bach abgeschliffen hatte. Das legten sie alle auf dem Liegstuhl des kranken Kameraden nieder, und dann setzten sie sich daneben und breiteten ihre Erlebnisse aus. Das war für das Annemeile sehr geschickt; denn wenn es sonst nach allen Seiten hatte hinauslaufen müssen, um am Abend seine Schar zusammenzusuchen, so konnte es jetzt nur über das Brücklein gehen und dort drüben das ganze Nest ausnehmen. Manchmal nahm es auch einen Arm voll zerrissener Röcklein und Höschen zusammen und setzte sich eine Zeitlang dazu, und Frau Hory gab dann etwa einen guten Rat, wie dem und jenem Stück noch aufzuhelfen sei, und gab auch gleich dem Hausmütterlein sonst noch ein gutes, freudiges Wort mit darein. Denn sie wußte sich ins Leben zu schicken, wie es eben war, weil sie wohl wußte, daß nur kommt, was gut für uns ist; das wußte das junge Annemeile noch nicht so recht. Aber es ging ihm doch hier und da eine Hoffnung auf, daß es nicht ganz zerdrückt werden müsse, und so sahen seine schwarzen Augen nicht mehr gar so trostlos in die Welt hinein. Das sah denn auch der Vater und der Bruder Adam, und sie atmeten auch ein wenig auf, und so ging ein kleines bißchen Fröhlichkeit im Kreis herum, da konnte vielleicht auch noch mehr hinzukommen.

Es war ein Sonntagabend. Gestern war ein guter, bequemer Fahrstuhl für Rolf angekommen. Man konnte ihn ganz flach machen, und der Kranke konnte darin liegen wie in einem Bett. »Man kann auch aufrecht drinsitzen«, sagte Rolf, als man ihn zum erstenmal hineinlegte, »und das werd' ich jetzt bald tun.« Die Mutter hatte einen scharfen Stich im Herzen, als sie ihren Sohn in den Fahrstuhl legte; wenn und wie würde er wieder herauskommen? Aber sie bezwang sich rasch. »Nun wollen wir auch gleich ein Einweihungsfest für den Stuhl feiern«, sagte sie. »Wir wollen über das Brücklein hinüberfahren und ein Stück weit die Straße hinunter, bis da, wo man in das weite Tal hinaussieht. Und dann wollen wir andern alle uns wieder einmal vor der Sägmühle auf die Steine setzen, wie im vorigen Jahr, und ich will euch eine Geschichte erzählen, zu der ich ein Bild mitgebracht habe.«

Für Feste waren sie alle, der Rolf und die Sägmüllerskinder. Der Andres durfte den Fahrstuhl schieben, und Gretle und Agnesle gingen daneben her und schleppten immer neue Sträuße von Bachvergißmeinnicht und zarten Farnblättern und wildem Akeley herbei, bis Rolf wie unter einer lebendigen, blühenden Decke lag. Er hatte auch eine leichte Röte auf seinen Wangen, und seine Augen leuchteten, und das gefiel den Sägmüllerskindern so gut, daß sie gleich ein Lied anstimmten; denn den Rolf wieder lustig zu sehen, das war ihr größter Wunsch, sie konnten nicht gut lang mitleidig und wehmütig sein, das lag nicht in ihrer Art.

Dann saßen sie alle auf den Steinen herum, als schon die Sonne hinter den hohen Bäumen verschwand und die Amsel ihr Abendlied sang. Das Annemeile saß auch dabei in seiner sauberen Sonntagstracht, und der Vater in weißen Hemdsärmeln und mit der Sonntagspfeife im Mund, und alle die kleinen Sägmüllerlein bis auf den Jörgle herunter, das auf Annemeiles Schoß gestiegen war.

Frau Hory hatte ein Bild mit herübergebracht. Es hatte keine Farben, aber es sah doch sehr lebendig aus, und nun streckten sich alle die Köpfe darüber zusammen, die kurzgeschorenen der Buben und die langgezöpften der Mädchen, und auch der Vater sah über Frau Horys Achsel weg dazu hinein, bis es dann auf Rolfs Knie gelegt wurde.

Es war eine enge, tiefe Schlucht zwischen hochaufstrebenden Felsen, die sich oben fest zusammenschlossen. Weiter hinaus sah man in ein schönes, sonniges Land, in dem ein Fluß aufglänzte; hier in der Schlucht drinnen schäumte und brauste es gewaltig über große Steinblöcke hin in einem engen Bett daher. Es war ein bißchen ähnlich wie in dem Tal, in dem die Sägmühle stand, nur noch viel wilder und enger und reißender.

Auf der einen Seite des wilden Wassers führte ein schmales Weglein vom Felsen herunter. Auf der andern Seite war, ein wenig gegen die Höhe hinaufgebaut, ein kleines Kapellchen zu sehen. Aber es führte keine Brücke herüber und hinüber. Und mitten im Wasser drin watete ein großer, starker Mann, der stützte sich schwer auf seinen Stab und ging mühsam und gebückt einher und trug doch nur ein feines, zartes Knäblein auf seinen Achseln.

Andres fand zuerst Worte, denn es kam ihm ein wenig verächtlich vor, daß der große Mann nicht einmal ein kleines Kindlein sollte tragen können und so dabei keuchen müsse.

»Der ist anders schwach«, sagte er. »So ein Bürschlein wie der Hannesle, das könnt' ich hinübertragen und noch Sprünge machen dazu.«

»Tät' dir bald vergehen in dem wilden Wasser, Bub«, sagte der Vater. »Mußt nicht so daherreden. Aber wunder nimmt's mich schon auch, er ist ein Mann wie ein Eichbaum, wie er so stark schleppt an dem Kleinen.«

»So will ich euch die Geschichte erzählen«, sagte Frau Hory. »Es trägt ein mancher, was den andern vom Zusehen leicht scheint. Es ist die Geschichte vom Christophorus. Es war in alten, grauen Zeiten ein starker, großer Mann, ein rechter Riese. Und weil er so stark war, so wollte er gar keinem dienen als nur dem Allergrößten, Stärksten.

Und er ging an den Hof des Kaisers, das war damals der mächtigste Mann auf der ganzen Welt, und bot ihm seine Dienste an. Die konnte der Kaiser auch gut gebrauchen, und er hieß den Offerus, denn so hieß der Riese, viele Dinge vollbringen, die allen andern zu schwer waren, und er tat sie alle, und war ihm nichts zu groß. Da hielt der Kaiser einmal ein großes Fest in seinem Saal, da waren viele Fürsten und Ritter und Herren geladen, und es ging hoch her. Aber so gegen den Abend hin, da begannen die Leute in der Weinlaune vom Teufel zu reden und schlechte Späße über ihn zu machen. Und der Kaiser wurde ängstlich und sagte: ›Seid still von ihm, er könnte es hören, und es könnte uns schlecht ergehen.‹ Da spitzte Offerus die Ohren und fragte, wer denn das sei, vor dem sich der Kaiser fürchte, und weil er nur dem Allerstärksten dienen wollte, so nahm er seinen Wanderstecken und ging in den Abend hinaus und dachte: ›Wenn ihn der Kaiser fürchtet, so muß er stärker sein, so will ich ihn suchen und ihm dienen.‹

Er war aber noch nicht lang gegangen, da trat ein Unbekannter zu ihm, der trug einen großen Mantel und einen Schlapphut, mit einer Hahnenfeder darauf, und grüßte den Offerus und sagte: ›Ich weiß wohl, daß du mich suchst, und da tust du auch recht, denn ich bin der Fürst dieser Welt und tausendmal mächtiger als der Kaiser.‹

›Wenn das so ist, so will ich dir schon dienen‹, sagte Offerus und ließ den fremden Mann aufsteigen, da dieser begehrte, daß ihn Offerus auf seinem breiten Rücken trage, wohin er wolle, denn er hatte ein hinkendes Bein. Sie kamen weit umher in der Welt, und der Offerus sah wohl, daß sein neuer Herr gewaltig mächtig sei und daß sich viele vor ihm fürchteten. Das war ihm gerade recht. Aber eines Tages kamen sie miteinander an einen Feldweg, und als Offerus in diesen einbiegen wollte, da hielt ihn der Teufel mit aller Macht zurück. ›Nicht dahinein‹, sagte er und zitterte am ganzen Leibe, so, als ob er sich ganz erschrecklich fürchte. Es war aber niemand auf dem Feldweg zu sehen, es stand nur ein hölzernes Kreuz daran, an dem ein Mann, auch aus Holz geschnitzt, angenagelt war, der trug eine Krone aus Dornen und blutete aus vielen Wunden. Als aber der Teufel in seiner großen Angst sagte, daß er sich vor dem Kreuz fürchte, da stellte ihn Offerus ab und zeigte ihm an, daß er nunmehr einen andern Herrn suche, nämlich den, vor dem sich der Fürst der Welt so sehr fürchte. Denn der müsse doch wohl mächtiger sein.

Und er suchte und suchte und kam zu einem alten Einsiedler, der sagte ihm, daß der Mann am Kreuz der Herr Christus sei und daß er ihm wohl dienen könne. ›Da ist der alte Bruder gestorben, der sonst die Pilger über das wilde Waldwasser trug, die gern in der Kapelle da oben beten wollten. Wenn du willst, so kannst du es jetzt tun, damit dienst du ihm. Taufen kann ich dich noch nicht, denn du hast solang dem Teufel gedient.‹ Da ging Offerus hin und lebte in der Klause, die in den Felsen gehauen war, und wenn bei Tag oder Nacht, bei Sturm oder Sonne ein Pilger rief: ›Offerus, hol über‹, so kam er und lud ihn auf seine starken Achseln, so leicht, als wäre er ein Spielzeug, und wurde nie müde darin. Da rief ihn eines frühen Morgens, als eben die Sonne aufging, ein zartes Stimmlein: ›Offere, hol über.‹ Und er stand auf und sah am andern Ufer ein feines Knäblein stehen, das wollte über den Fluß getragen sein. Offerus nahm es auf seine Achseln und dachte, das sei eine leichte Last, so leicht wie für unsereins eine Nelke hinters Ohr. Aber das Knäblein wurde ihm schwer und schwerer, und als er in der Mitte des Wassers war, da zitterte der starke Riese so sehr, daß er sich auf seinen Stab stützen mußte und schier in die Knie sank. Und das Knäblein sprach zu ihm: ›Ich bin der, dem du schon lange dienst, ohne ihn zu kennen, und ich will dich nun in diesem Wasser taufen, daß du Christophorus heißest; denn du hast den Christ getragen.‹ Dann verschwand das Knäblein, und der Riese watete leichten und frohen Herzens vollends durch das Wasser und trug fürderhin die Pilger herüber und hinüber, bis zu seinem Tod. Nach größeren Dingen begehrte sein Herz nicht mehr, denn er hatte dem Allergrößten gedient, und das war ihm genug.«

* *
*

Als Annemeile an diesem Abend in ihr Kämmerlein kam, da fand sie das Bild mit Reißnägeln über ihrem Schränkchen an der Wand befestigt, und sie sah es noch einmal lang und still an. Frau Hory hatte wohl gesehen, wie Annemeile während der Erzählung den kleinen Jörgle auf ihrem Schoß fest an sich gedrückt hatte, und sie wußte auch schon, daß sie eine große und schwere Last in ihrem jungen Leben zu tragen hatte und daß die Last sie manchmal niederdrücken wollte. Da sollte sie denn sehen, wie es bei dem Riesen Offerus gegangen war, daß gerade das, was die Menschen am allerschwersten drückt, oft das allerbeste ist, das in ihr Leben hereinkommen kann; sie wissen es nur nicht gleich.

So hatte sie denn, als sie nach der Erzählung alle auseinandergingen, dem Bruder Adam das Bild übergeben, daß er es in Annemeiles Kämmerlein aufnagle, und der hatte es auch gut besorgt. Er hatte auch selber so seine Gedanken über die Geschichte, denn er hatte stark im Sinn, dann in ein paar Jahren, wenn der Andres dem Vater im Geschäft helfen konnte, in die Welt hinauszuziehen und dort so vieles zu verrichten, daß sich jedermann wundern müßte. Es wollte ihm nicht so ganz gefallen, daß der Riese jetzt nur noch Pilger hin und her trug, und er dachte, das Christuskind hätte ihm wohl auch eine größere Arbeit auftragen können; einmal, er wollte schon auch noch etwas anderes schaffen, was, wußte er freilich noch nicht so recht. Das hatte ja aber auch noch Zeit. So nagelte er nur das Bild an die Wand, solang Annemeile die Kleinen besorgte, und legte sich in seiner Dachkammer ins Bett. Denn das haben wir schon gesehen, daß in der Sägmühle der Tag früh begann, und für jetzt mußte sich der Adam noch nicht besinnen, was er schaffen wolle; das war ihm vom Vater deutlich vorgezeichnet und in genügender Menge.

Der Nachtwind wehte stark in den Tannen, als Annemeile noch am offenen Fenster ihres Kämmerleins stand. Und von drüben herüber, aus dem Nachbarhäuschen, trug er eine schöne, innige Melodie, dort sang Frau Hory sich und ihrem Sohn ein Abendlied, und wenn Annemeile auch schon die Worte nicht verstehen konnte, so kannte sie doch das Lied und sagte es im stillen mit:

»Gott, laß Dein Heil uns schauen,
Auf nichts Vergänglich's trauen,
Nicht Eitelkeit uns freu'n.
Laß uns einfältig werden,
Und vor Dir hier auf Erden,
Wie Kinder fromm und fröhlich sein.«

Dann löschte sie ihr Lämpchen und legte sich zur Ruhe, und noch lange tönten von drüben her sanfte, leise Töne an ihr entschlummerndes Ohr und hüllten sie ganz weich und friedlich ein, daß sie alle Kümmernisse für jetzt einmal vergaß.

Frau Hory hatte früher eine ganz andere Zuhörerschaft für ihr Singen und Spielen gehabt als so ein Annemeile in einer Schwarzwaldmühle. Sie hatte in großen, glänzenden Sälen vor lauter vornehmen Leuten gesungen, die hatten ihrer vollen, weichen Stimme atemlos gelauscht, und nachher war denn immer ein großer Beifallsturm losgebrochen. Aber sie hatte nie so ein rechtes Gefallen daran gefunden, sich vor so vielen fremden Menschen zu zeigen und sich von ihnen anstarren zu lassen, und als sie einmal Rolfs Mutter geworden war, da sang sie am allerliebsten nur noch ihrem Mann und ihrem Bübchen vor und etwa ein paar guten Freunden, die in ihr Haus kamen. Und als sie ihren Mann verloren hatte, da hatte sie gar keine Freude mehr am Singen; sie hätte am liebsten den Mund gar nicht mehr dazu aufgemacht. Aber sie lernte es ihrem Kind zulieb wieder. Denn der lustige Rolf sollte nicht eine ganz stille, trübselige Kindheit haben, weil seine Mutter ihrem Gram nachhängen wollte. Nur den fremden Menschen mochte sie nicht mehr gern vorsingen. Da war sie hierhergekommen in das stille Schwarzwaldtal und hatte da eine Zuhörerschaft gefunden, wie sie sie nur wünschen konnte, wenn die Sägmüllerskinder mit großen Augen an ihrem Gesicht hingen, und sie konnte auch gleich einen Chorgesang einrichten, denn sie hatten alle frische, helle Stimmen; so tönte es schön zusammen. Das war schon im vorigen Jahr so gewesen, nur daß da noch die helle, kräftige Stimme der Mutter und die des lustigen Rolf mitgeklungen hatte. Jetzt war die Mutter nicht mehr da, und Rolf konnte nicht singen, es tat ihm weh, und doch sangen die andern an manchem schönen Abend wie im vorigen Jahr. Das machte, daß Frau Hory es gelernt hatte, an die andern zu denken und mit ihnen fröhlich zu sein, so konnten sie es auch hier und da vergessen, daß ihnen etwas fehlte, auch der Vater und das Annemeile, denen es von allen am schwersten fiel.

Aber nun ging der Sommer immer mehr vorbei. Der rote Fingerhut und die stolzen Königskerzen, die so prächtig an der Schlucht standen, verblühten. Die roten Erdbeeren, die die Sägmüllerskinder eine gute Zeitlang jeden Tag in großen Sträußen heimgebracht hatten, gingen auf die Neige, dann kamen die glänzend blauschwarzen Heidelbeeren, von denen ganze Körbe voll ins Haus geholt wurden und an denen sie alle miteinander schmausten, daß es eine Art hatte, und die

Himbeeren, die an den langen Ranken über den Uferrand fast bis in den Waldbach hineinhingen.

Sie gingen alle nacheinander vorüber. Die Nelken im Garten hatten längst verblüht, und jetzt erschlossen schon die hochaufgeschlossenen Malven und die ersten Astern ihre Blüten, und eines Tages, als die drei Schulkinder aus dem Vortal herauf heimzu gingen, ging die alte Ursel mit ihnen, die der Frau Hory immer tagsüber die nötigen Dienste tat. Sie trug einen gefüllten Korb auf dem Kopf, darin war allerlei, was sie für die Haushaltung eingekauft hatte, und keuchte ein wenig daher unter ihrer Last.

»Ja, ja«, sagte sie, »es ist gut, daß es bald aus ist mit der Bedienung da oben; ich bin nicht mehr die Jüngste, ich kann nicht mehr so. Es fliegen schon die Herbstfäden in der Luft herum, da wird die Frau ans Einpacken denken, mein' ich.«

Nun war das ausgesprochen, was die Sägmüllerskinder schon lang hatten kommen sehen. Sie hatten es sich nur seither immer sorgfältig verschwiegen, denn das war etwas, an das sie nicht gern denken wollten, sonst konnten sie nicht mehr so vergnügt sein wie bisher. Aber es schien sich nun nicht mehr umgehen zu lassen.

Andres war der erste, der zum Reden kam.

»Wenn das gut sein soll, daß es aus ist mit der Bedienung da droben, dann kann von mir aus alles fort sein und aus und vorbei«, brach er so heftig los, daß die Ursel ihn erstaunt ansehen mußte. Sie hatte nicht gedacht, daß sie in ein Wespennest steche mit ihrer Bemerkung. Die beiden Schwestern schienen ganz der Ansicht des Andres zu sein, denn sie machten so finstere Gesichter, daß es aussah, als ob nun gleich ein Gewitter losbrechen würde mit Blitz und Donner und Regen. Aber sie konnten nicht mehr sagen, was ihnen auf dem Herzen lag, denn eben kam eine Kutsche hinter ihnen hergefahren und überholte sie schnell, und in der Kutsche saß ein bärtiger Herr mit einer Brille, das mußte gewiß ein Doktor sein, so sah er aus und nicht anders. Die Kutsche hielt bei dem Brücklein, das zu Frau Horys Häuschen hinüberführte, und da stieg der Herr aus, ging über das Brücklein hinüber und verschwand in dem Häuschen. Die Ursel keuchte mit ihrem Korb, so schnell sie konnte, hintendrein, denn sie sah voraus, daß nun etwas zu richten sein werde, eine Erfrischung oder so, und es nahm sie auch stark wunder, was der Herr etwa bei Frau Hory wollte, denn das gedachte sie auch zu erfahren. Die drei Schulkinder gingen in ihr eigenes Haus hinein, und da sie das Annemeile am Herd fanden, konnten sie gleich anfangen, ihr Herz auszuleeren, denn das konnte man seit einiger Zeit so gut bei Annemeile wie früher nie. Sie hörte auch alle Klagen darüber, daß der Sommer jetzt aus sei und alle Freude vorbei, ganz geduldig an, dann sagte sie tröstend: »Sie sind ja noch nicht fort; es kann schon noch etwas kommen, daß sie dableiben müssen. Und wenn sie schon gehen, so dauert es nur den Winter lang, so kommen sie wieder, und man kann sich immer freuen, bis der Schnee schmilzt, denn dann wird es Frühling.« Das Annemeile dachte auch mit Angst an die düstere Zeit, da das Häuschen geschlossen werden müßte und der freundliche Verkehr, den sie fast nicht mehr entbehren konnte, für die ganze lange Winterzeit aufhörte. Aber sie war nicht umsonst so viel mit der lieben Frau zusammen gewesen, sie hatte ihr schon auch etwas abgelernt, das konnte man deutlich spüren. Das Häuflein stand noch in der Küche beisammen, da kam auf einmal Frau Hory herein in großer Eile und sagte: »Wir müssen gleich nachher abreisen, Rolf und ich. Draußen hält noch der Wagen des Herrn Doktors; ich habe ihn kommen lassen, und nun will er Rolf gleich mit sich haben in sein Krankenhaus in Freiburg drunten, und ich fahre natürlich mit. Kann der Andres geschwind zum Schreiner ins Vortal hinauslaufen, daß der kommt und den Fahrstuhl verpackt? Es hat Eile.«

Sie wollte gleich wieder hinausgehen, da sah sie noch, wie sich Annemeile vom Herd abkehrte und ans Fenster trat mit bleichem Gesicht und wie das Agnesle seine Büchertasche in eine Ecke schleuderte und der Andres mit dem Fuß aufstampfte vor Erregung, und sie kehrte sich noch einmal um und sagte: »Ich komme dann noch einmal wieder, denn ich kann jetzt nichts mehr ordnen für den Winter. Dann sehen wir einander noch einmal.« Es erbarmte sie des mutterlosen Häufleins, aber für jetzt konnte sie nichts tun als abreisen. Und Annemeile ging und hob den friedlich spielenden Jörgle auf und legte seine festen Ärmchen um ihren Hals, denn sie mußte ganz deutlich spüren, warum sie dablieb und nicht mit in die Welt hinaus ging; vielleicht, das kann man nicht wissen, dachte sie auch an den Riesen Offerus und an das Kind, das er tragen mußte. »Warum heulst?« fragte der Jörgle. Da drückte sie ihr Gesicht in sein Lockenhaar hinein, und als sie es wieder aufhob, da war es ganz hell, und nur ein einsames Tränlein lief noch über Annemeiles Wange herunter, wie ein vergessener Regentropfen, wenn schon die Sonne scheint.

* * *

Es waren schon vier Wochen vergangen, seit der Reisewagen die beiden, Mutter und Sohn, davongeführt hatte, und es war an einem kühlen Abend im Oktober. Das Annemeile hatte ein Feuer in dem großen Kachelofen angezündet, der von der Küche aus geheizt wurde, und ging geschäftig hin und her, denn draußen kochte die Abendsuppe und drinnen war die ganze kleine Gesellschaft versammelt, da ging es lebhaft zu. Ein wenig müd sah das Annemeile aus; es konnte manchmal nicht recht mit dem wilden Volk fertig werden, das dem jungen Vizemütterlein nicht immer folgen wollte. Dem Vater wollte sie nicht gern klagen; der seufzte dann gleich und sagte: »Es ist ein Elend, daß die Mutter nicht mehr da ist«, und das wollte das Annemeile nicht gern heraufrufen, das wußte es selber. Es sah noch oft sein schönes Bild an und wußte dann gut, wie es sei, wenn man ganz zusammengedrückt einhergeht. Eben jetzt waren die Geschwister aber friedlich versammelt; sie waren an dem großen Gesprächsstoff, der immer wiederkam: Rolf und seine Mutter. »Sie kommt nicht mehr, ich glaub's nicht«, sagte Andres; »es ist schon so unmenschlich lang her, seit sie fort sind. Vielleicht ist der Rolf in dem Krankenhaus schon gestorben, und dann ist alles aus.« Annemeile wollte soeben ein berichtigendes Wort sagen, da ging die Tür auf und Frau Hory kam herein, den ganzen wohlbekannten Sonnenschein auf dem Gesicht, man mußte es ihr ansehen, eh' sie etwas sagte, daß es ihr froh ums Herz war; sie hatte keine traurige Botschaft zu verkünden. Sie konnte nicht gleich zu Wort kommen, denn es entstand ein so großer Freudenlärm in der Stube, daß sie sich zuerst ein wenig setzen und ihn vertosen lassen mußte. Dann sagte sie: »Der Rolf schickt euch allen einen schönen Gruß, und ob ihr wohl über den Winter seine Mutter haben wollet, bis er dann im Frühling zu euch wiederkommt und dann vielleicht wieder herumgehen kann, denn so hat es der Herr Doktor mit ihm im Sinn, und seine Mutter hofft es nicht weniger.« Da gab es aber bei den Sägmüllerskindern noch ein viel größeres Freudengetöse als vorher, denn die freundliche Frau, die allen so lieb war, den ganzen Winter in solcher Nähe in dem Häuschen drüben zu finden und zugleich zu denken, daß im Frühling ein neues Freudenleben mit dem lustigen Rolf beginne, das war mehr, als sie alle gehofft hatten, und mußte recht gefeiert werden, Annemeile schrie nicht mit. Aber auf ihr Gesicht war ein solcher Freudenschein gekommen, daß Frau Hory auch ohne Worte sah, wie es ihr im Herzen wohl tue, was jetzt geschehen sollte, und sie konnte darum mit ruhigem Herzen an ihr Büblein denken, das sie im Krankenhaus zurückgelassen hatte und das sie von hier aus oft besuchen wollte. Denn sie wußte, daß für alle alles komme, wie es gut sei.

An diesem Abend hallten die hohen Bergwände von einem so frohen Gesang wider, der aus dem Häuschen der Frau Hory schallte, aus vielen Kehlen, daß ein einsamer Wanderer, der vorüberging, zu sich selber sagte: »Denen da drinnen ist's wohl, so wohl sollte es unsereinem auch ums Herz sein.«